U0074601

情緣聊齋

小郎 著

小郎與老伴毓超在新書發表會上

小郎與兒子楊寧攝於洛城

3

小郎、毓超與小兒子伯僑攝於洛城

小郎與姪女們（芳群、衛寧、芳萍）

代序　眾人之姊

古冬

感謝小郎姊的抬舉，邀我為她的小說集寫序。

我樂意接受這份榮耀，衷心向各位推介她和她的作品。

我們常說某作家「文如其人」或「人如其文」。那麼我們又該如何來評價小郎的小說呢？

熱情、爽朗、率真、不奸猾、不矯飾、心裡有話就大聲說出來，是小郎的個性。和她做朋友，你大可放心。

熱心公益、不計較得失、誠心為社會奉獻，是小郎高尚的品德。作協每次辦活動，最辛苦的一定是她，寫通知、作橫批，為了節省幾個錢，事事親力親為，寧熬夜也不肯假手他人。如果她不做秘書長，我這會長真不知能不能做下去。

小郎珍惜友情，朋友有事相求，總會全力以赴。有位文友去年仙逝了，現在提起她還流淚。

我講這些，是想說明，小郎具備了作家必要的條件——一顆悲憫的心，對生命、對社會充份認知並有勇於承擔的責任感。

除此之外，小郎還是個守正不阿、擇善固執、不喜逢迎拍馬或見風使舵的人。稍感不解的是，她為什麼不寫政論，偏偏要寫小說呢？

原來，她本人幾乎就是一部小說，有豐富的人生歷練；自身和她周邊的人，有說不完的人生故事。而世上最好的小說，所寫的不就是人生故事嗎？

當然，只有故事，還不算一篇完整的小說。接下來的，就要看作者的概括力、組織力、文字工夫和表達技巧了。譬如遣詞用字，好比音樂家的音符，拼湊得巧妙與否，直接影響作品的素質。因為一篇好小說，除了有個好故事，還要有趣味，要寫活人物，寫出「與生命本身衝突的人性」，讓人看了有所感受，有所啟發，甚至能挑起人去思考、猜測、設想，引發聯想翩翩。

小郎沒有學院派作家的高學位，不過經過二十多年淬鍊，早已磨杵成針，足以得心應手鋪陳她的故事。誠如她在自序中所說的，作家又不需文憑和執照。但是如果一定要考牌的話，小郎必定榜上有名的。

謹藉此蕪文向我敬愛的小郎姊致賀，並望再接再厲，更上一層樓！

自序

小郎

德國詩人歌德曾說：「人生中至關重要的事，要有遠大的目標，和達到這個目標的雄心壯志。」

當「作家」是我的目標，屈指數來，起於還是黃毛丫頭十五六歲之時。記得一個偶然的機會，我回到了失學已三年多的課堂，讀書不用說有多麼用功。為找到「黃金屋」和「顏如玉」，每天雞啼三遍就起床，農村沒電燈，只好借灶裡吐出來的火光讀書，那種刻苦勁，真不亞於古代「匡衡鑿壁偷光」求學問的精神。

功夫不負勤奮人，那時，雖然解放前後加起來，我只不過上了四年學，就幸運考上了中學。

因為有當作家的目標，更廢寢忘餐讀書，星期天常獨自一人鑽進學校後山「太白岩」下的洞中啃大部頭小說。可正當雄心勃勃向前衝時，一些知識份子闖「筆禍」，成了「反右派」運動的「靶子」。目睹當作家風險如此之大，動搖了雄心壯志。從此，作家夢沉封在腦海深處。

不想當作家了，讀書仍是我的最愛，在部隊和工廠工作那麼多年，經常要出差坐車坐船，旅途中不是洗耳恭聽同伴們講故事，就是手捧一本書，認真的讀得到終點也得有人提醒，辦完公事，常一個人留在住所寫筆記。自得其樂。

出國時，大半輩子積攢下來的家當都分送了親友，除了換洗的衣服，就帶了那些筆記本。那時，我正經受著丈夫急病去逝，結婚

近三十年的恩愛夫妻，突然永訣的傷痛之折磨，身子瘦弱得風都可吹倒。弟妹們含著淚說：「單位送你到美國是和獨生兒子團聚散心，帶那些本子多累贅……」說心裡話，到洋人之邦，我自己也不知怎麼打發歲月，帶那些筆記又有何用？只是覺得那些本子裡，有我幾十年所見所聞感人的故事，有我從喜歡的作品中一字字摘錄下來的名人格言和文學精華，也有自己讀書的心得體會，捨不得丟棄。

身處異國，語言不通，心餘力拙，不能學車，既是啞巴，也是跛子，為了不增加兒子負擔，堅持打工賺錢，自理生活。兒子學成後，再不讓我辛苦工作，待在家裡，每天多出大把難以打發的時間。「作家」夢一下子在腦海中甦醒，翻翻那些發黃的筆記，過往的人、事、物、景和現實生活週遭的一切，像電影般在腦海中浮現。就這樣開始了寫作。沒想到，第一篇拙作寄到台灣，沒多久就見報了。從此筆耕不懈，承蒙編輯們青睞，先後發表散文、長短篇小說幾十萬字，本書收集的二十二個短篇，有二十篇曾刊於各華文報刊。

寫作不需文憑、執照，不問年紀、性別，更不需多少本錢，有文學基礎的愛好者，一疊稿紙，一管筆，就可腦力激盪，把「心動」變成「行動」。

時光倥傯，十多年過去，寫作成了我生活的必需。從古到今，兩岸三地的人間故事，從我筆端跑出來，不但打發掉那麼多寂寞的時間，圓了少年時的「作家」夢，也給晚年生活帶來無窮的樂趣。

作家是人類靈魂的工程師，可以為社會創造精神財富，只可惜我執筆太晚，但「老驥伏櫪，志在千里」。文章千古事也！我常記起偉大詩人屈原的名句「路曼曼其修遠兮，吾將上下而求索」，雖人到暮年，但文學的道路在我前面是曼曼又修遠的，我仍會上下求索，執著追尋，直到劃下生命的句號。

　　輯錄出版《情緣聊齋》小說之時，首先要感謝我博學多才的老伴倉毓超先生，給我創作中的指教，並充當第一個讀者和盡責的校對，也感謝我的獨生兒子楊寧，在很多人向「錢」看的當下，安排我放棄收入不菲的工作，與同好文學的毓超結為老來伴，圓作家夢的赤誠孝心。

　　此書問世，衷心感謝前輩名作家，台中教育大學退休的王逢吉教授，多年來給我的鼓勵和在創作中的具體指導，特別感謝北美洛杉磯華文作家協會古冬會長，聯絡出版和親筆作序，更感謝台灣秀威出版公司，林泰宏編輯對我的支持幫助，為本書審稿、設計編排……所付出的精力和心血。

目　次

情緣聊齋

　　飛機在太平洋上空夜航，馬達的轟鳴伴著旅客們此起彼伏的鼾聲，一張張甜睡的臉，仍帶著笑意，顯得那麼滿足、柔和。出國嘛！對於「閉關自守」了幾十年的大陸人來說，不管是旅遊觀光，還是投親訪友、移民、留學，誰能不心花怒放，心中像揣了個大月亮似的激動呢！

　　可是，對陸小君來說卻是例外。她懷裡沒有大月亮，眼前也看不見萬花筒，只有心酸與苦澀。小君捨不得離開撫育自己的養母，也沒有到洋人堆裡闖出一片天下的雄心壯志。她出國的原因是在賭氣，氣那個負心的男友──徐偉遠。

一

　　兩年前，那是屬於桂花飄香的季節，小君趁著辦公午休的空閒，興高采烈地跑回家，因為她盤算著分別一年多的偉遠，半個月一封讓她望穿秋水的「情書」，應該從大洋彼岸飛來了。

　　打開信封，果然不失所望，信封上偉遠龍飛鳳舞般的英文字即刻跳進眼簾。不用看信的內容，小君已醉了，心裡想著：心愛的偉遠一定能讀出一個學位，出人頭地，讓那些給他小鞋穿的人刮目相看。

　　小君坐在客廳的沙發上，先在信封上輕輕一吻，再雙手捧著信封，貼在胸口上，說聲：「親愛的。」然後抽出那疊厚厚的信紙，貪婪地讀著。

　　五年的戀愛生涯，偉遠在信裡如數家珍，小君不時漾出朗朗的笑聲。她在心裡說：「偉遠，你真癡情，老提那些陳年往事做啥子！放心吧，無論你到哪裡，小君，永遠屬於你的。」

　　信，讀到最後一張，沒有以前那種已適應美國的生活，考試又得幾個「Ａ」，導師如何欣賞他的才華，打工又賺了多少美元之類的好消息。但是，但是──兩個但是後面是晴天霹靂，是狂風暴雨般的噩耗，她不相信自己的眼睛，她不相信偉遠會寫出那種置她於死地的信。她不知愣了多久，回過神來再讀一遍、兩遍、三遍、五遍……最後她終於明白偉遠是真的提出分手了。

　　信紙散落一地小君像被人當頭猛擊一棒，霎時失去了所有的感覺，血液彷彿也立刻凝固了，像一塊冰癱在沙發上。她忘記了自己應該回廠上班，靈魂跟著那些信紙飛散，飛散。

　　過了好一陣子，小君的思維慢慢回到了現實。望著地上的信紙，喃喃的重複著信裡的那些話：「我功課跟不上，獎學金停發了，身體有病，目前，在餐館打點零工維持著生活。我很想回國，但又不願面對那些鄙視我的冷面孔。看來，學業難成，綠卡無著落，相聚無望。美國並非人們所描述的天堂，可能你是很難適應這種苦生活的。我苦苦地思考了很久很久，為了你的前途，我們分手吧！求求你忘了我，忘了我們過去的一切，一切……」

　　太突然了，五年的戀情，為何以如此牽強的理由就分手呢？偉遠完全明白，如果他在國外真的碰到困難，小君一定會傾家蕩產支持他；如果有病，需要的是親人的關心和幫助，更不能以毀滅愛情來增加痛苦。小君完全無法相信偉遠的胡謅。

　　可是，偉遠在信裡最後說：「現在我已離開學校，居無定所，不用回信了。」

「信都不要回了？偉遠，你好絕情，你好狠心，連聽一句惋惜的話都不要，就這樣拋棄我嗎？為什麼？為什麼？偉遠，你在騙我，在欺負我，在撒漫天大謊。我知道，你一定是做了洋妞的俘虜，你好狠心啊！連信都不讓我回一封，五年的相愛，連一場夢都不如嗎？……」小君搥胸頓足，大聲哭喊。

小君回想著和偉遠不尋常的關係，如今相隔大洋兩岸，連吵一頓的機會都沒有。極度的傷痛中，她衝到睡房，在床欄掛了一條長繩，把頭套上去，決然踢倒了腳凳，以「死」尋求解脫。

二

人的生死大概是有定數的，在那千鈞一髮之際，小君的媽媽忘了下午開會要用的資料突然回家，解下了繩索，救了小君的命。

媽媽眼尖，看到地上的信封信紙，已明白了一切。

「阿君，愛情雖可愛，生命價值卻更高呀！為一個負心人了卻自己的性命，值得嗎？偉遠又不是天下唯一的男人，像你這樣年輕貌美的大學生，再找個比偉遠更好的男孩，我相信有的是。」媽媽邊勸說邊撿起地上的信紙信封。

「媽，你是知道的，我已完全屬於他了，偉遠不應該這樣對待我……」小君淚如雨下，痛苦的說。

「偉遠怎麼說，他已另找女朋友了嗎？」

「我想是的，不然為什麼連信都不讓我回呢。」小君淒苦的說。

「沒良心的東西！」小君媽媽狠狠的罵了一句，這是對偉遠的氣憤，也是對小君的安慰。

停了一下，媽媽又接下去道：「小君，不要把事情看得那麼嚴重，如今，就是結了婚，分手也成平常事了。看開些，振作起來。

出國也沒有什麼了不起的，他能出國，你就不能嗎？」媽媽既勸說，也鼓勵。

在這個家所發生的事，除了媽媽當然也沒有外人知道，媽媽的話是很有說服力的。小君早知道自己是個棄嬰，二十幾年來，媽媽含辛茹苦把她撫養成人，培養到大學，如果真的這樣死得輕於鴻毛，怎麼對得起愛自己勝過親生的媽媽。尤其是現在，爸爸去世了，媽媽孤孤單單一個人。

想到此，小君的哭聲漸止，內疚地說：「媽，原諒女兒一時糊塗，往後我不會再做傻事了，我要活著好好孝順媽。媽媽，你說得對，我也能出國，一定不會比他差勁的。」

「阿君，別說原諒了，沒有出事就好啦！媽不怪你的。人生不如意的事會經常發生，往後，凡事要經得起挫折。偉遠的事，媽也有責任，我只希望你們兩個人相愛，早早在一起，沒想到偉遠這個人，是拿大蒜餵牲口——不是料。他雖到了國外，我猜十有八九，也是一個馬尾草穿豆腐——提不起來的人。過去的事不要去想它了，人都是這樣，見識見識，不見不識。人好比是一張紙，弄破了就不值錢。偉遠那種這山看到那山高，對愛情不忠的人，依我看，早分手比晚分手反而好。古人說『種田不好一時窮，嫁錯丈夫一生窮。』他這樣做，說不定對你真的是好事，看遠些吧。」媽媽耐心的勸說。

媽媽的話是對的。可是，小君始終不明白偉遠為什麼會突然變心。

三

那天下午，媽媽沒有去開會，小君也沒有去上班。

　　夜，靜靜的，小君躺在床上，望著窗外的秋月、樹影，輾轉反側，怎麼也無法入睡，甚至安眠藥片也失靈。

　　她記得，第一次和偉遠見面，是在大學圖書館的閱覽室。那是第一個學期的期末考試前，小君在閱覽室查資料，天快黑了，筆記沒寫完，原子筆沒墨了，那資料又不可借回家，她面露愁容，一個勁在紙上亂畫，對不爭氣的筆發脾氣。

　　「給你。」一個不相識的男生遞過來一支筆說道。

　　小君一抬眼，接觸到男生長長密密的睫毛下，一對光芒四射的眼睛。她紅著臉接過筆說：「多謝。」又埋首繼續寫。

　　待小君的資料抄寫完了，才發現屋子裡只剩下他們兩個人啦。

　　男生仍聚精會神地在書中遨遊，小君想：「如此專心讀書應該不是為了要收回那支筆，留在這裡吧。」

　　「喂，謝謝你幫忙，不然我的筆記無法完成，明天考試可能要吃鴨蛋囉。」小君用「喂」和男生打招呼，把筆還給他。

　　「小事一樁，談不上幫忙，更不值一謝。我這裡還有，你留下吧。」男生握筆桿的手在桌上輕輕地點了兩下，客氣地說。

　　小君飛快地瞄了男生一眼，印象是：如此白皙的長型臉上雙眸炯炯放光，高挺的鼻子與露出一口白牙的唇搭配得找不出一點缺陷，好一個美男子！只可惜那身洗得近乎發白的灰色學生裝，有點貶低了男生的身價。

　　「拜拜。」小君心裡莫名奇妙的慌張，說了聲拜拜先離開了閱覽室。

　　男生沒有邀小君同走，待她回頭時，見男生在關窗、鎖門。

　　「啊！他原來是個圖書管理員。」小君下意識抬手望了一下腕錶，時針已過了六點。她在心裡說：「這麼晚了，飯堂裡還有東西吃嗎？真是，為什麼把人家拖這麼久？」

在回家的路上，甚至晚上躺在床上，那男生的影子老在眼前晃動，不管怎麼搖頭，都揮之不去。

考完後，小君沒有再去閱覽室，但她發現那男生不是全職的圖書管理員，而是同年級的學生。

四

新學期又開始了，小君一反常態，成了每天必然光臨閱覽室的常客。她注意到那男生，天天都坐在窗前固定的位置，檯上總擺著厚厚的外文書和筆記本。

一個週末晚飯前，閱覽室又只剩下他們兩個人了。小君感到男生奇異的目光一直在朝她「掃射」。

「陸小君，寒假過得好嗎？」男生主動和陸小君打招呼。

「你怎麼知道我的名字？」小君沒有回答寒假過得好不好的問題，她的臉紅得像西墜的晚霞，好奇的問。

「忘了嗎？是你的筆記本介紹的。不過，聲明一下，本子是你自己展在桌上的，我絕沒有偷看的意思。」男生調笑著說。

「你是塊當偵探的材料，幹嘛學做這開門鎖門的差事。」

「從你本子上看到名字，就可當偵探，如果高談闊論一番，那我就可去當市長了，你說是不是？不過我開門關門並不是看中了圖書管理員的位置，而是幫衛老師做做義工而已。」

「啊！做義工，好棒。哪個系的，能奉告大名嗎？」小君興奮的問。

說心裡話，小君並不屬那死啃書本的一族，這個學期為什麼天天要往閱覽室跑，她自己也說不清楚。

「計算機系，小名徐偉遠。」男生謙虛的說。

「熱門科學，真棒。這名字嘛，好熟哦，是在哪裡聽到過呢？」小君抓頭頂，努力在腦海中大搜查。

「哦！想起來了，學生智力競賽，甲組冠軍。還有，市裡高三數學比賽第一名，對吧？」小君像發現新大陸似的說。

「那幾個題目正好逮住了，不足掛齒。」偉遠笑著說。

簡單幾句對話，拉近了他們的距離。小君幫助偉遠整理書報雜誌，關門、鎖門，兩人並肩走在校園裡。

走了一段路，到了偉遠的宿舍門口。

「你的住所離圖書館這麼近，真的是近水樓台先得月哦。」小君開玩笑的說。

「算是吧，不然衛老師怎麼會把『鐵將軍』交給我。」

「你真會說笑話。」

「整天和書本打交道，輕鬆輕鬆嘛。你不覺得說笑話也是一種享受。小君，要不要上樓去坐坐？」偉遠停下腳步請道。

「不早了，我要回家，再見。」小君婉謝。

這以後，他們不僅在閱覽室碰面，有時也在校園的林蔭間漫步，聊得很投緣，成了好朋友。

五

也許由於偉遠用功，也許由於偉遠熱情，也許因為偉遠長得帥氣，也許他們的身世都是棄嬰，小君對偉遠漸漸地產生了特殊的感情，少女的情竇初開了。

小君和偉遠同年同月同日所生。偉遠同室住四個男生，論功課他成績最好，講追女孩子，他的腳步最慢。看著同居一屋的室友都雙雙對對去談情說愛了，對偉遠不能說沒有觸動。處於青春期的男

19

孩子，誰不盼望談一場驚天動地的戀愛。可是，偉遠卻在自己的腦海中徘徊。

　　他墜入了自卑的泥潭，親生父母是誰不知道，養父母是面朝黃土背朝天的農民，而且年歲越來越大了。讀書靠微薄的助學金支持，買兩張電影票的錢都沒著落，哪裡請得起女孩子上餐館，買高級服裝。現代人很現實，大學生有什麼了不得，大街上賣水果的每月收入說不定比大學畢業生還多。

　　偉遠不能癡心妄想，他把所有的空餘時間都埋在圖書館，當然沒有女孩子對這「書呆子」「鄉巴佬」有興趣。沒想到小君闖進了他那一潭靜水似的平靜生活，他開始單相思了。在勇敢向前與後退中掙扎了一段時間，他半個月沒吃午餐，將節省下來的錢，準備請小君在福州飯店吃一頓午餐，再買兩張票看一場電影。

　　雖然有了計劃，偉遠卻不敢行動，因為他的全部財產只有二十五塊人民幣。往餐館一坐，一個普通的菜也是十塊八塊，如果小君點了三個菜，拿什麼去結帳？偉遠左思右想，不知如何是好。

　　說心裡話，自從知道小君還沒有男朋友，他就深深愛上了她。偉遠編織愛情夢，他苦悶，懼怕。懼怕別人把小君追跑了，到了那種地步，自己就是長出四隻腳也追不回來的。

　　朝思暮想，偉遠對自己說：「談戀愛、結婚，不是小孩子辦『家家酒』更不能打腫臉充胖子。如果女孩子是嫌貧愛富，看不起農民出生的人，不適合你徐偉遠，乾脆向小君攤牌吧。」

　　有了這樣的理念，偉遠坦然了。

　　那天是星期六，閱覽室又只剩下他們兩個人了。

　　偉遠鼓足勇氣，仍顫聲道：「小君，看在我們同年同月同日生的緣分上，我能不能請你去看一場電影？」

「單獨陪男孩子看電影，第一次哦。我不知道媽媽讓不讓？」
小君紅著臉說。

紅臉是小君最大的本事。見了男生紅臉，和陌生人說話紅臉，
甚至在課堂回答老師也紅臉。偉遠最喜歡欣賞小君紅臉時羞答答的
模樣了。

「都上大學了，和男生看電影還得老媽批准？可能在我們學府
找不出第二位唷。」偉遠笑著說。

他心裡大喜過望，小君啊，是多麼的美，多麼的純。不但沒戀
愛過，連陪男生看電影的記錄都沒有，真是奇女子。想到此，偉遠
情不自禁了，他渴求的目光期待著小君的恩准。

「好吧，不管媽媽批不批准，我都陪你去。不過，電影票一定
我買。」小君誠懇的說。

「太好了，小君，賞光就抬舉我了。這電影票一定我買，還要
請你吃飯。」偉遠激動地說，他忘了自己只有二十五塊錢的財產。

「別爭了，家在蘇北，常有災荒，少少的助學金，哪來餘錢呢！」
小君說。

「你那麼了解我！」

「這樣單純得像白紙一樣的家譜，還需了解？」小君自信的說。

六

星期天下午，偉遠穿了他最好的一套藍滌卡學生裝，去接小君。

「媽，你看，偉遠來了。」老遠的看到偉遠，小君通報母親。

媽媽看著偉遠走近，興奮的說：「難怪我的女兒要陪男孩子去
看電影呢。儀表人才，不錯不錯。」

「媽，你瞎扯什麼嘛。他只是同學，看一場電影而已，你想到哪裡去了，不要亂說好不好。」小君撒嬌說。

「好，不說不說，請他進屋喝杯茶，晚上一塊兒回來吃飯，等會我去買活殺雞。」

「媽，你不討厭他？」偉遠已快到門口，小君的嘴貼著媽媽的耳朵問。

「討厭？白馬王子進門了，我急著抱外孫呢！討什麼厭。」

「媽，你壞，你壞。」小君嬌滴滴地捶母親的臂膀。

「看你這瘋丫頭，客人來了還在打老母，把他嚇跑了，我可不去幫你找啊。」媽媽仍在逗小君。

「偉遠，這是我媽。」偉遠到了近前，小君介紹。

「伯母，你好。」偉遠禮貌拜見。

「偉遠，進屋喝杯茶，吃點點心，馬上就走。」小君說。

大華電影院，座無虛席，而且看上去全是年輕人的世界。小君很久沒有進電影院了，和偉遠一起看電影很興奮，也有那麼一點不自在。銀幕上的愛情故事，似乎沒有銀幕下的男男女女投入。前座的一對親熱得過了度，小君只好闔上眼睛。小君想著：引進科學技術，西方的卡拉 OK，愛情方式，全引進了。

十八歲的女孩子，已對她心目中的白馬王子，打開了愛的天線，準備接受愛的電波。其實小君也盼望偉遠給她一個狂熱的親吻，可是，沒有。不是他沒有衝動，而是他不敢。

偉遠感覺到小君已像一隻玲瓏美麗的小鳥，大膽飛落在他手心中，他不敢捕捉她，害怕驚擾了她。

電影散場，他們沒有去擠公車，踏著月色樹影，漫步在回家的行人道上。

「小君，電影中的男主角是不是太保守了？」偉遠故意問。「你覺得呢？」小君沒有正面回答，反問道。

「時代不同嘛。片子太老了，銀幕上看不到的真情，銀幕下表演得真夠刺激。你說是不是？」

小君不語。到了一棵梧桐樹下，偉遠拉住了小君的手。他感到這手是多麼的柔嫩，嘴裡低聲喚道：「小君，小君，小君。」

「怎麼啦？偉遠。」

「我—我—我—可—可以—嗎？」偉遠伸出雙臂，擁住了小君。

小君是那麼的順服，那一刻是多麼神秘，戀愛的序幕就此拉開了。

小君媽媽本是廚房高手，豐盛的晚餐，讓偉遠大飽了口福。

「偉遠，聽阿君說，你的家在蘇北，回去一趟不容易，歡迎你常來玩。」媽媽邀請。

「多謝伯母。」偉遠客氣道。

小君的媽媽叫陳阿媛，一個商店的小主管。小君雖是養女，但她不覺得和別家的親生女兒有什麼不同。小君的養父已歸天多年了，只有懂事的女兒陪伴，她才慢慢走出了悲哀的陰霾。不過，一個家孤女寡母，沒有男人，總覺得少了頂樑柱。

小君媽媽盼望著這個家有個男人支撐，其實阿媛不過六十歲，自己也可找個伴。但是，她受舊教育太深了，好女人不嫁二夫的思想根深柢固。她把所有的希望寄託在小君身上。一眼看到偉遠，就很喜歡。

她說：「家貧沒有關係，學問好，身體好，品德好就行了。」

有媽媽的支持，小君和偉遠的愛情，真有如乘上了東風，一日千里向前行。

23

七

　　戀愛中的人，感覺時間特別不優待他們，等相聚時鐘似乎慢得停了步，而相聚在一起的時間，又感到它好像是在被魔手操縱似的在加速奔跑。

　　五月，花紅柳綠，氣候宜人，藉著勞動節假期，小君和偉遠結伴到杭州旅遊。

　　人們說：「上有天堂，下有蘇杭。」確實名不虛傳。杭州的湖光山色，青溪翠谷，古寺名勝，臨波畫閣，好似仙境，無比迷人。

　　西湖畔，百花爭豔，柳條婆娑，遊人如鯽。在絢麗的陽光下，小君和偉遠的小船，停泊在湖心，享受著微波輕搖。偉遠的目光放鬆地在小君的蘋果粉臉上逡巡，他更情不自禁了，狂熱的擁住了小君。小君依偎在偉遠的懷裡，寶石般的眸子仰望著他，忘情地獻上少女的吻。

　　「小君，你知道我是什麼時候愛上你的嗎？」偉遠雙手捧著小君的臉蛋，對望著她亮晶晶黑眸子問。

　　「那天，看電影，梧桐樹下。」小君露出雲霞般美麗的笑容，快樂的說。

　　「不對，不對，是借筆給你的那天，還記得嗎？」偉遠神采飛揚的說。

　　「你壞，你壞，陰謀家哦。」小君的纖手像擂鼓似的捶打偉遠的肩膀，嬌聲嬌氣地說。

　　「這不是壞，叫做一見鍾情，那支小小的筆幫我追到了這麼聰明漂亮的女孩子。我們相愛應命一個有意義的名字，叫『筆緣』戀，好不好？」偉遠捉住小君的手，得意的說。

他們相擁著，親吻著，說著笑著，享受著戀人的甜蜜與溫馨，直到晚霞升起才回到旅店。

在杭州，他們盡情地玩了三天，月老祠、斷橋、六和塔、樓外樓、一線天……處處留下了他們的足跡。

回到上海，小君和偉遠戀愛的消息，像頭條新聞般在校園裡傳開了。他們則大大方方漫步在校園林蔭道上，噴水池邊，假石山旁……課餘之時出入在電影院、咖啡廳、小吃店……他們滿懷豪情，歡聲笑語。凡是花錢的地方，當然是小君解囊。偉遠並不是那種吝嗇得一毛不拔的鐵公雞，小君知道他的難處，她愛的是偉遠，而不是錢。小君媽媽視女兒為心肝寶貝，準女婿就是半個兒子。自從杭州回來，節假日，偉遠常在小君家度過。小君的媽媽總以美味佳餚招待，而家裡買米、買煤……一切重活偉遠都搶著幹。

八

大學很快就畢業了，小君分配在大工廠當部門主管助理。

偉遠雖然品學兼優，因為沒有當官的父母做靠山，也沒有拍馬屁的「天才」，另外還有人議論：管分配的當權派想娶小君做兒媳婦，達不到目的，所以故意捉弄她的未婚夫。

偉遠分配在郊區的一家小電器廠當技術員。滿肚子的學問毫無用武之地，他情緒低落，小君也為之抱不平。

雙方的家長都希望他們早日完婚，本來婚禮的吉日都已決定在九月，因為偉遠的工作不如意，小君說服了準公婆和媽媽，推遲了婚期。

「偉遠，我們的愛情不要受那張結婚證書的擺佈，你的專業很吃香，英文基礎又好，常言道：東方不亮西方亮嘛。我建議你加把

勁考托福,到外國去闖闖。你雖然出生在農村,我相信雞窩裡一定
能飛出金鳳凰的!」小君支持鼓勵著偉遠。

「我也曾想過,現在留學的層面越來越寬廣。可是,公派嘛,
沒有門;自費嘛,沒有錢。我還要負擔鄉下養父母的生活。再說,
我們分開,伯母可能也不會贊成的。」偉遠氣餒地說。

「現在自費出國人員越來越多,聽說通過托福後,有的外國學
校就可資助。自費留學,實際上只是在國外找擔保人,並不需要拿
出多少錢,到了那邊,只要成績好,仍可申請獎學金。沒有獎學金
的,也勤工儉學。經濟擔保,媽媽可能會找到朋友。媽媽是明理的
人,相信她不會反對。鄉下的伯父母嘛,我可以照顧。我們暫時的
離別,是為了將來更美好的團聚。」小君由衷的說。

「小君,你太好了,只要你樂意,不說出國,就是下地獄我都
願意的。」偉遠情不自禁地擁著未婚妻,滿臉淚水奔流,心情無比
激動。

偉遠確實是個爭氣的人,在小君母女的支持關懷下,他挑燈夜
戰,發奮苦讀,托福通過了,美國加州大學錄取了他。

小君媽媽托朋友找擔保人,飛機票也是小君媽媽支援的,其中
除她僅有的存款,還包括小君父親的撫卹金。

戀愛五年,小君已記不清楚偉遠有多少海誓山盟,彼此有多少
親吻和纏綿了。雖然他們沒有正式舉行婚禮,出國前,偉遠很多時
間住在小君家裡,愛,已達到了驚心動魄的境地。

在機場,他們既高興又不捨。

小君說:「祝你一路順風,到了那邊,不要忘了給我寫信。」

偉遠則不顧眾目睽睽,久久地,深情地吻著小君。

「寶貝,我保證盡快取得學位,讓我們早日相聚在大洋彼岸。」
這是偉遠出國前對小君說的最後一句話,時時在她的耳邊迴盪。

小君想著，如此深刻的愛，為什麼會破裂呢？而且是那麼的神速和荒唐。

小君想不通偉遠為什麼連信都不讓她回一封，難道他把過去的一切都埋入地獄了嗎？難道偉遠在他的洋人老婆面前變成了一條蟲嗎？

九

兩年過去了，沒有偉遠的半點消息，小君本來也可以通過偉遠的養父母打聽到他的行蹤。可是，她不願那麼做。愛不能靠「乞求」，愛不能靠「追捕」來得到。

想著那負心人，小君無限傷感。她自問：「放棄工作，惡補英文，耗全部精力拚托福，最後扔下孤單的媽媽，為的是和一個負心的男人鬥氣，值得嗎？」

小君坐在飛機上，沒有勝利者的喜悅，她的思緒簡直像一團亂鋼絲，剪不斷，理更亂。終於忍不住辛酸的淚水，失態的奪眶而出。

小君從小受媽媽寵愛，她知道媽媽是捨不得女兒遠走高飛的。媽媽是位慈藹、堅強的女性，為了使小君不受被人拋棄的痛苦，考試期間她每天為小君調製可口的飯菜，考試合格了又踏破鐵鞋，為小君找經濟擔保人。買飛機票媽媽傾其所有，甚至賣了結婚紀念品，也是她一生中僅有的一條項鍊。

小君想著，媽媽雖不是親媽，卻勝過親媽啊。此時，離媽媽越來越遠了，何時能再和媽媽相聚呢？媽媽現在獨自一人守空房，不知有多孤單和痛苦，小君越想越傷心，越想越後悔，不應該和偉遠那種人比高低，不該遠離媽媽。

面紙已擦濕了一大把，小君感覺到旁坐的旅客以異樣的目光在打量她。她努力搖頭，想把所有的痛苦抖落。

小君對自己說：「哭有何用，只有努力求學，早日歸國與媽媽團聚，才不辜負她的養育之恩，忘掉偉遠那個沒有良心的混蛋吧。」

十幾個小時的飛行，小君在痛苦的思潮起伏中度過，飛機已開始徐徐降落，機窗下是美麗的城市，小君擦乾淚水，強迫自己回到現實。

十

小君隨旅客下機，推著行李排隊入關，在出口處，她一眼就看到了那位身材英挺，西裝革履，高舉著「艾倫」牌子的年輕人。艾倫就是媽媽托人為她找來接機的朋友。

小君自問：「他就是艾倫本人嗎？」

走到艾倫近前，小君說：「我是陸小君，請問，先生你是？」

「我是艾倫，正是來接陸小姐的。你好。」問候的時候，艾倫伸出了右手，小君遲疑不到一分鐘，禮貌的也伸出了一隻纖手與艾倫相握。

艾倫的熱情，通過那隻有力的手，傳遍到小君的全身。她並感覺到艾倫的眸子，向她放射出特別的光芒。

在來路上，艾倫在腦海中描繪小君的形象，目睹小君的面容那麼美麗，身材那樣苗條，他差點忘了鬆開緊握著小君的手。

過了好一陣子，艾倫才說：「陸小姐，本來姨媽要來接的，這陣子店裡太忙了，走不開，只好我一個人來。車就在門外，我們走吧。」艾倫雙手接過行李車，帶著小君朝門的方向走。

「艾倫大哥，麻煩你已不好意思了，那能勞駕向姨媽也來呢！」小君客氣地說。稱艾倫大哥，稱艾倫姨媽向姨媽是媽媽吩咐的。

「陸小姐，女孩子出國可不多哦。你很有才華，佩服佩服。」艾倫奉承道。

「沒啥子本事的，只是碰到了好運氣而已。」小君謙虛道。

小君坐定，車向金門橋方向行駛，車窗外閃爍著海灣城市美麗的景色。

艾倫的家是一座兩層樓洋房，舊金山城市比較擁擠，一般的住宅前後院都不大。艾倫家小小的院落裡，玫瑰花、九重葛、桂花、茉莉花、海棠花……爭芳吐豔。微風輕拂，帶著陣陣幽香。

艾倫打開客廳的門，引小君就坐。客廳裡窗明几淨，水晶吊燈懸在上空，四周的沙發、紅木櫃櫥、檯燈、電視機……佈置有序。

「陸小姐，請用茶，隨便吃些點心吧。」艾倫到廚房沏了兩杯茶，又端出一大盤點心說道。

「謝謝。」小君客氣的說。

廚房裡傳出輕輕的腳步聲，艾倫轉到門口說：「迪克，請你幫幫我，把陸小姐的行李搬到小客房好嗎？姨媽叫你同到店裡，共進午餐。」

「我在家隨便吃點東西好了，不想去店裡，謝謝。」迪克輕聲說，小君覺得聲音很熟。

「箱子很重的，我也去幫忙。」小君說。

「有兩個小伙子，哪能叫你動手。你坐，我們去去就來。」艾倫說著走出去了，把小君獨自留在客廳。

搬好了行李，艾倫說：「陸小姐，去看看你的房間，洗洗臉，我們馬上去店裡，姨媽一定等急了。」

小君隨艾倫走進客房，客房內叫迪克的還在擺放她的行李。

「迪克，這位是陸小姐，剛從大陸來的。」艾倫介紹。

迪克抬起頭來，準備和小君打招呼，幾乎是同時，他們都一驚。

小君在心裡說：「怎麼，是他？偉遠本來修長的身子已經瘦了一圈，長形的臉已老了一輪，而且蠟黃得沒有一點血絲，閃閃的目光也蕩然無存了，這完全是個病人模樣。他為什麼在這裡？既然有病，艾倫為什麼還叫他搬東西？既然是個幹重活的，向姨媽為什麼叫他同進午餐？」

小君百思不得其解，兩年的苦水，兩年的恨意，和偉遠那無神的眼光一瞥，霎時飛散了。她懷疑自己是不是幻覺，努力整頓情緒，集中精神，想再仔細的看看迪克時，他已從視線中消失了。

小君弄不清楚偉遠是否向自己問候過，但她確定原來廚房傳出來的熟悉聲音，正是偉遠發出的。

「艾倫大哥，剛才那位迪克先生是你們家什麼人？」小君無法壓住自己的激動和不安，迫不及待地問。

「他也是大陸來的留學生，聽說是姨媽外公的同村人。剛來時，在我們飯店打零工，工作很好。後來病了，不能上學，也不能工作，看他怪可憐的，姨媽收留了他，現在我們家做點打掃院子之類的雜事。」艾倫說。

「他生什麼病？」小君急著問。

「說不來什麼病，大概是這裡出了問題。」艾倫指指自己的腦袋說。

「他得了神經病？」小君緊張的問。

「可能有那麼一點吧。回來你再和他聊聊，多一個人關心他也許會好些。」艾倫同情的說。

十一

車窗外，閃退著華麗的建築，澄藍的海面，紅的、黃的、白的、粉的、紫的花，綠的樹……如此美麗的城市，曾經吸引著、誘惑著多少淘金者。而小君似乎對一切都沒有興緻，甚至沒有心情和艾倫多說話。她想早一點獲知偉遠的一切，若不是因為禮貌，她寧可留在家裡。

艾倫的姨媽，對小君的熱情，簡直找不到合適的形容詞。

一見面就說：「陸小姐，我生為華人，又住在這大埠接待過不少朋友，你是我有生以來見過的女孩中最漂亮的小姐。今天，要廚師拿出看家本領，炒幾個招牌菜，為你接風洗塵。」

「向姨媽，太謝謝你們這樣誇獎我。」小君誠懇的說。

「不要客氣，家裡房子那麼大，除了我和艾倫就只有迪克。迪克那孩子也怪可憐……」

提到迪克，小君的笑臉已在一寸寸收斂，向姨媽只顧自己高興和說話，沒有注意到小君的變化。

她繼續往下說：「店裡有我頂著，艾倫可以送你去上學，接你回家，也可以教你學車。」姨媽的話語在傳遞一個訊息——這位老闆娘喜歡小君，她要導演一幕喜劇，今天就拉開了序幕。

喜劇的主人翁是艾倫，從他的眼中，姨媽看得出，艾倫對小君已是一見如故了。艾倫的言行在小君面前還無法表現得體，因為他有那麼一點自卑：「一個餐館的小老闆，沒有大學文憑，只有房子、車子、館子，人家留學生會看中你嗎？」

這以前，姨媽為艾倫物色過好幾個女朋友，可總是高不成低不就。他看中的女孩子，人家嫌他們的餐館太小，女孩子一心要嫁給他的，他又不喜歡。今天的艾倫有些後悔了，後悔的倒不是過去談

女朋友的事，而是姨媽一直叫他認真讀書，他不聽。現在真是「少小不努力，老大徒悲傷」。心愛的女孩子，進了家都沒有勇氣表示一點殷勤。艾倫明白姨媽話裡的含意，他暗下決心，如果小君同意留在他家，他一定去讀夜校，拿張文憑「裝門面」。

向姨媽已年近甲子，保養卻很好，不胖不瘦，顯得高雅莊重。看得出管理餐館也有本事。

午餐極其豐盛。

「陸小姐，這龍蝦，在大陸可能很難買到吧？來，吃一塊。」向姨媽把龍蝦的殼剝掉，送到小君的盤子裡。

「謝謝向姨媽。在國內我很少進餐館，可是今天是第一次食這樣的美味佳餚。」小君邊謝邊吃著。

可是，說心裡話，無論那道菜，實際上她都食之無味。她內疚、後悔錯怪偉遠了，眼前的情況，偉遠一定碰到了什麼麻煩，向姨媽過分的熱情，使她插不上半句話，打聽偉遠的實情，使她很不安。

午餐終於結束了，向姨媽說：「艾倫，休息一下，帶陸小姐到山景城兜兜風吧。」

「向姨媽，今天艾倫大哥已忙了一上午啦。不能為了我，讓你一個人忙，太辛苦了。玩嘛，以後還有機會，今天就不去了。」小君婉謝，但她心裡所想著的是不能欠艾倫太多的情。

「這孩子，這麼會說話，我真不能讓你去住學校了。」向姨媽笑得合不攏嘴。

十二

小君忍著時差的不適和心中的不安，幫助餐館收盤子端飯菜，一個剛入異國的小姐，如此勤快和投入，讓向姨媽喜歡得心痛。

「艾倫，不要把陸小姐忙壞了，快關門吧。」不到八點，向姨媽宣佈下班，這是飯店開業以來，很少有的事。

跨進客廳，茶几上白色的小信封即刻跳進向姨媽的眼簾，她急忙抽出信紙，信上寫道：

向阿姨、艾倫大哥：

　　感謝你們幫助，照顧我這麼久。現在我的病好了，打算到外州去住一段時間。原諒我不辭而別，我能照顧好自己了，不要再找我。再見！

祝你們身體健康

　　　　　　　　　　　　　　　　　×年×月

　　　　　　　　　　　　　　　　　迪克敬上

「是迪克留下來的，他為什麼突然要走呢？」向姨媽放下信紙，沉重的說。

「迪克還有別的名字嗎？他去了哪裡？」小君失態的問。

「他的原名叫徐偉遠，他的病沒有完全好，在外面亂走，出了事怎麼辦？」向姨媽焦急的說。

「他真的是偉遠，生了什麼病？」小君驚慌的問。

「你認識他？」

小君點頭不語，表示默認。

「艾倫，你想想，他有什麼地方好去，趕快找！」向姨媽吩咐。

「好，我先去打電話。」艾倫說著跑上樓。

小君和向姨媽留在客廳。向姨媽說：「其實也說不上他有什麼大病，就是腦筋受了什麼刺激，不能唸書，不能工作。」

「向姨媽，迪克和你們有親戚關係嗎？」小君問。

「親戚關係倒沒有，他是我外公村裡人。話說回來，到了這邊，中國人就是娘家人了。」停了一下，向姨媽又問：「小君，你怎麼認識他呢？」

「是在上海。」小君搪塞。

「在上海，其實迪克在上海應該還有個妹妹。」

「他有妹妹？」小君驚奇地問。

「是的，他有個妹妹。世界之大，有時也這麼小。做夢也沒有想到，我在這裡會見到他。迪克也不知道還有個妹妹，是我們話家常時告訴他的。」

「他妹妹現在在哪裡？」

「迪克當然不知道。迪克出生那年，他爸媽都死於瘟疫。他們是一對雙胞胎，迪克叫小毛，妹妹叫小花。小毛被村裡的徐阿貴夫婦收養，小花是女孩子，農民重男輕女，叫女孩子是『賠錢貨』，所以沒有人要。」

十三

向姨媽回憶：

那年，一大早，村裡很多人在大路旁圍著個剛滿月的小女孩。

一位大媽說：「劉嬸，你看阿四這女兒，高鼻大眼的好俊秀哦！勸你的朋友帶回上海去嘛，如果沒人收養，野狗拖走多可憐。」

「真的怪可憐的，阿媛姊，你就把她抱回去吧。就當養一隻小貓小狗嘛，孩子長大會感恩的。」劉嬸接過話對朋友說。

「好是好，這麼小沒有奶水，怎麼養得活，弄死了不是罪過嘛。」阿媛說。

「鄉下人命賤，不用奶水的，餵些米湯就好了，做做好事吧。常言道『救人一命勝造七級浮屠』。」

「做做好事嘛！」村裡人你一言我一語，說動了阿媛的心，她真的抱走了小花。

「小花？阿媛？阿媛姓什麼？向姨媽，你認得阿媛嗎？」小君追問。

「好像是姓陳吧。那天我正好去外公家，看到那情況，阿媛是啥樣子，想不起來了。」

聽到此，小君全身像篩糠似的顫慄。她醒悟了：難怪偉遠對他們如此深厚的愛情，緊急煞車，原來自己是小花，是偉遠的親妹妹。兄妹團聚，本是人生美事。可是，他們卻是一對戀人，身為哥哥，與親妹妹竟然發生肉體關係。對於偉遠那樣受中國傳統倫理薰陶的知識份子，他的人格怎能不像陷進沙漠底谷，被深深埋在地底呢。

同樣小君也無法接受這樣殘酷的現實，她像被萬箭穿胸，再也控制不住面臨崩潰的感情，無力的癱軟在沙發上。

向姨媽發現小君的表情異樣，急忙問：「陸小姐，你不舒服嗎？快到房裡去休息一會。」

「沒什麼，也許是時差，不用管我，找人要緊。」小君刻意把自己偽裝成旅途辛苦的樣子，可是她心裡在流血。

小君闔上雙眼，她對自己說：「千不該萬不該來到美國。要斬斷愛情的情絲，要承認兄妹關係，偉遠已夠痛苦了。在此見面，等於是在他鮮血淋漓的傷口上，再塗上一把鹽。」

小君想著：自己不但是哥哥愛情的剋星，也是剝奪他生存下去的殺手。偉遠見到自己一定怕得像見到了魔鬼。

小君自問：偉遠會做傻事嗎？在艾倫和姨媽面前要承認自己就是小花嗎？她在心中吶喊：「命運啊！為什麼和我們開這樣的玩笑！」

小君已感覺到，向姨媽和艾倫對她有特殊的好感，為了救偉遠，她決定認同和偉遠的兄妹關係，將不倫的愛情永遠埋葬。

十四

夜已深了，向姨媽仍等在客廳的電話機旁。

「艾倫，有迪克的消息嗎？」向姨媽問。

「熟悉他的人，我都聯繫過了，沒有。買當天的機票要很多錢，我想他不可能走很遠的。」艾倫說。

「迪克身體不好，我擔心發生意外，趕快報警吧。」向姨媽說。

「艾倫大哥，求求你想想辦法，迪克是我哥哥……」小君帶哭聲說。

「你哥哥？」向姨媽和艾倫同聲問。

「是真的，我媽的名字叫陳阿媛，我是她的養女。」小君說。

「陸小姐，你放心，我們一定想辦法找到你哥哥。」艾倫安慰道，聽說迪克是小君的哥哥，艾倫覺得立功機會來了。

「太謝謝你們了。」

「你放心吧！艾倫一定會找到他的。迪克第一次發病的時候，跌在海水裡，要不是艾倫把他救上來，可能你哥哥早已填鯊魚的肚子了。」

「你是大好人，心中揣著菩薩心，好心必有好報的！」小君感激的說。

艾倫報警後說：「姨媽，你和陸小姐也休息一下，我去找幾個朋友，人多好辦事些。」

夜，靜靜的，城市雖然仍燈光燦爛，人們都已熟睡了。艾倫的車奔馳著，他找到了好幾位拔刀相助的哥們。

艾倫一夜沒睡，他們到了所有迪克可能去的地方，一點蹤影也沒有。

艾倫巴望著帶好消息回家，可是未能如願，他想不通迪克為什麼要走？去了什麼地方？

向姨媽和小君也一夜未眠，看著艾倫一臉疲憊不堪的樣子，小君說：「艾倫大哥，太辛苦你了，休息一下吧。」

「辛苦算不了什麼，能找到迪克，再累我也要去的。」

十五

天亮的時候，小君打了個盹，精神好了一點。她猜想著偉遠出走一定是因為她，看來，如果自己不離開，偉遠可能是不會露面的。

時間在混混沌沌中打發，一個星期過去了，偉遠好像從地球上消失了，毫無消息。

小君入學的時間到了，那天，艾倫說：「陸小姐，我送你去註冊。」

「艾倫大哥，多謝。但是，我不想讀書了，請幫助我代訂一張機票，我決定回國。」

「回國？你有沒有搞錯，別人千辛萬苦，考不上托福，拿不到簽證，你已到了美國，一切都還沒有開始，怎麼就開倒車。你這樣做，誤自己的前途，對你哥又有何益處，我想伯母不會同意你這樣做，我們也不同意你走……」艾倫慎重地說。

「我想過了，媽媽太孤單，哥哥的養父母也需要照顧，相信我不是一時衝動，亂做決定。」小君說明理由。

「陸小姐，我堅決反對你走。」艾倫堅決地說。

「為什麼？」小君不解地問。

「因為——因為——因為——」因為什麼，艾倫終於沒說出來。這是他心中的希望，他覺得時機未到，如果講出來小君不能接受，希望就會破滅。所以，到了嘴裡的話又吞了回去。

向姨媽說：「小君，將來你可申請媽媽來美，可寄錢回去幫助你哥的養父母，為什麼一定要回去呢？現在你心情不好，不想進學校，暫時可去補習英文。你年輕，待在美國，往後進學校的機會多。回去的路是大，可來美國的路就小哦。現在你情緒衝動，我們一定不讓你走。你若堅決要走，我想，也得等你哥哥有消息吧。」

小君被說服了，她放棄了入學，但沒有馬上飛回。每天跟著向姨媽去餐館幫忙。她想念偉遠，又害怕再見到他，更多的是擔心他的病。

艾倫和向姨媽為了找偉遠，不但託朋友，報警，還花錢登報、請偵探。非親非故，這樣幫助他們，小君感激不已。

時間在流轉，冬去春來，一年過去了，沒有半點偉遠的消息。艾倫常安慰小君說：「你哥哥一定不會有事的。」而小君更明白一定是偉遠不肯見她。小君常常一個人獨坐海邊，望著白浪滔天的海水發楞。苦澀的在心中吶喊：「蒼天，他為什麼是哥哥！哥哥你在哪裡？」

「小君，你在這裡已坐三個多小時了，再不回家，姨媽會急壞的。」每當這種時候，艾倫都尾隨著當守護神，讓她坐夠了再亮相，耐心勸小君回家。

十六

一個星期天中午，餐館客人很多，艾倫也忙著端菜、收盤子。突然，電話急響，艾倫拿起話筒接聽，對方是朋友馬明。馬明說：他的朋友在蒙特利城的向陽中餐廳見到過迪克。艾倫喜出望外，又叫馬明重複一遍，放下話筒就駕車風馳電掣般向南行駛。

一路上，艾倫樂滋滋的。心想：如果找到了小君的哥哥，她一定很高興，對自己就好比找到了愛情的敲門磚。

到了向陽餐廳，艾倫向老闆說明來意，並出示照片，老闆非常配合，看著照片說：「半年前在這裡工作的那個小伙子，的的確確是照片上這個人。但是，他的名字不叫迪克，叫大偉。」

「他在這裡工作如何？」艾倫問。

「剛來時精神不太好，幹了一個多月就好了，後來他要走，我真捨不得。」老闆說。

「他去了哪裡？」艾倫急著追問。

「不太清楚，但從他的表情看得出是交了好運，不然，我才不會讓他走呢。」老闆表白。

離開向陽店，艾倫很遺憾，但也放心多了，老闆的話證明半年前迪克的病已好了，而且還能工作。

艾倫加快車速，拚命往回趕，他要把這特大喜訊告訴向姨媽和小君。

艾倫一進門就嚷：「姨媽，迪克有消息了，小君，你哥哥有消息了。」

「他在哪裡？」向姨媽和小君聞聲從睡房裡跑出來問。

艾倫如此這般，描繪了見到向陽餐館老闆的情況，又說：「我以為迪克出走的原因，是自卑感作祟。見到了小君，覺得同樣是留學生，為什麼自己這樣落寞。他那樣亂闖真的很危險，現在病好了，還能工作，壞事變成了好事。」

「他已有工作，太好了。」這消息確實帶給小君以安慰。

「小君，雖然現在暫時還不知你哥哥在哪，但已有了線索，相信一定能找到他。」艾倫安慰小君說。

「只要他還活著就好了，艾倫哥，謝謝你這麼關心我哥。」小君本想說不用找了，實在難以說出原由。

艾倫丟下了所有的事，起早晚睡，走訪了南北加州幾百家餐館，仍沒有迪克的消息。他的誠懇已深深感動了小君。

那天，一大早，小君又在海邊徘徊。恍惚中，熟悉的腳步由遠而近。

「小君，我知道你一定在這裡。」艾倫說。

不知何時起，艾倫和向姨媽都不當她客人似的叫小姐了，親切地喚她小君，使她很感激，但也不安。「艾倫大哥，今天餐館不開門，為什麼不多睡一會？」小君溫柔地說。

「睡不著，來陪陪你。」艾倫說。

「謝謝你這麼關心我。」小君由衷地說。

「小君，有句話，我不知道可不可以對你說？」艾倫鼓足勇氣試探。

「艾倫大哥，我知道你想說什麼。可是，我們不可能有結果的。」小君淚眼朦朧地說。

「為什麼？小君，我愛你，真的，從第一眼看到你，就愛你了。」艾倫脫口表白。

「不為什麼，我的心已被一個人佔據了，沒有第二個人的位置。」

「誰？他在哪裡？」艾倫打斷小君的話緊張地問。

「不知道！」小君像夢囈似的說，眼淚從面頰上撲簌簌地滾落出來。

「小君，不要騙我，你不喜歡我。你有情人？這麼長時間，沒有情信，沒有電話，誰會相信呢？」艾倫說。

「我喜歡你，但是，不可愛你。求求你，艾倫大哥，不要說愛我，我已夠痛苦了，不能再雪上加霜。」小君懇求著。她怎能說呢？告訴他和自己的親哥哥有過愛情嗎？她是有口難言啊。

「小君，憑我的直覺，你有過愛情糾葛，甚至有過不幸。我要對你說，不管你過去發生了什麼事，我不計較。重要的是現在，現在我愛你，就愛你現在的樣子；一舉一動，一言一行，一哭一笑……總之，我深深的愛你。」艾倫堅決的說，這些話在他腦海裡已醞釀很久了。

「不問過去！」聽到這句話，小君心靈的囚室像猛然開了一扇窗，久違了的陽光又照進了心田。她那冰冷的心開始感到一絲溫暖。

「艾倫哥，我確實早已有意中人，只是我們有誤會，但是我相信，我們都仍深愛著對方。如果我接受你的愛，萬一他出現了，我不知後果如何？」小君明知她和偉遠已不可能相愛了，仍設下了這一道防線，她坦然地說。

「如果我們沒有結婚，當然你仍應該去愛他。如果我們結婚了，甚至有了孩子，我想，你大概不會忍心離開我們吧。」艾倫說。

「結婚是緣份，過去的一切都應該死去。」小君明快地說。她的話表明已從痛苦中掙扎過來，接納艾倫了。「一言為定。」艾倫說。

「一言為定。皇天在上，海水作證。」兩人鉤緊了指頭，多麼像小頑童。

艾倫的眸子放鬆地望著小君，終於，擁住了她。

一艘在愛河中迷航的小船，經過一場暴風雨的搏鬥，撥正了航向，愛，在小君的人生旅途中，又開始啟航了。

十七

明媚的春天來了，春風吹綠了大海，吹綠了海灣。艾倫沐浴著燦爛的春陽，在海灣漫步，此刻，艾倫在「愛」的長途跋涉中，終於追到了小君。他很欣慰，很滿足，他無心去想小君愛過什麼人，那人又在何方，是否還會來格鬥奪愛。

在艾倫眼中，小君是一位下凡的仙女。她的五官完美得連整形大師恐怕也難以創造這樣的傑作。這樣的女大學生，如果沒有人追，沒有人搶，沒有愛，那才是怪事。小君有過一個男朋友，兩個，甚至三四個都不奇怪，可喜的是自己是勝利者。

小君的車，已停在車庫，兩人同車上班，同車回家，同桌用餐，火熱得向姨媽有時不得不迴避，讓他們多親熱一會。

姨媽收銀，小君招呼客人，艾倫裡裡外外忙個不停，有了他們的愛情，餐館的生意似乎也興旺了。

小君沉迷在喜悅和歡樂中，心靈深處漸漸和過去的陰影告別。

向姨媽常常眼睛笑成了一條縫，艾倫雖然是她妹妹的遺子，但從小跟她長大，愛如心肝寶貝。

姨媽心裡想著：如花似玉的女孩子，要趁熱打鐵。飯店進進出出的客人這麼多，弄得不好來個夜長夢多就慘了。艾倫年近三十歲了，辦喜事已成頭等大事。

向姨媽說：「艾倫、小君，你們是天生一對，地造的一雙，男大女大，不必談馬拉松戀愛了。姨媽我，不想再待在餐館裡，急著回家抱孫子，你們早結婚吧。」

小君臉紅不語，心中惴惴不安。結婚，是喜事，但對她來說，也有恐懼，因為她已屬於過另一個男人。

艾倫說：「多謝姨媽關心，只要小君同意，我們隨時都可舉行婚禮。」他朝小君深深地看了一眼，小君輕輕點頭，表示同意。

吉日訂在八月八日，那是個非常討口采的好日子。

八月六日，小君和艾倫沉浸在新婚前的喜悅中。他們訂吉宴，購物品，發請帖……

晚上九點，剛跨進門，電話響了，小君連忙拿起話筒接聽，電話的那一頭是媽媽的聲音，小君興奮得跳起來。

上海的家裡沒有裝電話，打電話回去需先寫信約好時間地點，很麻煩。媽媽已退休，如果打電話到美國要去郵局排長龍，一通電話，說不上幾句話，一個月的退休金就沒了。所以，沒有要緊事，媽媽是不會打電話來的。

「媽，好想你哦！有事嗎？你現在在哪裡？」高興之後，小君忙問。

如果媽媽告訴她是在朋友家打電話，小君一定讓媽媽先把電話放下，再打回去，這樣不讓媽媽付錢，又可多說些話。

「我是在郵局。阿君，收到你的信，知道你們快結婚了，媽好高興。艾倫那孩子，我雖沒見過面，在照片上看到你們那麼相配，我知道你的眼光是不錯的。遺憾的是，我不能來參加婚禮。這麼遠，連一點嫁妝也不能買給你，只好掛個電話，祝福你們幸福快樂，白頭偕老……」媽媽說了一大堆話。

「多謝媽媽。我這裡什麼都不缺，媽媽放心吧。」小君安慰說。

「不過，我想了一夜，有件事還是要告訴你才好。你在信裡說見到過偉遠，而且他是你的親哥哥，如果真是那樣你和偉遠一定都很痛苦。我要告訴你的是，偉遠不是你的親哥……」

「媽，你說什麼？什麼？偉遠他不是我的親哥哥？」小君打斷了媽媽的話急著連聲問。

「阿君，別急，聽我細說原因。那年我抱小花回家的時候，清楚記得頭頂上有兩個『旋』，臉上沒有小酒窩。後來因我生病，將小花寄養在表姊家，過了三個多月我出院接小花回來，那時你已半歲多了，我感覺到你的模樣比小花更漂亮可愛，頭上的『旋』少了一個，臉上也多了一對小酒窩。問表姊，她吞吞吐吐搪塞，硬說你就是小花。」

「媽，你表姊現在在哪裡？」小君要了解自己的身世，再次打斷媽媽追問。

「你小時候她還常來走走，後來就不來了。前幾年她病了，住在鄉鎮醫院，我去探視，她神智已不清楚，嘴裡一直嘮嘮叨叨說：『我不是有意的，我不是有意的，饒了我……』我感覺，她一直可能在為自己的過錯內疚，直到精神崩潰，現在她已死了。後來我一直在腦海裡構畫小花的模樣，我可以肯定，你一定不會是小花了。」媽媽說。

過了好一陣子，小君回過神來，無力地問：「媽，我走後你見過偉遠的爸爸媽媽嗎？」

「前兩天，他爸來過，送來了你寄給他們所有的錢，還說偉遠也知道你要結婚了。」

「他現在在哪裡？」小君搶著問。

「他爸爸也說不清楚，叫什麼『門』電腦公司工作。」

放下電話，小君呆若木雞，她甚至不知道坐在身旁的還有艾倫。

小君心亂如麻，兩個男人，應該說都愛。對於偉遠，是她的初戀，他們的愛深刻甜蜜，是這種所謂兄妹關係把他們打入倫理和血統的牢籠。艾倫對她很好，他們已論及婚嫁。怎麼辦？怎麼辦？怎麼辦？結婚的一切都準備好了，連喜帖都發了，捫心自問，小君忘不掉偉遠，特別是此刻，在她心目中消失的偉遠又英姿煥發了。如果心靈的裁判能讓她選擇，當然她仍會選擇偉遠。可是，是艾倫幫她走出了陰霾，沒有艾倫的愛，那裡還有今天的小君。此刻的小君被自己所愛的兩個男人煩惱、苦澀、不知所措。

小君的全身像結了冰，無力的癱軟在沙發上。

「小君，想媽媽了嗎？過幾個月，拿到了綠卡，我們回上海去見見她，時候不早了，回房睡覺吧。」

漫漫長夜沉浸在小蟲的叫聲中。小君和衣躺在床上，望著蒼茫星空明月，她望著，長長久久地望著。她的腦海有時浮現出偉遠和艾倫的身影，想盡情地擁住他們。可是，待她定定神，眼前出現的是一片空茫。恍惚中也不知過了多久，星光漸穩，曉月初沉，遠遠的天邊，彩霞在地平線上鑲了一道金邊，天漸漸亮了，太陽露出了一線紅光。

小君仍躺在床上，沒有一點做新娘子的喜悅，那紅腫的雙眼，掩蓋不住她哭得很傷心的事實。

「小君，禮服已修改好了，等會我們去取好不好？」艾倫一張笑臉柔聲問。

「嗯！」小君毫無表情勉強的答。

「看樣子你緊張，時代不同了，為什麼還要哭嫁呢？好，你不用去了，我打電話叫他們送來，你好好休息，做一個最美最快樂的新娘。」

小君沒有說話，溫情的目光深深的停留在艾倫的身上。

她能說什麼呢？取消婚禮嗎？不能這樣做；當新娘嗎？她不快樂，也緊張，因為她已屬於另一個男人。如果艾倫知道她不是處女，萬一偉遠知道他們不是兄妹，他又怎會甘心？

艾倫抓住小君的手，放在唇邊輕輕一吻說道：「親愛的，姨媽已準備好早餐，起來吃一點，我有事要去辦，一會阿芳會來陪你。」

艾倫消失在門外，小君終於忍不住，伏在枕頭上，低低的、低聲的啜泣。

十八

八月八號，秋陽高照，秋花嫵媚，秋水澄藍。艾倫那輛豪華車，紮上了鮮花和綵帶，緩緩地向教堂駛去。

時鐘有節奏地響了九下，禮車在聖約翰教堂車場停下，艾倫和一位女伴攙著小君下車。小君身著白色合體的婚禮服，胸前珠光耀眼奪目，她稱得上世上最美麗的新娘。

向姨媽身穿墨綠緞子中袖旗袍，胸前綴著閃閃發亮鑲片，垂著紅緞金字的主婚人條上，有一朵鮮豔的大紅花。

向姨媽的身段仍豐滿，臉龐上雖說眉骨微微有點下塌了，眼角已刻有歲月留下的皺紋，但她的鼻樑仍挺拔，目光有神，高高攏起的頭髮在腦後挽成一個結，顯得高貴、典雅，看上去比她近花甲的年紀，最少年輕了十歲。

向姨媽微笑著迎接賓客。

大約十點，戲劇性的場面開始了。

「小君，你看誰來了？」艾倫說。

小君的視線迎在門口，只見西裝革履，英挺瀟灑的一個年輕人向他們走來。小君定了定神，她看清楚了，那是偉遠。

　　剎時，小君忘了自己身在何處，他為什麼這時才出現？這些時間他在哪裡？艾倫為什麼找不到他？……一大堆問號要擠破她腦門。雙眼模糊，雙腳癱軟，身子顫慄搖晃，艾倫見狀，連忙抱住小君喊道：「小君，小君，不要這樣，我是為給你一個驚喜，他才是今天的新郎──」

　　小君眨著夢般的眼睛，深情的望著艾倫，她不相信這是真的。

　　艾倫撫著小君的頭髮，淚眼模糊地說：「這是真的，你看，偉遠別上了新郎胸花。」

　　小君回過神來，晶瑩的淚水成串的淌在臉上，她撲到了艾倫的懷裡，雙肩抽動，哭出了聲，那哭聲帶著感激、遺憾、愛……

　　婚禮開始，艾倫首先聲明說：「諸位長輩、貴賓、朋友，感謝大家光臨婚禮。不過，抱歉的是今天的新郎不是我了。徐偉遠先生和陸小君本是一對郎才女貌，感情深厚的戀人，由於命運，曾經他們分手，這期間有我介入，差一點『喬太守錯點了鴛鴦譜』。多虧了上海媽媽一通越洋電話，我們找到了偉遠。不瞞大家，我愛小君，放棄一個深愛的人是痛苦的，但成全朋友的美滿姻緣才是崇高的。今天，偉遠賢弟和小君妹，有情人終成眷屬，我們為他祝福吧。」

　　艾倫的話在轟雷般的掌聲結束，他含笑著走到伴郎席，一顆碩大的淚終於從眼眶滾落出來。

　　小君不記得自己是怎麼走進新娘席的，也不知牧師說了些什麼話，自己是怎麼答的，偉遠又如何給她戴上結婚戒子，婚禮又是如何結束的。她完全在艾倫的導演下，做一個新娘應該做的事。

　　明月高懸在湛藍的夜空，萬家燈火與星穹遙相呼應，給這座港灣城市穿上了華麗的晚禮服。

　　漁人碼頭的豪華餐廳裡，小君和偉遠的婚宴筵開十桌，喜氣洋洋。向姨媽臉上的微笑雖不大自然，仍與艾倫陪著新郎新娘為賓客敬酒致謝。

　　席間，卡拉OK助興，小君情不自禁地唱道：

　　我心中有一支歌，為你唱千遍也不多。

　　你的恩情比天大，你的胸懷似海河。

　　我深深的愛你啊！可是，你不可屬於我。

　　我心中有一支歌，為你唱萬遍不算多。

　　你的恩情比地大，你的愛心似長河。

　　我是多麼的愛你啊，可是，你不能屬於我！

　　啊……

　　我今生忘不了你，心中永遠永遠為你唱一支歌！

　　賓客散去，偉遠緊緊地擁住艾倫，激動地說：「艾倫大哥，沒有向姨媽和你無私的幫助、關愛，我哪有今天。我心中也有一支歌永遠感謝你們！」

　　「偉遠兄弟，深愛一個人，為那人的幸福和快樂付出一切是值得的。當然，也是痛苦的，相信我會挺得住。世事萬事皆是緣，別說感謝了。上車吧，家裡還有客人在等你們呢。我和姨媽買了去華府的夜航機票，還打算去歐洲旅遊半個月。店裡的事已安排王大伯照應，你們也好好的去度個蜜月吧。」艾倫真誠地說。

　　目送著向姨媽和艾倫的車，漸行漸遠，消失在車陣中，偉遠和小君的雙眼都模糊了。

女人！女人！

　　明媚的春天，陽光燦爛，空氣新鮮、清爽，大地百花盛開，五彩繽紛，芳草如茵，林木青翠。在這春的大好時節，江浩利用春假，帶著妻子、兒女，再次暢遊風光旖妮的夏威夷，慶祝結婚二十五週年。

　　假日旅館舒適方便，第一天，首先舉行慶祝活動。第一個節目是小女兒玲達給爸爸媽媽獻花；第二個節目是兩個兒子為父母祝詞；接著是江浩給妻子贈送禮物。

　　江浩慎重其事的從上衣袋裡，拿出那只精美的絲絨禮盒，放在林前手心裡。從外表上看，那麼高檔的禮盒，內中的飾物一定很珍貴。

　　江浩輕輕矇住妻子的眼睛，說道：「阿前，你猜，是什麼？」

　　「數不清你送給我多少禮物了，我什麼都不缺，真的猜不著。現在我們年紀都不小啦！孩子都成年了，愛，擺在心中吧！這送禮的節目，從明年開始，就免了好不好？」林前真誠的說。

　　「說什麼免了，心愛沒有行動表示，你怎麼知道？結婚是我們兩人的事，取消制度，得兩人舉手通過才行。實話對你說吧，明年的禮物都訂好了，只是日曆沒有翻到那一天之前，絕對保密，到時候才給你一個驚喜。」江浩鬆開手揚起眉毛殷勤的說。

　　「舉手，一比一，永遠無法通過的，算我服了你……。」林前臉上漾開了滿足而甜蜜的微笑。

　　林前小心的打開了絲絨盒。

「哇！！！好棒啊！！！」幾乎是同時，三個小孩都高興得拍手大讚。

那是一條墜著「祖母綠」翡翠的項鍊，綠色的翡翠中，嵌有一個耶穌像，不但美極了，還包含著天父的愛。

「浩，這麼高級、漂亮的項鍊，又讓你破費了！」林前由衷的說。

「我的太太，說什麼破費！如果能把心取出來，我也樂意給你！」江浩蜜糖般的話語讓林前彷彿回到了新婚之日。

「浩，太謝謝你，給了我這麼多的愛。」林前感激的說。她控制不住自己的感情，當著兒女的面，倒在了丈夫的懷裡。

「夫妻之間，別說客氣話了，我娶了你，這輩子才有這樣的幸福。愛，是永恆的。」當著兒女的面，江浩給林前一個甜甜的長吻。

結婚紀念日的下一個節目是父母對兒女的訓話。

林前說：「艾力斯、艾倫，你們兩個馬上就要踏入社會了，對事業的盡心盡責，將來對妻子的衷愛，要學習你們的爸爸。我和他共同生活了二十五年，他真的是個無可挑剔的好丈夫、好父親、好企業家……。」

兩個兒子連聲說「是」。

江浩對女兒說：「玲達，你是在全家人的寵愛中長大的。現在高中快畢業了，將來，事業上學學你媽媽做女強人；在家，我看能學到你媽的一半，做賢妻良母就不錯了。」

玲達撒嬌道：「爸，我才不學媽媽呢！以後如果選擇男朋友，不要他給送禮，而要他給我煮飯。」

「你這張八哥嘴，老是拿老爸開心，今天是爸媽的大喜日子，也不放過，養女兒有什麼意思啊！」

「好了，好呃，都是你把她給慣壞了。女兒反正是人家的人，隨女婿去管吧！」林前接口逗趣。

「媽，你也損我。」玲達嘟起小嘴羞澀的說。

「我的寶貝女兒，有老爹護著，媽哪裡敢損你。到時候是有了老公不認娘，哪裡捨得讓他去煮飯……。」媽媽仍和女兒開玩笑。

慶祝活動的最後一項是切蛋糕。蛋糕上二十五根蠟燭，二十五朵紅花環繞，中間是「白頭偕老」四個大字。二十五支蠟燭齊明，江浩夫妻合力切蛋糕。

全家人吃著、談著、笑著，孩子們還將蛋糕分給同樓的遊客和旅館的工作人員。

接下來是暢遊三島，一星期慶祝旅遊活動結束了，好不溫馨和熱鬧。

江浩說，下一年的慶祝活動計劃到北京舉行，準備請些客人，一定會更有意義。

可是，第二十六個結婚紀念日還未到來之前，這個家發生了大地震。家庭的頂樑柱，公司的總經理，孩子的好父親，林前的好丈夫，肺癌已到了晚期。不但全家人憂心忡忡奔跑在醫院，公司的同仁也捨不得這位仁慈、寬厚的老闆被病魔奪走生命，每個員工都抽閒到醫院探望。

連續在醫院陪伴著兩個多月的林前，望著心愛的丈夫一天天接近死神，受不了精神和體力的雙重高壓，身子已瘦了一圈。本來顯得比實際年齡年輕很多的臉，也老了一輪，簡直自己都快病倒了。

那天中午，也許是止痛針的作用，江浩睡著了。林前把丈夫託付給護士，連忙回家梳洗一下。返回時，聽到病房裡有人在和丈夫說話，開始她以為是醫護人員在工作，進而聽到抽泣，她下意識的駐了腳，停在門外。

「浩，我不求名份，只求你在離世之前，讓孩子叫一聲爸爸。」

「阿雲，我對不起你和孩子。真沒有想到，會這麼快拋下你們母女。原諒我現在什麼都不能做了，到了這一步，我不能在林前和孩子面前撕破臉。無法給你名份，連錢也沒辦法給你們一點，還是不讓雪妮知道她的身世好些。你還年輕，又這樣漂亮和有才幹，會有比我更愛你的人，忘了我吧！……」江浩斷斷續續的說。

我的天，梅雲不就是自己好朋友的女兒，公司裡自己最信任的祕書嗎！孩子？！他們都有那麼大的孩子了，什麼時候開始勾搭上的呢？難怪那個喊梅雲作阿姨的雪妮，看上去好眼熟，原來是像自己的丈夫哦！為什麼傻到這種程度？天天周旋在這兩個人中間，竟一點也沒察覺！……一連串的問號頓時擠破了林前的腦門。她本想衝進病房和這個女人大鬧一場。可是，理智告訴她不能這樣做。如果鬧開了就是承認了他們，後果不堪設想。

晴天的驚雷，一下子擊倒了這位八面玲瓏的女當家。她踉蹌了幾下，幾乎昏倒。最後，拿出吃奶的力氣，扶著牆壁，拖著像鉛塊似的腳，向停車場走去。

平時走這段路，不過五、六分鐘，今天，她走了半個多小時，最後，像一團爛泥似的癱倒在車座上了。

昏昏沉沉，也不知過了多久。大兒子艾力斯找到她的時候已是下午四點了。

江浩走了，他沒有和林前說再見。林前心目中那個忠誠、深愛她的好丈夫、事業的好伙伴、林家繼承產業的可靠女婿，原來竟是一個道貌岸然，在外金屋藏嬌的偽君子。林前是為失去口口聲聲愛自己勝過他眼睛的丈夫悲哀；還是為自己受騙到如此程度而傷心呢！只有瞎子吃餛飩，她自己心中有數了。人死已帶走了一切，連

吵一架，出一口氣的機會都沒有了，只能吞下這碩大的苦果，強打起精神，為混蛋丈夫辦喪事。

尾聲

三個月後，梅雲發現自己工資袋裡多了不少錢，連忙問：「董事長，會計是不是點錯數了，怎麼多了這麼多錢？」

林前說：「沒錯，從這月起，你加薪水了。一個單身女子，還要為別人撫養孩子，不容易。你在公司服務這麼多年了，知道你有實際困難，應該給你一點照顧。」

說完了這些話，林前埋下頭，擦乾了那顆碩大的淚。

迴旋的戀曲

夕陽吻著山腳，美麗的紅霞給大地披上了晚裝。于洪建收拾好辦公桌上的文件，又在檯曆上寫下明天的工作提要，然後下樓，驅車回家。

一進門，母親的拿手菜──砂鍋獅子頭香味撲鼻。洪建放下了公事包，左手揭開鍋蓋，右手用小匙子撈起一個嫩得出水的肉丸，用嘴輕輕吹幾下，「呼啦」一下就送進了五臟廟，嘴裡連聲說：「媽，真好吃，真好吃……」

「看你這孩子，永遠長不大，不洗手就吃東西，餓了吧！」媽媽打趣的說。

「不餓，是嘴饞。」洪建邊說邊進睡房。

他脫下外衣，洗過手臉，母子倆同進晚餐。媽媽給兒子挾肉丸，兒子為母親奉魚片，兩人吃著談著，很是親切、溫馨。

菜足飯飽，媽媽又從廚房端來一盤剝好皮的橘子，放在洪建面前，說道：「飯後吃點水果，幫助消化。」

「媽，你真把我慣壞了，吃水果自己動手吧！又不是餐館，這麼周到做啥。」

「兒子沒成家，在母親的眼裡就是 BABY，你工作這麼辛苦，沒有媳婦，媽不照顧，誰照顧你呢！阿建，媽有句話，擺在心裡好幾天了，不說出來，心坎上真像壓了塊大石頭，不知你要不要聽？」

「媽，什麼事這麼嚴重，趕快告訴我呀！」洪建連忙說。

「阿建，我的年紀雖然還不算老，可是麻煩透頂的病，隨時都可能回天家。你都快三十歲的人了，還不考慮自己的婚事，萬一媽走了，誰來照顧你生活起居呢……本來嘛！凱茜那孩子相貌不錯，個性也挺溫柔，又是上海人，倒適合你。可是，她年紀這麼輕就做了單親媽媽，免不了她自己也有責任的。常言道：『一個巴掌拍不響』，既然人家捨得拋棄，你何苦去淌渾水呢！」母親很有哲理的說。

「媽，我和凱茜只是普通朋友，而且交往不久，並沒有談情說愛呀！婚姻大事，可遇不可求的。在美國，最忌諱論斷別人的隱私，我還不了解她的經歷。不過，依我看，凱茜是一個很單純的女孩子。也許少不更事，涉世不深，上了別人的當，弄成現在這種處境，無形中降低了她的身價，真可惜！」洪建同情的說。

「阿建，知子莫若母，你的心事難道媽心裡一點都沒有數嗎！張媽媽給你介紹的那位劉小姐，人品、學問、家境，哪一點匹配不上你，可是你眼都不抬一下，弄得張媽媽下不了台，我也不好意思回人家的話。」

「媽，劉小姐確實條件很好，可是，我和她培養不出一點點的感情，有什麼辦法呢！我想，這大概就是人們常說的沒有緣份吧！」

「感情？不見面，不交談，不往來，怎麼談感情二字。現代人把夫妻叫牽手，你不肯牽人家的手，哪裡來感情呢！我和你爸也是別人介紹的，結婚前只見過兩次面，我們鴻雁傳書談戀愛，後來結婚相處，感情不也很好嗎！你爸去世這麼多年了，現在我都無法忘懷。你和劉小姐都是飄洋過海到異鄉，人家那麼看得起你，就是緣份。我看你和凱茜倒是有緣沒份，不然好端端的為什麼會冒出個孩子來呢！」

「媽，你的道理是對的。但是談戀愛是一種內心深處的情緒，我現在真的不想考慮這個問題，就勞駕你謝了張媽媽吧！至於凱茜，我知道媽的意思了。」洪建婉轉的說。

「阿建，你不要瞞著媽，心中有愛情的人整個人都會改變，每個眼神，每句話都會表白出愛的信息。你不愛凱茜是假的。你如果真的要和凱茜好，我反對也沒用。只不過你決心承認二手婚姻，就必須完完全全接受她的孩子，因為孩子不能沒有母親。以我的想法，凱茜不急著嫁人的理由，也是為了孩子而尋尋覓覓。」母親通情達理的說。

「媽，你可以接受凱茜嗎？」洪建鼓足勇氣問。

「妻子和你過日子，我能不能接受並不重要的。重要的是你自己要考慮清楚才好。古人說：『無遠慮者，必有近憂。』」母親深沉的說。

「叮鈴鈴……」電話響了，打斷了母子倆的談話。洪建連忙拿起話筒接聽，真的說曹操曹操就到了，電話的那一頭正是凱茜。

「于先生，偉偉發高燒，我打了幾個電話，朋友都不在家，能不能麻煩你幫我一下？」凱茜懇求說。

「好，我馬上就來。」洪建爽快的答。

「媽，凱茜的孩子病得厲害，我去看一下，不幫你洗碗了。」說罷，洪建匆匆奔上汽車。

洛杉磯，永遠是個忙碌的城市，大車小車川流不息。洪建的車夾在車陣中，心急如焚，如果是騎馬，他一定會猛抽馬屁股，讓牠快跑；如果是騎單車，他會拿出運動健將的本領衝鋒。可是，此刻他只能跟在人家車後，慢吞吞的爬行。平時十五分鐘的車程，今天足足開了二十五分鐘，急出了洪建一頭的汗水。

　　到了凱茜住所，兩人七手八腳忙送孩子進醫院。在去醫院的路上，洪建想著：這次大概是聖經上所說的「魔鬼試探」，看看自己有沒有愛心接受這個孩子吧！

　　檢查的結果，偉偉得的是急性肺炎，必須立即住院。辦好住院手續後，凱茜感激的說：「于先生，太感謝你了，要不是你急人之難，很快趕來，我真不知該怎麼辦？很晚了，你回去吧！可能于媽媽還在等你呢！我想和醫院商量留在這裡陪偉偉。」

　　「好，我先回去，明天再來看偉偉，有什麼事，隨時來電話。」洪建真誠的說。

　　「多謝！拜拜！晚安！」凱茜伸出纖手與洪建握別。

　　由於業務的關係，洪建不知握過了多少人的手，可那只是一種禮貌，握過就完成了使命，留不下任何印象。但是，自從第一次與凱茜握手，他感覺那手好像有一種磁力，不想分開。今夜，他更感到這雙手的柔軟，意識到一個單身女子帶著個孩子，是多麼需要男人的臂膀幫助啊！

　　回家的路上洪建無法集中全部精力開車，差點闖了紅燈。他對自己說：難道愛情真的是這麼神秘嗎。原來愛情是一種無私的付出與奉獻，是來自內心的呵護啊！他問自己凱茜已有那麼大的孩子了，還愛她嗎？答案是肯定的。但是，洪建知道，媽媽雖然沒有堅決說「不」，她是絕對不樂意娶個「二手女人」做媳婦的。此刻的洪建，好比站在天秤上，重心已移到了凱茜這一邊，他希望在母親這一方，多加砝碼，把事情擺平。

　　夜，開始靜了，鳥兒和無名的小蟲，都停止了雜亂無章的音樂。月光從窗縫中悄悄地溜進屋來，在地毯上投下光影，洪建再也不能入睡，腦子裡全是凱茜、偉偉的影子……。

　　洪建的思緒不受控制的飄浮：記得第一次和凱茜見面是在三個月前。那天，為了公司的業務，他到凱茜服務的公司找經理商談。因涉及財務上一些具體問題，經理建議他直接找會計師——凱茜小姐仔細磋商。

　　推開財務辦公室的門，迎接洪建的是一張不搽脂粉自帶白的笑臉，和一雙水靈靈的大眼睛。大眼睛的主人自我介紹她是凱茜。互相寒暄落座後，公事談了五分鐘就「OK」。凱茜雖是洋名，從她談話的「阿拉」腔，洪建確定她一定是上海老鄉。

　　攀談中得知原來大家都是「洋插隊」的留學生，彼此都有那種同在異鄉，相見恨晚的感覺。分別的時候互相交換了名片之外，還留下了家裡的地址電話。

　　三個多月來，說公事也好，或者因為老鄉的原因也好，他們確實感到很合得來。三個星期前，洪建正式邀請凱茜到家裡作客。于媽媽聽說兒子要在家宴請女朋友，高興得忙了一整天，做了一大桌美味佳餚。

　　餐桌上，媽媽不斷提醒兒子為客人奉菜，對這位「上海老鄉」小姐很是稱心。

　　「凱茜小姐，你不嫌棄就常來我家走走。阿建這孩子，從不在外交朋友，除了工作就是在家陪著我，你來也熱鬧些。我做菜的手藝不高，可以多少吃點家鄉味……。」于媽媽殷勤的說。

　　「好！于媽媽，我一定常來看你。但以後別為我做這麼多好菜了，太好吃會把我餵成填鴨子的。」凱茜開玩笑說。

　　「你這孩子，真會說話。」于媽媽誇道，笑得合不攏嘴。

　　飯後，凱茜和洪建搶著洗碗。然後，天南地北，上海美國，校園公司……談得很是投入。于媽媽一會端茶，一會削蘋果，一會又

故意離開。看著兒子交了這樣如花似玉、善解人意的女朋友，真是樂在心裡，喜在眉梢。

大約四點，凱茜抬起腕錶看了看，連忙說：「唉呀！只管貪吃和說話，都忘了時間了，我得趕快去學校接孩子。」說罷匆匆告辭。

「接孩子？！」三個字像無形殺手的冷棍，突然打中了洪建和于媽媽兩人的頭，他們都傻傻的楞在那裡，連送客的儀式都忘了。

幾個月的交往，洪建確信凱茜是單身貴族，而且自己有時主動發射一點愛的電波，她也坦然接受。凱茜怎麼可能是一個生過孩子的單親媽媽呢？但是，接孩子是她自己親口說的呀！在美國，工資、年齡、婚姻狀況……都是敏感問題，如果他自己不說出來，都不可貿然詢問的。

顯然，凱茜已不是洪建理想的女朋友了。于媽媽的態度更是一百八十度轉彎，生怕洪建當斷不斷，連忙託張媽媽為兒子說媒。洪建也開始退縮了。可是，在洪建的心中再也抹不掉凱茜的影子。他掙扎了一星期，思想鬥爭有如在地獄裡走了一趟，但是，最後還是回到了凡間，他又去找凱茜了。

幫助了凱茜送偉偉到醫院的一幕，更讓洪建產生了憐憫之心。

偉偉緊緊的抱著凱茜哭叫：「媽咪、媽咪，我好怕……。」

「偉偉乖，偉偉乖！媽咪在這裡，不要怕，不要怕……。」凱茜撫著孩子的額頭說。

洪建在心中嘆息，好好的一個姑娘，為什麼遭到如此不幸呢！他輾轉反側，對自己說：「一個在情字路上受過創傷的女孩子，需要的是寬容和包涵。如果你真愛她，就不能計較她的過去。既然愛她，更應該愛孩子。」有了這樣的理念，他終於平靜的睡著了。

暮春的洛杉磯，仍是屬於鳥語花香的季節，公園裡綠草如茵，五彩繽紛。偉偉出院已經一個多星期了，那天，是周末，洪建和凱

茜帶著偉偉在公園裡漫步。走了一會，洪建抱起偉偉問：「你喜歡叔叔嗎？」

「好喜歡！」偉偉眨著大眼睛說。

「你喜歡叔叔，你媽媽不一定喜歡我呢！」洪建雖然是在逗偉偉，實則是「項莊舞劍，意在沛公」，想試探凱茜。

「醫院阿姨們都說你是世界上最好最好的叔叔，媽媽怎麼會不喜歡你呢！你的家在哪裡？搬來我們家住好嗎？媽媽不陪我了，每天都只有布娃娃的臉陪我睡覺，我怕鬼，你來陪我睡覺好嗎？……」偉偉天真的說。

「你媽媽會讓我住你家嗎？」洪建故意扯高嗓門問。

「喜歡，喜歡，以前我們家也住過一個叔叔。」

「那個叔叔現在住在哪裡？」洪建臉上一下子像布了烏雲，不悅的問。

「我不知道。」偉偉搖頭說。

「那個叔叔還來看你們嗎？」洪建像打翻了醋缸，酸溜溜的，繼續問。

「可能他不喜歡我，走了就沒來過。于叔叔，你喜歡我是不是？要不是你送我到醫院，可能我已死掉了……。」

「怎麼會讓你死呢！我不送，你媽也會送你到醫院呀！」

「可是，我的媽媽不在家。」偉偉低聲說。

「你媽媽怎麼不在家？」洪建不解的問。

「我媽媽去了台灣，要很久很久才回來」，偉偉不悅的說。

「怎麼回事？」洪建停下腳步，把偉偉放在草地上，目不轉睛的問凱茜。

「哈！哈！哈！……」凱茜一串清脆的笑聲，有如百靈鳥美麗的歌聲在空中迴盪。她拍了一下洪建的肩頭說：「你搞錯了，以為

偉偉是我的兒子嗎？我可沒有本事勾引男人未婚生子啊！」停了一下，凱茜把嘴貼在洪建的耳根，輕聲的說：「偉偉是我前任房客的私生子，房東孫媽媽收養了他。」

「偉偉為甚麼叫你……媽咪呢？」洪建覺得這樣問太唐突，話出口已收不回，只好把剩下的字全部說出來。

「孩子發高燒要媽咪，代替一下有何關係？」凱茜爽朗的說。

「啊！原來如此！你看我多傻。」洪建恍然大悟的說。

內疚、快樂同時湧上洪建的心頭，一場國際玩笑就這樣結束了。

偉偉加入了孩子們玩皮球的陣營。洪建擁著凱茜說：「我打算收偉偉做乾兒子呢！你同意做他的乾媽媽嗎？」凱茜本想說：「你真壞，醋罈子。」櫻桃小口已被洪建的唇堵住了。

洪建和凱茜迴旋的戀曲，又開始了新的樂章。真是：「要問姻緣從何來，世上無巧不成書。」

剪不斷的愛

一

太陽從海面收起它最後一道霞光，暮靄從天際慢慢扯過來，掩著大地與沙灘。一隻大雁緩緩的向岸邊飛去，顯然是在尋找棲身過夜的所在。

形單影隻的孤雁，一下子勾起了文萊蒼寂無依的落寞之感。

自從經歷了這場人生悲劇，每個週末黃昏，文來都獨自來到白色的沙灘，向大海傾吐內心的寒傖與悲涼。今天，又是一個秋風掃落葉的週末，她不去海邊的理由是因為要參加玲玲的生日派對。其實，這是她最不願當的配角，可是，推不掉玲玲的胡攪蠻纏。

王玲是文萊中學的死黨，大學的同窗。身居大洋彼岸，遠離故土親人，玲玲不僅是好朋友，簡直是唯一能交流心聲，也能聽自己訴苦的「特別聽眾」。

屈指數數，婚變兩年多來，開始玲玲是像大姊般勸導：「萊萊，合不來勉強待在一起，等於是在受刑，遲分不如早分，既然他的心已屬於別的女人了，還折磨自己做什麼呢……」

話是那麼簡單，真正要分手就不是那麼一回事了。文萊腦海中常盤桓著一個問題：為什麼會鬧到離婚的地步，難道是自己不漂亮、不溫柔、不熱情，沒有盡到做妻子的責任嗎？答案是否定的。他不是個好丈夫，自己無愧。

　　自從離婚，玲玲挖空心思，已為她介紹過不下半打男朋友了。論年齡都不超過四十歲，論品貌雖稱不上美男子，也都說得過去。特別是那個叫邁克的印尼人，華僑子弟，三十八歲，大公司副經理，一米七五的身高，文雅書生氣的白面孔，濃眉大眼，企管碩士，更酷的是沒有結過婚。

　　想想自己，三十出頭的離婚女人，早已花容失色，別人不另眼相看已算好命。真搞不懂，見面時那麼歡歡喜喜，心有所屬，可是，一回到家，電話號碼打入冷宮，人家打來，也是冷冷冰冰，找藉口推辭。難怪玲玲要說：「我的大妹子，看破紅塵嘛！還早呢！你就和他多見幾次面，婚姻不成也可交個朋友嘛。幹嘛緊閉愛情之門呢？」

　　玲玲真是肝膽相照的好朋友啊。吃了那麼多閉門羹，仍不放棄始終。文萊想著：「今日的生日派對，很可能又有什麼貴客和自己有關，不然為什麼玲玲三番兩次的提醒要化化妝，穿上好看的衣服呢？」

　　黑夜已將白晝完全吞沒，文萊瞄了一眼牆上慢步就班走著的掛鐘，離派對開始的時間還有半個多小時。到玲玲家，只有七八分鐘車程。

　　她到房裡取出精緻的寶石項鏈，放入皮包中，然後到衛生間攬鏡自照。雖然約略施過脂粉，鏡中的自己確讓文萊打了一個寒噤：原來白皙的瓜子臉上，那雙流波四射的眼睛角邊，已爬上了細細的皺紋。文萊在心中吶喊：「老了，自己真的老了。」

　　她將自己的身子投入軟軟的沙發，酸澀的眼睛裡瀰滿了淚霧。

二

　　文萊的腦海像在放電影，電影裡第一個定格的畫面是母親。母親一年前突然去世了，她生命的句號，只停留在五十二歲。文萊得

到母親病危的消息，放下工作，匆匆飛回台北時，母親奮力與死神搏鬥，用盡了全身的力氣，只向她說了一句話，那也是母親在人世間的最後一句話。

「萊—萊—萊—，媽—我—我—對不起你……」媽媽的聲音微弱，斷斷續續，但文萊聽得清楚，她是說對不起自己。

媽媽走了，文萊曾經一千次一萬遍的問過：母親為什麼說對不起自己呢？自從來到人間，進幼兒園，上小學，讀中學，升大學，出國留學，結婚……一路走來，母親像護花神般培育、灌溉，像冬日的陽光，永遠給女兒舒適的溫暖。

尤其失戀的那些日子，母親不顧自己身體不適，也丟下爸爸在家吃方便麵，飛來美國陪伴三個多月，離婚的不幸雖然對爸爸絕對保密，後來還是知道了，這件事對母親的打擊很重，但她強裝歡顏，千方百計安慰女兒。

文萊找不出母親有什麼對不起自己的地方，她本來想著向父親求證。可是，心目中的父親是個攢錢全數交給妻子的模範丈夫，家裡大小事都由母親作主，從沒說過半個不字。真的母親做了什麼對不起自己的事，他未必知道。

事實正是如此，爸爸在電話裡說：「萊萊，不要懷疑你媽媽對你的愛，從小到大，你要天上的月亮，你媽都會去摘。她最後的話，可能是說走得太早了，沒有機會再幫助你了，或者，她的腦子已不清楚了，亂說說的，不要放在心上了……」

想到此，文萊忍不住的眼淚，終於不聽指揮的奪眶而出。是的，媽媽實在走得太早了，對女兒只有全身心的愛與付出，確沒有得到過一點點報償。

「唉！人生為什麼有這麼多無奈呢！」文萊長長的嘆了一口氣，對著空房子吶喊。

三

文萊的思緒毫不受控的繼續奔馳，悠忽中那個影子又在眼前恍動。

雷明，她的初戀情人，在大學相識、相戀、相愛。雷明比文萊年長兩歲，他父親是台北東門一家菜場賣肉的屠夫，母親在新竹鄉下種菜。雷明是長子，下面還有兩個弟弟和兩個妹妹。這樣的家庭和父親是中學教務長，母親出生書香世家，而且是拿過大學文憑的高級家庭主婦，確實是門不當，戶不對，他們相愛的原因是彼此都酷愛文學。

文萊主修中文，高中時就在報刊發表文章，榮為才女。雷明比文萊高二個年級，雖主修商業管理，卻是那所知名度很高的大學校刊副主編。

雷明挺拔修長，烏黑的頭髮，一張很有男人味的長形臉。濃黑的劍眉下，有一對目光炯炯的大眼睛，鼻子挺直。略嫌薄的嘴唇內一口整齊白雪似的牙，使他帶一種藝術家的秀氣。

可以說是第一次見到文萊，就被她那一頭瀑布般的秀髮，窈窕的身材，清麗的面龐，明亮清澈的眼睛，深深的吸引住了。雷明在心裡說：「這就是我夢中的情人，心目中的白雪公主。」

藉著校刊副主編與作者之間的關係，雷明可找各種機會與文萊培養感情。可是，他始終不敢向文萊正式求愛，原因是對自己的家世很自卑。

愛情有時候是很奇妙的，不管你將自己偽裝得多麼若無其事，對方總能視察到你的心靈，感覺到你的電波。

　　文萊和雷明拍拖四年，愛的足跡踏遍了台北的風景區，大街小巷。光臨過不知多少西餐廳、咖啡廳，彼此的山盟海誓，情意纏綿，青山可以作證，流水、日月可以為憑。雙方父母的首肯，親朋好友的祝福，無不誇讚他們是郎才女貌天賜的一對，地造的一雙。

　　到美國留學是雷明和文萊的共同理想，尤其得到文萊母親的大力支持。從不喜歡央求別人的母親，為了女兒早日到美國，挖空心思找關係，終於找到了失去聯絡多年的好朋友幫忙。

　　上飛機那天，雷明天不亮就趕來送行。在機場，他們不顧別人異樣的目光，久久的擁吻。如此深刻的愛，文萊始終想不通為什麼只有開花，沒有結果。

四

　　在中文系，文萊被老師學子們公認是一枝生花妙筆。可是英文呢，絕對過不了托福關。媽媽的朋友獻妙計，先隨團到美國旅遊觀光，然後「跳機」進語言學校，再申請大學。這是一條很艱辛的路，但文萊很有信心。因為她心中還有一股巨大的力量推擁；雷明服兵役回來，在製藥廠只是做一份推銷員的工作，沒有地位，也沒有好的待遇。工作吃苦不用說，有時還吃上司的氣，他們渴望換環境，把前途寄託在出國留學。

　　媽媽早想把女兒送出國，二老也到國外落戶。媽媽是能人，不到三個月，一切手續「OK」。

　　文萊是第一次出洋，美國不像台灣那麼擁擠，雖然旅行團像趕鴨子似的前進；然而，迪斯尼的雲霄飛車，環球影城製作電影的特技鏡頭，比佛利山莊的名宅，聖地牙哥企鵝、海獅、海豚精采的表演，大峽谷的鬼斧神工，拉斯維加斯的五光十色，金碧輝煌，讓人

目眩神往的建築和賭場。紐約世貿中心、華爾街的繁華，聯合國大廈、聖約翰大教堂的莊嚴，華盛頓國會山莊的雄偉，太空博物館科學技術的先進，以及尼加拉瓜瀑布的奇觀……還有高大的棕櫚，繽紛的鮮花，綠色的草地，藍色的大海，寬闊的街道……真讓她飽足了眼福。旅途中雖然有媽媽陪伴，遊客同行。可是，不和雷明在一起，總覺得少了很多樂趣。再說，旅程結束，就要和媽媽分離了，心裡更感茫然無依和惆悵。

文萊的住所安排在媽媽的朋友家。朋友是好客的，家裡有管家，媽媽留下的支票數額不菲，文萊可得到很好的照顧。但是，和媽媽離別仍灑下了不少眼淚。

五

安定下來後，第一件事是給雷明打電話。奇怪的是他總不在廠裡。第二天雷明打過來，懸在半空中的心才算落到了原位。想著雷明家境貧寒，越洋電話價格太高，千言萬語只好壓了又壓，縮了又縮，放下話筒望望掛鐘還是超過了半個小時。雷明給她的最後一句話：「萊萊，明天我要出差了，半個月後才回來，回來後我再打給你。」

電話裡沒有說完的話，再提筆寫信，洋洋灑灑五張紙仍表不盡對雷明的思念，往後再寫第二封、第三封……

李阿姨的的重要任務是為文萊找學開車的教練，那是文萊最樂意做的事，因為在美國，不會開車就等於沒有腳。

聯繫語言學校也不難，雖然大部分的學校，標榜是為培養人才打基礎，骨子裡卻是以賺錢為大任。三個月一千二百塊錢，對文萊來說，不是問題，有了學生證可以辦駕照才是大事。

　　文萊每天都在忙，但仍然是在掰著手指頭過日子。半個月過去了，沒有得到雷明平安回廠的消息，她心裡很不安。媽媽每星期必來一次電話，噓寒問暖，千叮萬囑，最少得講上半個小時。媽媽平時很節省，卻不計較越洋的電話費，那是母愛。

　　過去，文萊一直生活在父母的安樂窩裡，遠離了家，才體會到母親那無私的愛有多深刻。

　　一個月過去了，仍沒有雷明的電話，文萊把希望寄託在回信上。也不知從那一天開始的，文萊接替了劉媽收信的工作。

　　時間一天天流轉，接不到雷明的電話，也收不到回信，文萊無法集中精力上課，沒有胃口吃東西，更不能入眠。

　　「為什麼沒有雷明的消息呢？他病了嗎？他出車禍了嗎？他……」她不敢往下多想了。

　　時針已指向凌晨三點，冬日淡淡的月光從窗縫隙射進來，在書桌上灑下些白點子。文萊忍耐不住，終於起床拿起話筒，按下一連串數字，用顫抖的聲音問：「媽，這麼久了，為什麼收不到雷明的回信呢？」

　　電話的那一頭，傳來了媽媽的笑聲：「我還以為女兒是想媽呢，原來是想男朋友啊。嫌郵差太慢，要媽跑腿是不是？才分開一個多月，就放心不下了。告訴你雷明沒事的，他出差還沒有回來。」

　　「出差也該打個電話的呀？」文萊打斷話說。

　　「你說的好輕鬆，他去了鄉下，到哪裡去打越洋電話。再說雷明家的情況你也清楚，怎麼付得起長途電話費呢？你那裡還沒天亮吧？不要胡思亂想了，好好睡覺，等下媽跑腿，到廠裡問問，看他什麼時候回來。」

　　聽了媽媽一番話，多少也有點安慰，文萊真的睡了，等到醒來，劉媽已做好了午餐。

電話響了，文萊趕快去接，真的是媽媽打來的。可是，媽媽沒有帶給她任何好消息，仍是雷明出差未返，聯繫的地址也沒有。

李姨帶文萊去買車，坐在車上一點沒有好心情，連話也不想多說。

「萊萊，我看你好像有心事，連飯也不好好吃，餓瘦了我怎麼向你爸爸媽媽交差呢。」李姨半開玩笑半當真的說。

「不會的，李姨。我可能水土不服，說心裡話，要不是沒有自由，我已飛回台灣去了啊。」

「才來一個多月就想走，這不奇怪的。我剛來時也是一樣的，現在不同了，也許是習慣了，也許是有了自己的家，也許是老了吧。再不想飛了。」李姨感慨的說。

在美國買車很容易，因為是用李姨的信用卡，一部嶄新的日本車，只付三千塊現金，辦好分期付餘款手續，就可開回家了。

長堤面臨大海，風景絕佳，文萊自從有了車，課餘假日常在市區、海邊兜風，感覺真好。她盼望著雷明早日通過托福，早日來到美國，共築愛巢。也希望爸爸早日卸卻沉重的工作壓力，脫離刻板的上班族生活軌道，和媽媽同來美國團聚。

六

文萊永遠無法忘掉那個黑色的星期五，是她到達美國的第五十六天，也是她搬出李姨家，自己獨立生活的第七天。她盼星星盼月亮般盼來的信，差點將她置於死地。

信裡說：文萊離開台灣的第三天，雷明就辭職了。本來地位低下的父親，不能完全挑起家庭的重擔不說，還在外金屋藏嬌，養下私生子。媽媽得知，有如晴天霹靂，一病不起，弟妹們都還在上學，沉重的家庭負擔迫使他放棄出國和愛情。

　　文萊無法讀完那封訣別信，她不相信那是真正分手的理由。如果只是經濟上的原因，雷明完全知道，文萊會想辦法幫助他度過難關。

　　四年的愛情就只值三張信紙嗎？人性難道就是那麼醜惡嗎？「什麼永遠愛我，什麼海枯石爛不變心，都是一文不值的屁話。」文萊將自己冷硬的身子擲在床上，呆呆的望著天花板，彷彿世界上的一切都與自己無關了。

　　也不知過了幾天，攸忽中門鈴響了。她沒力氣，也不想去應門，卻有人打開了門鎖，進入了房間。

　　「萊萊，萊萊，萊萊……」一連串急促的呼叫聲，文萊仍聽得出，那是媽媽。

　　文萊不知道媽媽是從哪裡得到雷明提出分手的消息。幸虧媽媽趕來，也多虧有李姨的勸導，文萊才走出了那段可怕的經歷。不過，到如今，文萊仍搞不清雷明和她分手的真實原因。

　　媽媽說：「人是一張紙，弄破不值錢。傻丫頭，你在這裡氣得半死，人家可是又得新歡了。留學生還不如土包子嗎？帶個比他好十倍的女婿回去給他看看……」

　　「媽，求求你不要說了。」文萊欲哭無淚。

　　十一年了，除了為媽媽奔喪，文萊沒有再回過台北。那個生她養她的寶島，有她的初戀，有她想見而又不願再見的人。

七

　　與任傑相識是和雷明分手半年之後，那時文萊正申請大學，她決定選修法律系。讀政法大學，不但要有足夠的錢，更要有堅實的學業基礎。資金不會有問題，媽媽是堅強的後盾。學問就難說了，

心情受傷，對讀書必有影響，惡補出來的英文很難有勝算的把握。她需要堅實的臂膀支撐，她需要精神食糧。任傑在這節骨眼闖入她的生活，真的是來得好不如說來得巧了。

任傑是電腦碩士，美國大公司的部門副主管。在文萊的心目中，雖不如雷明英俊，卻也稱得上有品味的男子。與雷明分道揚鑣後，文萊給自己定了一條原則；如果再戀愛，一定得心靈美，外表不是主要條件。

任傑是李姨引見介紹的。家住上海，父母都是國家幹部，兄弟三個，他排行第二。公司對他評價不錯，一定再有升遷機會。

任傑比文萊年長五歲，二十七歲的人，正是談情說愛的黃金歲月。

說一見鍾情也好，說天賜良緣也好。總之，任傑從見面那天起，對文萊就窮追不捨；請吃飯，幫助聯繫大學，看秀、旅遊……想盡辦法讓文萊玩得開心。

慢慢的，任傑取代了雷明在文萊心目中的位置了。

他們是在文萊取得學位，並有了工作後才步入紅毯的。長堤那三房一廳的小洋房，是文萊的陪嫁。大陸的幹部，名譽好聽，薪水並不多，拿人民幣去換美鈔給兒子討媳婦是不可能的。既然岳父母送大禮，任傑也不推。

新房佈置得美侖美奐，愛巢築得非常舒適，照任傑的意思，他們沒有大辦酒宴，而是到加拿大蜜月旅行。

八

文萊從小被媽媽愛著、寵著，獨立生活後也是胡亂對付肚子，可以把她列在做家務低能那一族。新婚後到廚房當「煮」婦，切菜

割破了手；洗碗打破盤子；炒菜油會燒起來；煮稀飯用雙手壓著蓋子，結果滿爐頭都是米湯。

任傑總是說：「我的寶貝，別受罪了，讓我來吧。」

「身為人妻，就要盡職，那能叫丈夫圍著鍋台轉的。我們台灣人有句口頭語：『男主外，女主內』，世上無難事，只怕有心人，我一定學得會的。」文萊有信心的說。

文萊說到做到，每次媽媽從台灣來，她都甘當廚房裡的小學生。不過一年，文萊不但能做出可口的美味佳餚，還能在家裡宴客開派對。

也許是文萊的錯吧，也許人往往會生在福中不知福呢。文萊想不起是從什麼時候開始的，任傑不再做家務了。晚飯如果遲了一點，面孔拉得老長。青菜太鹹了，魚燒淡了，牛肉炒得太熟了，每天都是大米飯，為什麼不包點水餃呢……餐桌上從前的甜言蜜語，變成了無休止的埋怨。

任傑變了，變成了一個典型的飯來張口，茶來伸手的所謂「大丈夫」。

文萊開始感到失落，進而又找理由原諒。她在心裡說：「也許工作忙，也許壓力大，洋人的公司，必然有種族歧視，身為妻子要為他分憂解難。」

文萊多次試探，得到的回答是：「哪來那麼多囉唆話，我好累呢。趕快吃飯，我還有公事要辦，不要婆婆媽媽的。」

結婚三年，就好像三部曲，開始火熱，中間降溫，最後冷卻了。

夜已經很深了，文萊瞪著房門，一個小時、兩個小時、三個小時過去了，任傑才像幽靈一樣推門進屋。他不沐浴，不更衣，脫下外套倒頭大睡。像這樣晚歸連半句歉意的話也沒有，已不知多少次了。文萊在心目中自問：戀愛時熱烈的任傑哪裡去了呢？新婚時對

自己寶貝不離嘴的任傑哪裡去了呢？和這樣一個情緒變化無常的男人能長相守嗎？文萊已感覺到他們的婚姻已受到無形的摧殘，但又找不出原因所在。

文萊本想向李姨和母親傾吐，可又想到自己是律師，應該能處理好家庭問題，不可給老人們增加麻煩。「忍」是避免夫妻關係破裂的良方，也許可能只有對他的壞脾氣忍耐，更關心他、愛護他，讓他在工作中受到的壓力和不愉快，回到家裡能得到舒解。

可是，事與願違，文萊做得越好，任傑的脾氣越大。這個家到底發生了什麼事，文萊不敢多想了，她已如坐針氈，心神難安。

九

一星期前，任傑出差去日本，說半個月才回家。那天，文萊矇矇亮起床，準備送丈夫到機場。

任傑說：「不用啦，我將車停在機場好了，回家也免得你來接。」

文萊聽聽也有道理，沒有堅持。

時已入冬，楓葉颯颯墜地。那天，為了一件案子，文萊到「喜來登」飯店找人談話。車停妥，步出車關上車門，一抬眼，她心裡一驚。自問：「任傑的 Honda 怎麼會在這裡？」她不相信自己的眼睛，再把目光投進車內，坐墊、茶杯、車窗前掛的玩具熊和那行車牌照，千真萬確，那車是任傑的，絕對錯不了。

文萊仍往好處想，以為任傑坐朋友的車去了機場，車停在此不用付停車費。

她也自責沒有堅持送丈夫，回來時還得麻煩朋友。

文萊走進飯店，在住宿部向工作人員說明來意，櫃檯人員客氣地拿出登記資料，請她自己查找需尋訪的人。

　　突然，文萊的雙眼盯死在四〇七房間卡片上。任傑、丹妮同住一室。

　　「丹妮是誰呢？任傑沒去日本？他和叫丹妮的在住旅館？難道任傑不是自己的丈夫嗎？世上那有這樣的巧事？同名同姓，又用同樣的車？」

　　文萊的腦子成了一團亂麻，扯不開，理更亂，愣在那裡一動不動。

　　太陽西沉，時間已漸漸接近黃昏，文萊早已辦完公事，該回家了。可是，無論怎麼努力也拉不開那雙像灌了鉛似的腳。她坐在接待廳的角落裡好一陣子，想著四〇七房間到底住著何許人也，但她又害怕見到的真的是「他」。最後掙扎著走到停車場，將車泊到最邊的位置，恍恍忽忽的坐在車上。

　　大約六點，任傑拉著一個高鼻藍眼洋妞的手，有說有笑的從飯店的大門出來，鑽進汽車，任傑在洋妞的臉蛋上印了一個長長的吻，揚塵而去。

　　一切都清楚了，任傑已出軌了。文萊不知自己的車是怎麼開回長堤的。第二天無力上班，向老闆請了幾天假，在痛苦難熬中度過了一個多星期。

　　任傑按預定的日程回到了家。

　　「這次去日本工作順利嗎？」文萊強裝無事，試探著問。

　　「很不錯，合同都落實了，明天就向公司彙報。」做賊的人總是以為自己是最聰明的，任傑繼續編台詞，謊說得很圓。

　　文萊心中怒火中燒，本想狠狠給他一個耳光，但理智告訴她要忍，強迫自己壓著流血的心「忍」。

任傑還在說，這次任務完成得很好，明年一定有升遷和加薪的機會，到了春天，一起去日本旅遊。

文萊再也忍不住了，憤怒像火山般爆發，大聲吼道：「放屁，跟你的洋妞去旅遊吧！任傑，你不要再演戲了，準備騙我到什麼時候，跟你的洋妞滾吧，我不希罕你……」

任傑知道事情早晚必然會暴露，沒想到來得這麼快，事已至此，辯解已沒有餘地了。任傑一頭跪下，抱著文萊的腳，痛哭流涕的說：「萊萊，求求你原諒，我與她好，完全是出於無奈。她的叔叔是我的頂頭上司，我在公司裡毫無權力，如果不是因為丹妮，早被炒魷魚了。」

「斷了脊樑的癩皮狗！電腦碩士，此處不留人，自有留人處，難道一定得拜倒在人家的石榴裙下？你當我是三歲的孩子，會相信你的鬼話？我受夠了，出去！不要再見到你！」

文萊氣呼呼的跑進睡房，把自己丟在床上，蒙頭抽泣。一貫溫柔理性的文萊，忍不了那種被丈夫出賣和欺騙的痛苦，第一次口出狂言地罵任傑。

任傑追進睡房，再跪在床前，垂著頭說：「都是我不好，求你原諒。」

陽光照進屋來，文萊抬眼，見任傑仍跪在床邊，她的防線被丈夫的認罪態度突破了。心裡想著：人無十全，瓜無十圓，能饒處要饒人才是，於是，有氣無力的說：「起來吧，和那洋妞一刀兩斷。」

「謝謝你的寬容，往後我一定做個好丈夫。」任傑保證道。

為了成全任傑做個好丈夫，文萊將自己全部的積蓄和媽媽存放在美國的錢都取出來，順任傑的意，開了一個電腦公司。她相信任傑有能力把公司經營好，償還母親的錢，借款的事完全沒有與媽媽商量。

任傑好像真心地洗心革面，重新做人了。不但公司初見成效，在家的表現甚至比新婚那些時候還好。洗衣、煮飯、買菜、洗碗……樣樣搶著幹，文萊有些自責，似乎不該對他太嚴苛，一個七尺男兒在太太面前跪一整夜，有些過份了。

文萊暗自下決心，往後一定不記前嫌，做一個好妻子。

十一

在彼此相愛中打發歲月，時間跑得特別快，轉瞬春天已在鳥語花香中來臨。

那天一件案子纏身，晚上必須加班。

春夜，路旁花影依稀，天清氣爽。文萊手握方向盤，心裡有一種說不出的內疚。想著如果有個孩子，丈夫就不會在家獨守空房了。她對自己說：「或者是生理上有問題吧，忙了這陣子就去求醫，找出原因，對症下藥，一定得有個孩子。」

想著任傑已進入夢鄉，她小心打開後門，提著腳走到房門口。見房內燈還亮著，聽任傑在講電話，文萊自忖做老闆也不容易，這麼晚還在忙。也許自己該辭去工作，與丈夫合力辦好公司。

正準備推門，只聽見丈夫在電話裡用英語說：「丹丹，不要急嘛！在我心中，只愛你一個，待公司賺錢了，我就和她提出來，不會很久了……」

一下子，文萊像被五雷轟頂，整個身子都失去了重心，硬生生的靠在牆邊。心裡罵著：「人面獸心，當面是人背後是鬼，原來自己是被一個心狠手辣的騙子再利用。」她恨不得一腳踢破房門進去和他理論。

文萊一夜沒回房，任傑一點也不擔心。

天亮了，任傑起床，看到文萊和衣躺在沙發上，知道事情不好了，連忙將手腳冰冷的文萊送進了醫院。

住在醫院三天，文萊沒有睜開眼睛，也沒有說過一句話，第四天突然來了一位貴客。

「萊萊，萊萊，你睜開眼睛看看我是誰，沒想到分別這麼久了，我們是在這裡重逢！」王玲搖喊著。

文萊艱難的睜開眼皮，滿臉淌著酸淚，半晌才說：「玲玲，我為什麼屢屢被男人拋棄，這世界與我無關了……」

「萊萊，你要堅強些，不是你不好，是你遇人不淑。你漂亮、你年輕、你有學問，是眾多好男人心中的偶像……」玲玲知道此地不是講這些話的時候，可是，眼下的文萊需要力量，她不可不講。什麼叫做肝膽相照呢？就是在最艱難的時候不虛假，真正雪中送炭，分憂解難。

「玲玲，我決定離婚。」文萊堅定的說。

「萊萊，人說一日夫妻百日恩，男人好比是一顆香甜可口的蘋果，如果只是皮壞了，把傷疤削掉，仍可吃下去的。但如果是心壞了，整個蘋果都有毒，吃下去不但會生病，有時會送命的。和他生活好幾年了，自己拿主意吧。不要折磨自己。現在最要緊的是給自己打強心針，振作起來，你不比任傑差。如果你當我是好學姊的話，起來吃東西，回家冷靜處理問題。」

玲玲的話雖不多，很有說服力，文萊起床了，出院了。

十二

離婚在快速進行，這次任傑完全暴露了盧山真面目，對自己的行為毫無認錯悔改之意。

他說：「離婚的原因是我造成的，丹妮要告我，她說我犯了性騷擾罪，不離可能也得去坐牢，更重要的是她已懷孕了，你提出來當然太好不過。」

提到孩子，文萊消減了對任傑的恨意，此情此景毫無選擇和挽回。

接下來是財產處理。

任傑說：「房子是你爸爸媽媽買的，我沒份，當然全應屬於你。存款、公司財產以及家裡值錢的東西，二一添作五一人一半。你是律師，我想這符合美國的法律吧。」

「你說什麼？公司財產各半，這怎麼可能，你是知道的，公司的資金絕大部分是爸媽的呀。」

文萊一下子看透了任傑的心，意識到了事情的嚴重性，連忙打斷話。

「萊萊，我們夫妻一場，好說好散。家裡的錢，我從不經手和過問，你說是爸媽的，反正他們的錢是從銀行提出來的，提取多少，只要有憑證，全數歸還，然後再處理我們的問題。我想這樣合情合理吧。」任傑說話輕鬆有理。

文萊有如萬箭穿心，無力的說：「任傑，你不能昧著良心，吞爸爸一輩子的血汗錢和洋妞風流，那樣是會受報應的。」

「真是天大笑話。我說得清清楚楚，怎麼是吞你爸爸媽媽的錢呢？」任傑冷笑著說。

「不要說了，你好狠，好狡猾，今天我終於認識你了。走吧！」

文萊是情場的敗將，家庭的犧牲者。

自己每天和法律打交道，確犯了法律上極大的錯誤。

父母的血本只能保住一半了，因為存款全是文萊的名字，無話可說，無狀可告，在這樣的無賴面前，只能打掉門牙往肚子裡吞了。

而對於爸媽也只有絕對保密，本來爸媽的錢，百年之後也是屬於文萊的。可是，萬萬沒想到，媽媽也過早走了。孤孤單單的爸爸必須找個伴，可是，沒有能力全數歸還父親全部的錢，只能背著沒良心的黑鍋去見上帝了，心中好難過，好痛苦。

想著想著，電話響了，文萊猜一定是玲玲打來的。拿起話筒，連忙說：「玲姊，對不起，我忘時間了。」然後放下電話，到衛生間補補妝，匆匆出門。

十三

月光從天邊緩緩升起，合著五顏六色的街燈，撫摸著文萊綠色的車身，車窗外閃過高大的棕櫚，嫣紅的九重葛，各種顏色的玫瑰、鮮花……還有那波光粼粼的海面。文萊沿著海岸行了一段路，轉進了通向玲玲住宅的那條街。玲玲知道她很快就到，早已開啟大門迎接。

「玲姊，Happy Birthday（生日快樂），對不起，我遲到了。」文萊先祝賀，然後抱歉的說。

「你來得最早呢！說什麼遲到。」玲玲笑著說。

「玲姊，你把客人藏在哪裡了？郭大哥和偉偉呢？」環顧客廳裡沒有人，文萊問。

「偉偉跟媽去了加拿大二姊家，今天輪到郭凡當廚，他老先生借花敬佛，到餐館去 Order 幾個菜，到食品店取回蛋糕，說是特別為我慶生呢。客人嘛，馬上就到了。」玲玲笑著說。

停了一下，玲玲又說：「萊萊，你坐，我到廚房煮咖啡。」她邊說邊退進廚房。客廳的門鈴響了，玲玲在廚房喊：「萊萊，客人到了，快去幫我開門。」

客廳內別無他人，當然是萊萊的義務。

門開啟，文萊一下子像撞邪似的釘死在門檻內，連「請進」兩個字也說不出來。

門外的客人不請自進，輕聲問道：「萊萊，是你！好嗎？」

文萊沒有答話，很勉強的點一下頭代替回答。此刻如果有地洞，她真的會鑽下去。

「雷大哥，請坐。萊萊，快坐下來喝咖啡。」王玲看出了文萊的尷尬，連忙招待客人，打開僵局。

文萊呆了好一陣，很久才回過神來，沉著臉說：「玲姊，對不起，我有些頭昏，不能參加你的派對了。」說罷連手袋也忘了拿，拔腿就往門外衝。」

「萊萊、萊萊、萊萊……你回來……」

玲玲邊跑邊喊，衝到文萊前面，攔在她車門口。

「玲姊，我一直當你是知音，為什麼這樣捉弄我呢？」文萊哭著說。

「萊萊，對不起，我是想給你們一個驚喜，沒想到成了大姑娘養孩子——費力不討好。看著你這樣子，我真的是獨木搭橋——好難過啊。不過，求你看在學姊的生日面上，回去好嗎？我也是前幾天才知道雷明也住在洛杉磯，你可能不知道，他現在還是單身，我總覺得你們可能有誤會，應該好好談談。」玲玲誠懇的說。

「他是單身，也和我一樣被拋棄了嗎？」文萊不解的問。

「被誰拋棄？」

「還有誰，他太太呀！」

「你確定他有太太嗎？」

「是媽媽說的，那年他跑到台南，做了老闆的乘龍快婿，所以找藉口和我分手了。你看，把我害成這樣子。」文萊很氣憤的說。

「萊萊，不管怎麼說，雷明是我的客人，給我一點面子好嗎？」玲玲苦苦勸說，連推帶拉，把文萊架回客廳。

玲玲端出一盤糖果，為他們各剝了一粒，說道：「吃糖、吃糖，雷大哥，多年不見了，今天有幸重逢，大家好好聊聊吧。」玲玲在當導演，她希望這齣戲能演成功。

十四

玲玲為文萊和雷明端來一盤水果和點心，說道：「先吃甜餅吧！我家這慢三拍怎麼搞的，肚子都唱空城計了，還不把菜送回來，我得去看看。拜託你們二位幫我迎接客人，我去去就回來。」不等他們說可不可以，玲玲已出門了，把他們兩人單獨留在客廳。

「萊萊，做夢也想不到，你一出國，我們就十一年見不到面。伯母在世時，我曾多次到你家詢問你的地址，她總叫我不要打擾你。無奈，我只好向上帝祈禱，也許是天父聽到我禱告吧。終於有了見面的這一天啊。你為什麼不想見我呢？難道你真的把我們過去的一切全忘了嗎？」雷明感嘆地說。

「你不知道我的地址？那三張紙的回信是怎麼寄來的？我給你寫那麼多信，哪一封沒有地址？為什麼要去找媽媽要？收到你那三張紙的絕交信，活都不想活了。要不是我媽媽趕來，你應去天國才能找到我了。」萊萊很生氣的說。

「萊萊，什麼三張紙的絕交信？你給我寫過信？你出國後，我沒有見過你片言隻字呀！」雷明一頭霧水，睜大眼睛辯說。

「你沒有收到我信？那封提出分手的回信怎麼又寄到我手中了呢？」文萊不解的追問。

「萊萊，你離開台北的第三天，我就被炒魷魚了。從此沒有見過你半張字條，你的情況，你的住址我都不知道，怎麼可能給你寫信呢？」

「那天打電話你不是說出差嗎？」

「那天，我聽說伯母回來了，想去問問你的情況和住所。伯母不讓告訴你任何情況，電話是她接通的。她說因為你住的地方特別，只可談我們之間的感情，不可問你任何事。我想著你是『跳機』留下的，害怕有麻煩，連電話號碼也沒有敢問你呀！你不記得了嗎？」

「那信為什麼是你的親筆字？」

「萊萊，你走後我給你寫過很多信，可是，無處可寄，無地可投。來美國我什麼都沒有帶，只有那些信陪著我從西岸飛到東岸，從北加州飛到南加州，一封都不少，如果有空，我可以帶給你看看。什麼三張紙的訣別信，對天發誓，我沒有寫。如果我寫的，天打雷劈。」

文萊糊塗了，白紙黑字，原來是假的，雷明另有所愛也是假的。她又想起了母親；難道這就是母親所說對不起自己的謎底嗎？為什麼母親會暗中破壞呢？文萊哭了，哭得很傷心。

十五

十一年，在人的生命中是一個多麼長的歲月數字。雷明曾一千次一萬次下過決心，如果再見到文萊，不管她是誰的妻子，他都會當著她丈夫的面吻她、擁她，因在心靈上他對文萊的愛是永恆的，不可改變的。可是，此時，他卻手足無措了。原來文萊所遭受的打擊與愚弄比他更大。雷明戰戰兢兢的移到文萊身邊坐下，像愛護精

品瓷器般為她擦淚，喃喃道：「萊萊，別哭了，人的生命道路有時會山窮水盡中又峰迴路轉的，過去的事就讓它過去吧。我來美國這些年，擠在餐館裡打工，目的就是要見你一面，如有可能把那些信交給你。今天，上帝賜給了我們重逢的機會，我們要高興才是。」

文萊合上了眼皮，雷明也控制不住自己的感情了，伸出了雙臂，緊緊的擁住了文萊。文萊在雷明溫暖寬大的胸懷中，聲音如蚊的說道：「雷明，我不配做你的妻子了，早點成家吧。我要你那些信，讓它陪伴我走完餘生。」

「萊萊，求求你不要再說這些好嗎？我們並不老，有的是時間。」

「你不嫌棄我？」萊萊哽噎著說。

「我應該加倍愛你，補償十一年的損失。」雷明由衷的說。

文萊不知是夢還是現實，眼前的雷明和十一年前相比雖然瘦了，也老了一些，可仍然不減當年的俊挺。在她的心裡往事一瞬間重回了──校園、陽明山、來來飯店、咖啡館、機場……文萊用手環住了雷明，他們忘了身在何處，吻！長長久久的吻，驚天動地的吻。

玲玲和郭凡早就回來了，他們躲在廚房裡，不願打擾這對重逢的戀人。生日宴只有兩個客人，然而，比二百個人還有意義。他們吃著、談著、鬧著、笑著，彷彿又回到學子時代。玲玲的戲已排到落幕了，她應是一位傑出的導演。

玲玲花了那麼大精力找到雷明，送佛要送到西天，她說：「雷大哥，回洛杉磯太遠了，就住在萊萊家吧。她那裡的房間都空著的。」

雷明深深的看了一眼文萊，文萊以眼神表示不反對。

在回家的路上，文萊親切的說：「如果你真的不嫌棄，可以搬到我家。生活的道路還長，再去讀書吧。我只求你一件事，也求我自己，原諒媽媽。」

　　「萊萊，三千多個日日夜夜，我潔身自愛，就是希望有那麼一天，我們能重逢。今天我們又在一起了，今生今世不再分離。待我們安頓好了，回台灣去為媽媽燒一炷心香吧。」雷明真誠的說。

　　「雷明，你的心太好了，媽媽如果真的在天有靈，她會為我們祝福的。」

　　秋月，高懸在蒼茫的夜空，光輝明徹柔和，纖塵不染，一對戀人在愛的長河中，經歷了驚濤駭浪，急流險灘，終於到達了避風的港灣，月老在微笑，上帝在祝福。

情緣聊齋

小巷

一

　　秋夜，淡淡的月光灑滿大地，柔和的光輝從窗戶中透進屋來，肖二黑悠然自得的躺在單人床上，一遍又一遍地聽那首歌。在二黑的心目中，那質樸、圓潤、高吭的歌喉，簡直能與「歌壇的長青樹」董文華的歌聲媲美。已聽十來遍了，越聽心裡越甜蜜，似乎耳朵完全不知「疲倦」二字，不是要去完成那神秘的任務，他會一直聽下去。讓歌聲陪伴他進入夢鄉，對二黑來說，那是最美的享受。

　　二黑打開燈，瞄了一下牆上的掛鐘，時針已指向十點半了。他想著，此刻她正準備離開劇場了吧！步行到這裡最慢也只需八九分鐘，得趕快穿衣下樓，暗中護送她回家。她名叫彩虹，縣人民醫院夏院長的獨生女。本來在電子廠當打字員，因天生一副金嗓子，現在，是縣歌舞劇團的台柱了。

　　彩虹出場常常在最後，如果要目睹她的盧山真面目，即使那些對歌舞劇沒多大興趣，中場一直在打瞌睡的人，也只得堅持到底，才能聽到她悅耳的歌聲。

　　彩虹不但歌喉動人，她那一雙流波四射的眸子，兩片薄薄的紅唇，小巧秀挺的鼻子也真好看。尤其那張白裡透紅的蛋形臉上一對淺淺的酒渦，真是醉得死人。

彩虹身材婀娜，纖細的腰肢，圓圓隆起的胸脯，合體時髦的衣著襯托著少女的曲線。觀眾說她像「西施」，她像「仙女」，在二黑的心目中，她比西施、仙女更美。

彩虹家住望江街西頭，從劇場回家，小巷是必經之路。長長的一條小巷只有二十幾戶人家。這裡白天是「跳蚤」市場；賣衣物的、賣雜貨的、賣工藝品的、賣小吃的，還有唱猴戲的、套圈的……個體戶五花八門的棚棚架架一個接一個，買便宜貨的男女老幼川流不息，小巷真的很熱鬧。到了夜間，因為上級命令不准開夜市，小攤小販們只能將大包小包的財產收拾回家，不然一張罰單足夠你忙上兩個月，有誰敢違抗。所以，小巷自然冷落了。而那些在風中戰慄的小棚子，貨架還站立在街邊，正好流浪漢可以藏身，小巷不屬安全地帶。

一個有名氣的漂亮女子，夜深人靜單獨經過此地，真是開車打瞌睡——很危險。走出了這條巷，前面的望江街邊白天忙碌的兩部吊車睡覺了，商店打烊，住戶熄燈，對彩虹的安全也不能說沒有威脅。但是，她就那麼大膽，走起路來裊裊娜娜，目不斜視。

有人說彩虹的父親學過武功，教會她護身絕招；有人說她舅舅是公安局長誰敢碰她。二黑卻不那麼想，壞人如果能先想到幹壞事的後果，世道就會太平了。凡事不怕一萬，就怕萬一，他擔心那些亡命之徒會毀滅了自己心中的夢。

二黑記不清是從那一天開始做彩虹的暗中保鏢了，每次從劇場出來，一直看著她的身影閃進那幢院長樓，而且那扇窗亮了燈，才滿足地，緩緩往回走。

二

那夜，月夜已升在高空，二黑仍無睡意，他打開錄音機聽彩虹的歌。太晚了，又怕擾了媽媽的夢，只好強迫自己躺在床上。

二黑腦海裡全是彩虹的影子，怎麼也揮之不去。他知道，其實彩虹並不認識自己。自己也絕對不可能亮相；一個菜市場女工的兒子，賣豬肉的職業，稱之為二等殘廢不足一米六的身材，不起眼的五官，加上二黑這小狗般的名字，人家的眼睛怎麼會看你。

要人品沒人品，要地位沒地位，要錢沒錢。像二黑這樣的條件和彩虹，永遠可能只是兩條道上跑的車，不會有交會點。唯有那花了一百多塊買來的袖珍錄音機，又花了二十塊錢買來的入場券，坐在前排錄下的這支歌，能毫不吝惜的供他長期欣賞。

每次看著彩虹安全回到了家，二黑就有一種滿足感，自己心愛的人，能多看她幾眼就好了。但是又有一種失落感，擔心有一天彩虹發現了他的行動，臭罵一頓，再賞一個耳光，叫他滾開。如果真的那麼慘，那好比是癌症病人走到了死亡的絕境，自己真不知怎麼活下去。

在二黑的耳朵裡，還有很多彩虹的新聞，有個副縣長的兒子與朋友打賭，誇海口說如果追不到彩虹，願輸一部摩托車。摩托車可是價值八千多元的高檔商品啊！下這大的賭注，可見他的決心不小。

副縣長的兒子使盡了解數，連和彩虹看場電影的目的都沒達到。他氣餒的說：「冷血動物，和她結婚，只是懷裡抱個漂亮的瓷娃娃而已，有啥子情趣的，我認輸了。」就這樣乖乖丟了八千多元。

男孩子們的惡作劇，彩虹並不知道。她自認為年紀還小，從家裡到劇場的直線運動為的是登台演出，贏得的是掌聲和鮮花，還有比一般的演員都高的薪水和獎金。在家裡，受著爸爸媽媽、爺爺奶奶、外公外婆、姨媽娘舅⋯⋯一大家子的寵愛，從來沒有想過戀愛、結婚，離開那溫馨幸福的家。

親朋好友想高攀托媒的自然不少，彩虹的媽媽總是說：「獨生女，才十八歲，自己還沒愛夠呢！那裡急著找婆家。」

皇帝的女兒不愁嫁，院長的女兒也不擔心找不到好女婿，當然不用急的。

二黑想到此，不自覺的笑了。他自言自語道：「彩虹不出嫁好哇！我可以每天享眼福。」笑，伴隨著二黑進入了夢鄉。

三

時間默默地向前流逝，春、夏、秋、冬，順著時針轉，一眨眼一年多過去了。

那天，寒風呼嘯，天空如生鐵般陰沉，大雪滿天飛舞。彩虹沒有上班。二黑猜想，大概是因為下雪，劇場停演，連練習也取消了吧！可是，一連三天不見彩虹的影子，對二黑來說彷彿三秋沒見到了，他再也無法吃好睡香，像失了魂似四處打聽。後來在電影院門口瞥見海報上寫著：「歌舞團下鄉慰問演出，劇場停演一星期。」原來是這樣，知道了確實的消息，二黑懸著的心才平靜下來。

雪，仍是搓棉扯絮般的落著，一個星期沒有看到彩虹了，二黑心中分分鐘充滿著盼望。

清晨，二黑披衣起床，站在窗前，雙眼盯著小巷過往的每個行人，很久很久了。

突然，一襲紅色風衣遠遠飄來。風衣的主人頭戴風雪帽，臉上蒙著大口罩，但無論怎樣換裝，二黑看得清楚，那是他日思夜夢的彩虹。「啊！她回來了。」二黑不禁狂喜。

二黑鼓足勇氣跑下樓，想正面和她打聲招呼。可是，腳跨出門一半又收回來了。他想：「一隻醜小鴨，誰會理你，算了吧！」

雪地裡響著彩虹「嚓！嚓！嚓！」輕柔的腳步聲，由遠至近，又由近至遠。二黑的眸子一直沒離開過彩虹的儷影，儷影入了劇場，他還呆呆的站在那裡，自我陶醉。

愛美，是人生俱來的本能。但是，彩虹已夠美了，不需打扮。下雪天，彩虹為什麼穿高跟鞋呢！滑倒怎麼辦？今天二黑休息，對，有忙的了。他想著晚上彩虹要走這條小巷回家，必須趕快鏟雪。

二黑全身冒汗，小巷裡鏟出了一條路。

「二黑，常言道，各自打掃門前雪，你門前的雪都掃了，是在積德，想娶個漂亮的媳婦吧！」鄰居王媽媽開玩笑說。

二黑傻傻的笑，他本來就笨嘴鈍舌的，王媽媽說到他心裡去了，找不到合適的話回答，笑最省事。

四

那是彩虹的休息日，她與一位軍人肩並肩，談笑風生經過小巷。二黑心亂如麻，他神經質似的連請了三天假，觀察彩虹和軍哥的行動。

星期一和星期二，軍哥都送彩虹到劇場，二黑的眼珠瞪得像銅鈴，他討厭透了軍哥。

第三天，彩虹又獨自一人上下班了。暫時下崗的二黑又當起暗中保鏢。在離彩虹家門口不遠的地方，二黑清楚的聽到鄰居在問：「虹虹，今天怎麼一個人，堂哥回部隊了嗎？」

「啊！我的上帝，原來是堂哥。」二黑激動舉起雙手，狂喊萬歲！他在心中求主保佑，無論什麼人，千萬不要搶彩虹。

一天中午，二黑為餐館送肉。廚房的後門閉著，他只好從前廳進去。剛跨進門，一抬眼就看到夏院長夫婦、彩虹，還有位西裝革履，海派十足的男士在共進午餐。桌上都是廚師的拿手菜，還有法國高級葡萄酒。二黑在心裡說：「這下完啦！彩虹一定對上相了。」

二黑的心猛跳，腳發軟，肉交給了餐廳，竟忘了收賬。他趕快跑回家，換了那套最好的衣服，在餐館門口徘徊了兩個多小時。

彩虹離開餐館時，他看到男士熱情的拉她的手，一個勁送秋波。二黑的臉紅了，脖子粗了，差點衝過去和男士打架。

「二黑，你在這裡幹啥？」好友在他肩膀拍了一下問道。二黑一驚，腦子才從中清醒過來。於是說：「沒事，隨便走走。」

二黑對自己說：「神經病！彩虹是你什麼人呢！她和別人好又關你啥子事。人家連話都沒有和你說過一句，她哪知道你是張二、李四、二王麻子。『窮』、『醜』已離她十萬八千里了，在打架鬧事去坐牢，連看她幾眼的資格都不會有了。真是木匠扛枷──自作自受。」如此思想，二黑才消了氣。

五

夜茫茫，殘月未墜，二黑的心被單相思鞭打著。他無法控制自己的情緒，更無法闔眼，醜小鴨愛上了龍王公主，這是絕對沒有開場也沒有落幕的戲曲。

二黑打開錄音機，聽彩虹唱的那首歌：

自從見到你，再也忘不了你。

二黑哥呀！你真誠，你樸實，你勤奮，你有感情。

啊——我選擇了你，你在我心裡，你在我夢裡，不管你在那裡，我永遠永遠伴隨你。

二黑哥！二黑哥！只因為我愛你！

是被這首歌害的墮入情網呢！還是暗戀彩虹主動當守護神！二黑說不清楚。應該說二者皆有之。

可是，彩虹不是歌中的主人，自己也不是歌詞中的二黑哥。彩虹是位光彩照人的歌手，而自己呢！是個賣肉的屠夫。明眼人一看就知道完全是麻布繡花——不配。二黑對自己下命令：「不要瞎子碰釘子，碰得頭破血流了，自量點，早早收心吧！」

可是，命令毫不起作用，明明是癩蝦蟆想吃天鵝肉，腦子卻完全不聽指揮，叫他不去想，他就是偏要想。

媽媽見二黑更瘦了，面容那麼憔悴，已感到兒子的怪異。

「二黑，你常晚上出門，去哪裡？」媽媽關心的問。

「送個人。」二黑坦然的答。

「什麼人？是男的還是女的？」媽媽敏感的問。

「女的。」二黑不會撒謊，也不想騙母親，爽快的答。

媽媽暗喜，以為兒子已對上相了。

「二黑，你都二十三歲了，如果相中女朋友，帶回家讓媽媽看看。我們雖然家道貧寒，一套家具一架彩電還是買得起的。這破房子嘛！送給政府，我去求縣長，相信他會看在你爹救過他性命的份上，給你一個小套新房子的。」媽媽欣喜的說。

「我爸救過縣長的命？為什麼不找他幫我換個好工？」二黑第一次聽到這樣的好消息，沒有激動，倒有些責怪媽沒有靠到相。

「戰爭年代，老一輩很多人出生入死。那年，蔣縣長中彈倒在血泊中，是你爹捨身背他回家，又養好傷送回部隊。唉！現在他當了縣民的父母官，明知我們孤兒寡母的，他不來找我們，我們去窮巴結有何意思！二黑，我以為賣肉的工作並沒有什麼不好。民以食為天，你能全心全意為人民工作，必然會得到群眾的愛護。不管做什麼，人若步步踏實，就一定可以走得很遠，何必去找靠山呢！」媽媽慎重的說了很多話。

「媽，我只是隨便說說的，你別往心裡去。再說，我沒讀多少書，輕鬆的工作我也是麻線穿豆腐──提不起來的。」二黑順著母親的話說。但他心裡想：「和縣長有這種關係，也許我肖二黑真的會否極泰來，吉星高照呢！」

那一夜，二黑的腦海裡閃著萬花筒。他準備背著母親去找那位蔣縣長，相信蔣縣長一定會拉他一把，最好去學開開小汽車。手上有了方向盤。天天跟著大官小官們出入，身價就高了。晚上還可開著車子送彩虹回家。車子嘛，當然是名牌的好，那麼一天該有多美啊！可是，幻想不到五分鐘他又洩氣了。想到自己對彩虹完全是單相思，談戀愛八字都還沒有一拍，學開車蔣縣長未必會答應？小汽車又哪裡在等著你？有地位的人誰要你剛學車的毛頭小伙子把他的命關呢！開車的人不出事故神氣，如果出了車禍有時命都難保。媽媽那能同意那樣的工作！

二黑在床上輾轉反側，幻想變成了泡影。無奈之下，他決定明天去找好朋友商量。常言道，三個臭皮匠可以頂個諸葛亮，也許他們會有好主意呢！

六

二黑最要好的朋友一個叫國強，一個叫大偉。國強在人民醫院住院部工作，大偉在糧食局當幹部，都是美差事。

三人在瀨江飯店午餐。二黑將自己的心事和盤托出。聽罷二黑的陳述，大偉不緊不慢的說：「二黑兄弟，我這人不會拐彎抹角，對象對象，要有對才有相，你這樣憑她唱那首歌就這樣整天胡思亂想，憑你的條件，有可能嗎？學會開車自然有很多方便，可是，什麼時候才能成為一位熟練的司機，又有名牌車讓你開呢！遠水不能解近渴，依我看不要再做義務保鏢了，遠離她，走自己的路吧！」

「大偉，二黑弟，我的看法倒不同，婚姻大事全靠一個『緣』字。我們醫院那位『楊貴妃』和高局長那位軍官兒子都不來電，卻嫁了個『四類』之子」國強沉默了一會，感慨的說。

「老兄，什麼貴妃呀！四類呀！我聽不懂，說清楚一點好不好？」大偉插話說。

「『貴妃』嘛！就是醫院裡護士中的一支花，楊貴惠的外號。『四類』你還不懂嗎？他老爸頭上有頂帽子。看來你要多聽聽政治課，洗洗腦才跟得上形勢哦！」國強解釋中帶著笑話。

「原來如此，給你老兄一形容，我還以為楊貴妃轉世了呢！」大偉笑道。

「二黑，你愛彩虹那麼深，我倒覺得是她大小姐的福氣。我們醫院的小姐們有句順口溜：『說什麼打牌、跳舞是非多，美女絕不嫁帥哥。』如果彩虹也這麼想，你不就有希望了嗎！其實我倒有個主意，不知二位是否贊成。」國強挑逗說。

「什麼好主意，快說出來聽聽。別把我們二黑弟的頭髮急白了，那就更難追到彩虹了啦！」大偉催促說。

國強如此這般把他的主意描述一番。

大偉舉起雙手讚道：「棒，真棒！這是電影鏡頭，我擁護。」

「二位哥們兒，這樣恐怕不妥吧！」二黑顧慮的說。

「有何不妥！我們是被你這一年多風雨無阻，做保鏢的精神受啟發的。我們都肯拔刀相助，你還猶豫什麼！就算漏了底，紅臉仍是你做的，黑臉是我們，你怕啥！」國強鼓勵說。

「愛，就是要驚天動地，轟轟烈烈，與眾不同。不要捉到怕飛了，放走怕跑了，沒男子氣概。我打個賭，再這樣下去，你不得神經病才有鬼呢！大膽些，衝啊！就看我們的吧！二黑弟的愛情嗚啦！」大偉神采飛揚地慫恿說。

七

絢爛的春夜，市民們早已進入了夢鄉，商店都打烊了。整個城市安睡在靜靜流淌的環城河中，只有眨著眼的路燈與河岸上微風中沙沙作響的梧桐和輕搖腰肢的垂柳，在那裡忠誠的站崗放哨。

小巷裡路燈稀少，棚棚架架顯得模糊朦朧。不遠處高吭的歌聲和喧鬧的鼓樂聲劃破了寂靜的夜空，表示劇場快散場了。

彩虹的高跟鞋「咚！咚！咚！」有節奏的扎著小巷的石板路，前方望江街的高樓大廈已躍進眼簾。

突然，竄出兩個黑衣蒙面人，擋住了彩虹的去路。

「幹什麼！滾開！啪！」彩虹雙掌一推，冷不防兩個黑衣人同時向後退了好幾步。黑衣人想不到這位美少女，竟有這般身手不凡

的硬功夫。兩人同時往旁邊一閃，用手中的黑布蓋下，來一個烏龍蓋頂，不歪不斜正蒙住了彩虹的頭。

彩虹迅速拿出小刀，正準備向左側的黑衣人刺去。「叮！」的一聲，小刀已被右邊的黑衣人打落在地上。

彩虹還想用腳反抗。「哎喲！」一聲，她的腳扭了筋。兩黑衣人趁勢將彩虹按倒，不過，他們的出手都很輕。

「救命啊！救命啊……」彩虹本能的喊救命。

就在這間不容髮之際，一身材不高的人影閃出來，「啪！啪！」兩拳擊退了兩個黑衣人。彩虹脫離了控制，撕下蒙頭布，本想跳起來參戰，可是她的腳不聽指揮了。望著兩個黑衣人同時撲向來人，彩虹坐在地上顫抖。月光下三人打成一團。一個打兩個，當然寡不敵眾，彩虹急出了一身冷汗。

突然，兩個黑衣人合力按倒來人，一人抓住一隻手臂，並踏上一隻腳。彩虹閉上眼睛，心想：「這下完了。自己跑不掉，還害了這位不知名的好心人士。」

忽聞「啪啪啪……」急雨般的反掌聲，彩虹一抬眼看見好心人士雙手連翻，劈得兩黑衣人已招架不住，敗陣而逃。

彩虹沒有看見救命恩人是如何轉敗為勝的，她很佩服救命恩人的武功。

月光中看不清救命恩人的傷勢，只見他用衣袖在揩嘴角的血。

「彩虹，沒有嚇壞吧！」救命恩人走近彩虹俯身問道。

「啊！肖師傅，是你。你知道我的名字？」彩虹顫聲說。

「掛牌歌星，誰不知道你的名字。我倒要問，你怎麼認識我這樣的貧民呢！」二黑接口說。

「媽媽每天在你的攤子上買肉，回家總要誇獎骨頭少啊！稱頭足啦！態度好哇！怎麼會不認識呢！沒有想到，你還有這麼棒的武功。」彩虹讚道。

「談不上武功，只是急出來的一身力氣而已。」二黑謙虛的說。

「這種力氣可不那麼簡單的，爸爸從小教我練功，你看，用起來就不靈了，功力發不出，腳也扭壞了。肖師傅，這麼晚了，你怎麼湊巧在這裡呢？今晚要不是有你，我真不知道被那兩個短命鬼怎樣──」彩虹本要說怎樣蹧蹋，在男孩子面前又難以說破，下面的話堵住喉嚨裡了。

「我家就住在巷頭上，早就想著這條路不太安全，其實，我每天都在暗中保護你，已一年多了。」二黑覺得這是很難得機會，坦然的說。

「你在保護我！為什麼？」聽到這個保護一年多的天文數字，彩虹吃驚的問。

「我！我！我也說不出為什麼。很擔心你碰到壞人。你的腳還痛嗎？等一下，我回家拿腳踏車來送你回家。」

「肖師傅，不要離開我，我害怕。」彩虹下意識的抓住二黑的手顫聲說。

「那我背著你一道去拿車好了。」二黑建議。

「我太重了，你背不動，攙著我慢慢走吧！」彩虹的腳很痛，但叫一個男孩子背著實在不好意思，所以藉口說太重。

二黑小心地扶住彩虹，彩虹大半個身子依在二黑身上，這和背著也差不了多少。

二黑的心裡熱呼呼的，他無限的喜悅和滿足，完全不感覺彩虹有多少份量壓著他。

二黑將彩虹扶上車座,「叮鈴鈴」腳踏車音樂般的響聲劃破了寂靜的夜空。二黑是想彩虹在他家裡多停留一會的。但他又不願彩虹一下子就看到他那個寒酸的小屋。

「肖師傅,太謝謝你了。」到了家門彩虹感激的說。

「不用謝,再見!」二黑將彩虹扶下車,客氣的說。

「我媽一會就下來的,進屋坐坐吧!」彩虹邊按門鈴邊說。

「太晚了,我媽可能在等我呢!」二黑推辭說。二黑其實不會馬上離開的,他要看彩虹進了家門才放心。但是,他不想在彩虹的爸爸媽媽面前請功。所以連忙引退。出了這件事,彩虹半個月沒有登台演出。二黑的保鏢工作暫時又下崗了。他心裡很不安,也後悔。

八

春風吹綠了大地,公園裡鮮花絢麗,遊人如鯽,二黑無精打采的坐在假山石上。

兩個星期沒看到彩虹了,二黑惦記著彩虹的腳,擔心她會離開劇場,再也不從小巷經過了。

「救命恩人,到處找不到你,原來在這裡賞花,我媽媽請你吃晚飯。這些天,老母老父為我這雙腳忙壞了,沒有上門禮謝,生氣了嗎?」彩虹的儷影和銀鈴般的說笑聲,同時飄來。二黑眼前一亮說道:

「請我吃飯?就為那天晚上的事嗎?我不去!我不去!啊!彩虹,你的腳怎麼樣了?」二黑欣喜得多麼想撲向彩虹,抹抹她的腳,可是他不敢。他知道,那晚的事可能已結束了。請吃飯是感謝打點一番,從此不再有什麼瓜葛。所以,二黑不答應去吃這頓飯。如果去了,他的戲就不能繼續往下唱了。

「不行不行，你一定要去，不去媽媽會生氣的。」彩虹嘟著嘴說。

「不能去，不能去，我已答應送媽媽去表姨家吃表嫂兒子的滿月酒。」二黑一本正經的說。

「送你媽媽到了表姨家，你回來嘛！」彩虹說。

「那樣媽媽會生氣的。謝了謝了，你們自己吃吧！」二黑拚命找理由推。平時言語不多的二黑，在彩虹面前的口才彷彿特別好，硬是說服了她。

「今天不去，改天再請，我不相信會請不動你這位救命恩人。」彩虹自信的說。

「別請了，總有一天我自己會去的。」這句話是二黑的決心。

「好吧！隨時歡迎！」彩虹笑著說。

「彩虹，忘了問，你還唱歌嗎？」二黑殷勤的問。

「唱歌是我的最愛，當然還唱囉！肖師傅，以後你還會保護我嗎？」彩虹揚起眉毛問「我──我──我當然──。」二黑好想跳起來，說聲「那太好了」。可他臉紅心跳，辭不達意的我我我，卻不敢說真心話。

「你好壞，怪人！」彩虹故意扭動一下豐腴的腰，半開玩笑的說。

雖然推掉了那頓晚餐，彩虹對二黑的態度如此友好，是他沒想到的。在回家的路上，二黑腦海裡彷彿流轉一個夢，那是一個五彩繽紛的夢。

九

夏夜，皓月當空，繁星點點，彩虹哼著小調，一步一個蹦跳的走進小巷。

「二黑，你出來，不出來我當你小偷了。」突然，彩虹停下腳步大聲喊。

「我暗暗的跟著你不是很好嗎」二黑躡手躡腳的從棚架後面走出來，低聲說。

「不好不好。我要你光明正大的陪著我。」彩虹認真的說。

「要我陪著你？這是你的真心話嗎？我是個屠夫，人家怎麼說呢！」二黑自卑的說。

「屠夫又怎樣，管人家說什麼！我喜歡。」彩虹霸道的說。

「你喜歡賣豬肉的？一隻醜小鴨？是真的嗎？」二黑完全不相信自己的耳朵，他瞪大雙眼反問。

「傻瓜，誰說賣豬肉的不是好工作，誰說你醜！我看你的心靈比誰都美。」彩虹直言誇道。

二黑情不自禁了，他的身子靠過去，伸出雙手，像撫摩精品瓷器似的說：「彩虹，我不傻，只因為我不配，只能幻想，只能偷偷的愛你，保護你，而不敢靠近你。但是，你知道嗎？在我的生命裡已不能沒有你了。兩個星期沒看到你，我差點瘋了哦！」

彩虹的感情泛濫了，悠忽中她的身體不自主地痙攣，顫動著的雙手擁住了二黑。她嘴裡喃喃：「二黑，不要自卑，你是好人，自從那天起我就愛上你了，愛得很深很深。過去我唱了那首歌，沒有真正的感情。現在不同了，你是歌詞中真實的二黑哥。你如果不上夜班，每天到劇場聽我唱歌，然後我們一同回家吧！」

二黑激動的熱淚滾滾，在月光下閃著晶亮的光。他們互相緊緊的擁著、吻著，很久很久。對二黑來說，曾經多少魂牽夢縈的相思，如今變成了真正的現實，他滿足了，醉了。

十

　　週末，晚餐桌上，彩虹正式宣布和二黑戀愛的消息時，媽媽沒有說贊成，也沒表示反對。爸爸卻不然，他怒吼道：「虹虹，你反啦！二黑救過你，我們可以重謝。可是，這和婚姻是兩碼子事。我夏明輝堂堂院長的獨生女，不能嫁個賣豬肉的女婿。」

　　「賣肉的就比人低一等嗎？如果大家都不幹賣肉的工作，要吃肉到哪裡去買？二黑不也是中學生嗎！人家爸爸死得早，沒靠山，分配不到好工作，有啥辦法呢！」平時嬌生慣養的女兒和爸爸爭辯。

　　「不管怎麼說，這件事我絕不會同意。就算不去考慮賣肉的地位高低吧！你看，二黑瘦瘦小小的，小鼻子小眼睛，哪像個男子漢。」

　　「你說他不像男子漢，人家一個打兩個，我看他倒像『蘇洛Zorro』呢！瘦也好，小也好，二黑又不和你結婚，你不可包辦。」爸爸眼中的乖女兒，為了婚事，變得一點也不聽話了。

　　「明輝，女兒大了，讓她自己好好考慮吧！不要把話說死了。」

　　「虹虹，你還小，很多事你還不懂。婚姻不是兒戲，找個丈夫門不當戶不對，社會的冷言冷語受不了，自己也要苦一輩子。你爸爸的話是對的。」媽媽兩邊倒。

　　「我不明白，你們平時口口聲聲自由自由，工人老大哥，工人階級，碰到具體問題就分高低貴賤。你們看，爸爸醫院那些離婚的，那一對當年不是門當戶對，郎才女貌呢！二黑確實是個其貌不揚，家庭貧苦的小工人。但是，他心眼好，能自食其力，跟他那樣的人過日子，就是生活過得苦，我相信心裡也是甜的。」彩虹理直氣壯的說。

「你被那賣肉的迷上了，我們說不過你。如果你真要和他好下去，我就不認你這個女兒了。」父親生氣的下最後通牒。

「明輝，不要生那麼大的氣嘛！女兒是自己的怎麼能不要。也許虹虹一時考慮不周到，慢慢她會明瞭的。去看電視吧！」媽媽熄火。

「虹虹，不要和爸爸爭了，他都是為你好。」媽媽當和事佬，兩邊勸。說心裡話，她不喜歡那個二黑。

十一

接下來的日子，這個家就熱鬧了。過去親朋好友上門說媒，媽媽總推說太早。彩虹自己找了男朋友，他們才明白女兒已長大了，想飛啦！

現在輪到媽媽忙了，千方百計不讓彩虹與二黑接近，託三親六戚為彩虹選白馬王子。

看中院長獨生女的真不少，有軍官、大學生、醫生、幹部，甚至還有留學生。

論人品、論家境，沒有一個不比二黑好上幾倍。但是，情人眼裡出西施，不管什麼人，彩虹眼裡都不抬一下，更不用提安排約會了。

外婆說：「雲，虹虹吃了那賣肉的迷魂湯，我見得太多了，拆不散的，把她送到外國去吧！」

「媽，不行的。虹虹沒讀多少書，出國不那麼容易。就是找關係走得了，如果她死心蹋地要嫁那個肖二黑，不又要演『二次握手』的悲劇嗎？你看那個被策畫去國外留學的丁潔瓊，最後孤獨一生，好可憐的！」

「那就選個門當戶對的，趕快把她嫁出去吧！」外婆乾脆的說。

「也不可能的，彩虹給我們慣壞了，她不聽起話來，命都不要，一定要強到底。」

「左也不行，右也不行，好了，就隨她和那個屠夫好吧！家裡有個賣豬肉的，里脊肉、豬肝、豬心……不愁買不到，享不到眼福，也享口福嘛！現在的年輕人，弄不好就好到一塊去了，弄大了肚子怎麼辦？」外婆焦急的說。

「我也這麼勸明輝，吳局長不同意女兒出嫁知青，一巴掌打出了神經病，不就是教訓嘛！現在虹虹到家就是關在房間裡，話都不和我們說，我看也不是好事。」梅雲憂慮的說。

「我看你去找二黑娘好好談，表明我們的態度，叫她兒子死了那條心。」外婆又出主意。

「媽，現在的問題不是在人家那邊，而是虹虹鐵了心，一點法子也沒有。」梅雲無奈的說。

彩虹的爸爸媽媽確實也沒有辦法，說破嘴皮，效果等於零。

十二

「二黑，他們整天像老和尚唸經，沒完沒了，受不了啦！我們走好不好？」在二黑的小房間裡彩虹帶著哭聲說。

二黑一把緊擁住彩虹，喜悅與慌亂同時湧上心頭。嘴裡呢喃道：「彩虹，這是你說的，真的嗎？為了我你願意離開那麼愛你的父母，跟我浪跡天涯？」

「我沒有和你開玩笑。」彩虹認真的說。

「彩虹，這不是夢吧！你真的會屬於我？」二黑懷疑的問。

「別問了，二黑。」彩虹在激烈的興奮中摟緊他，二黑深深的、輕輕的、柔柔的、愛護的吻著彩虹，此刻，言語確實已是多餘的，以身相許還什麼比這更有說服力呢！

二黑吻了彩虹很久很久，才慢慢的放開。他凝視著她寶石般的眸子和那麼美的面容，眼中閃著濃濃的醉意。夢囈般的說：「虹虹，跟我走，可能會藍天當被，大地作床，吃粗茶淡飯，你能吃得了苦嗎？」

「只要有你，什麼苦都不怕。我可以去唱歌或打字，你可做工，現在已不是那種要勞動局蓋大印的時代了，餓不死的……」彩虹很有信心的說。

「什麼時候要動身呢？」二黑問。

「後天。」彩虹說。

「好，就決定後天，明天我去找兩位朋友，把媽媽託付給他們。」二黑說。

「我們有了落腳的地方，就來接伯母。」彩虹說。

「彩虹，你真好，這輩子只要得到你的愛，死也值得。」二黑感慨的說。

「不准說不吉利的話。」彩虹封住二黑的嘴。

十三

公園裡綠草青翠，百花爭芳吐艷。這天不是週末，遊人稀少。二黑、國強、大偉坐在方方的石桌邊，桌上有點心和葡萄酒。

「二位兄長，上班時間約你們出來，是發生了一件非比尋常的大事，我心裡不踏實，真不知該怎麼辦？」二黑不安的說。

「什麼大事，你那位『西施』被人搶走了嗎？」快言快語的大偉急著問。

「不是被人搶走了，是她老爸堅決反對我們好，彩虹要和我『私奔』。」

「私奔？！好棒啊！有這樣的豔福還猶豫甚麼，趕快動身呀！」國強興奮的說。

「彩虹在家過的是公主生活，我擔心她跟著我受苦。再說，我們這樣做也損她的名譽。」

「唉！哪來那麼多婆婆媽媽的歪理，又不是你搶親，彩虹自願嫁給你損啥名譽！現在時代不同了，自由戀愛，拿了那張結婚證走路，到天邊也有理。」國強鼓勵說。

「國強兄言之有理，現在出門不要糧票，不要戶口本，只要有身份證，那裡都可去。我建議你們乾脆到南京、北京去渡蜜月。」大偉興奮的說。

「你們說的那麼輕鬆，說心裡話，彩虹這麼愛我，真比掉進蜜糖裡還甜。可是，這一走，我們可能就要流落天涯。因為彩虹的父親再也不會讓他回家，我自己辭了工作回來也不會有人收留的。」二黑悽苦的說。

「不要想那麼遠，夏院長還會真的不要他的心肝寶貝！那是嚇唬人的。我打個賭，不出三個月，他們一定會登尋人啟事，求你們回家的。」大偉議論說。

「大偉言之有理，到時候你們生米已煮成熟飯了，他們還會逼你們離婚不成嗎？再說，好壞自己也有個家，彩虹不回去也沒關係。不過，單位的工作最好還是請假，給自己留條退路。」國強慎重的說。

「二黑弟，請假的事，我來找你們的頭頭開後門。他的阿舅是我的朋友，問題不大的，放心度蜜月吧！」大偉自告奮勇的說。

「我為你們餞行，晚上在南門飯店見，走得越早越好。」國強說。

「我銀行裡有幾個錢，取出來給你們當結婚禮金。」大偉爽朗的說。

「我也有一份。」國強接口。

「上次你們已幫大忙了，我一定不收的。」二黑誠懇的說。

「上次的事永遠不要提了，不收錢就不夠朋友，這是我們的一點心意。」兩人齊聲說。

「我走後，娘就拜託你們了。」二黑懇求說。

「一百二十個放心，保證照顧好。」又是兩人同說。

有國強和大偉這樣兩位肝膽相照的朋友，有彩虹火熱真誠的愛，二黑對未來充滿了希望。

十四

南門飯店，兩扇落地花玻璃門自動打開迎接客人。水晶吊燈光亮柔和，人造大理石地磚，仿紅木坐椅，縐紗窗幔，如此搭配，顯得格調土不土洋不洋。還有，吃的是中國菜，喝的確是咖啡和白蘭地。這樣的餐館老年人是很少光顧的，卻是年輕人喜歡出入的所在。所以生意興隆。

四個人共點了十道菜，按國強的討口彩叫二黑和彩虹的婚姻是「十全十美」。

「來！乾一杯，祝你們夫妻恩愛，白頭偕老！蜜月快樂！」大偉首先舉起酒杯祝賀。

大家起立，舉起杯「噹！」一碰，同時說「乾！乾！乾！……」彩虹的眸子無意中落在大偉那隻握酒杯的手上，她猛然一驚，打了個寒噤，一點胃口也沒有了。彩虹糊糊塗塗的吃完那餐飯，恍恍惚惚回到家。

十五

天剛矇矇亮，彩虹就披衣起床了，簡單的梳洗一下，直奔跑到二黑的家。

也許是心裡感應吧！二黑早就迎在門口。見了彩虹那張怒氣沖天的臉，伸出的雙臂僵在空中，卻不敢去擁抱她。愣了一分鐘，二黑想著，難怪人家說，夜長夢多，煮熟的鴨子也會飛的，凡事不要高興得太早。媽媽說：也許最後一分鐘，彩虹還會改變主意，難道真的會那樣嗎？二黑囁嚅著說：「彩虹，你這麼早，我的東西還沒準備好呢！媽媽一定要為我們買頂朱紗蚊帳，一早就出去了，進屋吧！」

「我一夜沒睡好，不用準備了。」彩虹怒氣沖沖的吼。

「怎麼？你改變主意了？」二黑結結巴巴的問。

「二黑，我問你，你如果真的愛我，就不應該瞞著我做壞事對不對？」彩虹進屋，拉開架勢，指著二黑的鼻子，像審判官似的問。

「彩虹，你知道我笨口笨舌的，不會用美麗的形容詞來表達我對你的愛。你是我心中的太陽，你是我心中的月亮，這世界我什麼都可以沒有，可是，不能沒有你呀！我為你活著，為你自豪，我已高攀了。你相信我，任何時候，我都沒有做過壞事。」二黑激動的說。

「還說沒做過壞事！我瞎了眼。」彩虹氣憤道。

「彩虹，我對天發誓，做過一點點壞事，有半點對不起你的地方，就天打雷劈。」二黑賭咒。

十六

「你還嘴硬，我看你是不見棺材不掉淚的頑固派。我再問你，你的那兩個狗朋友是幹什麼的？」彩虹直視二黑，輕蔑的說。提到兩個朋友，二黑的心跳得幾乎昏倒。他想著底牌已被掀開，天地萬物都會化為虛空一片。過去不能和心愛的人見面和說話，還能享受到暗戀的甜蜜。現在一切都完了，還讓兩個朋友背上惡名。

「彩虹，我──我──我是太愛你了，國強和大偉害怕我得神經病，完全是為了成全我們，他們絕不是壞人……」二黑全身像篩糠似的顫慄著說。

「嗯！要不是他那隻手指少了一節，我還蒙在鼓裡呢！跟你走，把你們這些流氓賣了自己都不知值多少錢一斤。從今天開始，我們一刀兩斷。」彩虹憤怒的宣布。

「彩虹，彩虹，你罵也好，打也好，千萬不要往壞處想。我的心可以掏給你看，真的只是讓你相信我是為了愛你。原諒我，求求你原諒我。我向你跪下，求你不要離開我。」二黑真的一頭跪下，雙手抱住彩虹的腳。

「卑鄙小人，原來你是一隻一錢不值的『哈叭狗』，鬼原諒你……」彩虹狠狠一腳，像踢破爛一樣，把二黑踢倒在地上，憤怒的衝出門去，頭也不回的往家奔跑。

二黑像被釘死在地上，呆呆的望著那扇彈回來，被碰得「受傷」的門，嘴巴張成一個「O」型，發不出聲音。過了好一陣子，仿彿絕望、悲痛、懊悔熔在一起，變成了一根燒紅的針在他心上猛刺。他的嘴一扁，吞下滿臉奔流的淚。

二黑臉上淚水狼狽，踉踉蹌蹌攀爬到樓上。他傻傻的望著那兩隻等待出發的旅行袋，靈魂都飛散了。最後，倒在床上，埋在被子裡放聲慟哭。

十七

媽媽回家見二黑不在樓下，以為他在樓上忙，於是大聲嚷嚷：「二黑，文阿姨真好，這蚊帳拿的批發價，便宜三十塊錢呢！文阿姨還說，她已找過縣長了，房子沒多大問題。過了這陣子，你們一定要回來，媽媽等著抱孫子呢！……」獨生子要出去流浪，媽媽心裡並不好受。想到二黑和彩虹那麼相愛，如果生米煮成熟飯了，夏家也不會拿他們怎麼樣，兒子媳婦早晚會回來的，她也坦然了。媽媽上樓，看到二黑仍躺在床上，對她的好消息毫無反應，感覺氣氛不對，走到床邊問道：「二黑，怎麼？不舒服嗎？」

二黑不開聲，眼尖的媽媽瞥見枕頭濕了半段，明白自己擔心的事發生了，她早就料到彩虹不會真正嫁給二黑的。

「二黑，是彩虹被爸爸媽媽關起來了嗎？」媽媽問。

「媽，不關她爸爸媽媽的事，是彩虹不要我了。」二黑痛苦的哭著說。

媽媽被二黑的話震得瞠目結舌，不知用什麼話能安慰兒子。她愛憐的用手巾為兒子拭淚，慢悠悠的說：「二黑，不要太難過，你們這婚事，一開始我就擔心不會有結果。後來看到彩虹沒架子，她真的是喜歡你，我才有了信心。其實呀！我們小小老百姓，怎能和當官的高攀呢！不過，人性反覆，世路崎嶇，行不通，退一步不就好了嗎！」

十八

「媽，說起來那麼容易，做起來難喲，我怎麼割捨得下呢！」二黑哭得更傷心。

「二黑，彩虹是個大美人，又是那唱歌的職業，天天在人前亮相，有那麼多人圍著她轉，她的爸爸媽媽根本看不起我們，變心不稀奇……」媽媽勸說。

「不是她變心，是我自己不好。」二黑捶打著自己的頭哭喊。

「你不好，就去賠禮，哭有什麼用呢！」媽媽開導說。

「完了，完了。媽媽，我完了。」二黑哭聲更大。

「二黑，不要這樣子。你從小到大都不愛哭。現在怎麼變得如此軟弱呢！我說過了，唱歌、漂亮不一定是好事。」

「又不會一輩子唱歌，她會打字，還懂電腦。」

「你說什麼！她腦子有電？那更不得了，早點散是好事。怪不得好的她都看不上眼，偏偏看中你呢！原來她是那種電視裡說的有什麼特異功能的人！」媽媽搶過話議論說。

「媽，你別亂說好不好！電腦是新科技產品，不是彩虹的腦袋。你累了，去休息吧！讓我靜一會。」媽媽沒有文化，不懂電腦電流，給她這麼一瞎鬧，二黑倒不哭了。

「好，我不說了。」媽媽說罷下樓；但走了兩步又折回來說道：「二黑，不要難過了，你文阿姨說，現在的女孩子找對象和過去完全不同。要找什麼『四個輪盤、一把刀、白衣丈夫、樓房高。』你猜，『一把刀』是什麼人就是殺豬賣肉的呢！沒想到我的兒子還列在第二位。文阿姨還說，東門有個賣肉的個體戶，一個月賺兩千塊。你不忙著結婚了，我們這樓下也來開個肉店。現在的人向『錢』看

了，有了錢就不愁找不到媳婦的……」媽媽嘮嘮叨叨的勸說，希望兒子脫離苦海。

可是，媽媽的話，二黑半句也沒有聽進去，他感覺全身的血都凝固了，冷得像冰塊。

十九

彩虹一口氣跑回家，緊鎖房門，把身子重重的擲在床上，她恨透了二黑。可是，無處訴苦，只有低低的、忍聲的、壓抑的啜泣。

晚上沒下樓，第二天也仍不起床。彩虹向媽媽聲明過，她喉嚨不舒服，向劇團告了一星期假，平時不要打擾她。可是，一天不吃飯情況也不對呀！媽媽急著叫門，門內沒有回音，她慌了。

「明輝，明輝，虹虹一天沒吃了，門也叫不開，你去看看！」媽媽急著喊。

二十

「虹虹，虹虹。」彩虹的父親連喊兩聲，房裡仍沒動靜。

「給我榔頭。」彩虹父親吩咐。

打開門，只見彩虹軟綿綿的躺在床上。媽媽下意識的用手去觸摩她頭部，像觸電似的縮回手。

「明輝，不好了，虹虹燒得很厲害！」媽媽的聲音緊張中帶著內疚。

父親連忙拿起電話，按一串數字說道：「小王，請快把救護車開到我家門口。」

「馬上就到。」小王說。

彩虹的病是急性肺炎，在醫院住了一星期多才好轉。

二黑努力收斂哭泣，這樣的現實他非接受不可。然而，深愛與渴望又無法放棄。深夜，劇場鼓樂聲後，他傻傻的望著小巷，很久很久。可是自那天以後再也看不到彩虹了。他乾脆躲在離彩虹家不遠的地方，目不轉睛的觀察院長家的那道門，彩虹睡房的那扇窗。

彩虹房間的燈沒亮過，她的父母忙得團團轉。怎麼啦？彩虹她——？二黑不敢往下問、往下想。他不自覺的努力學著做偵探，終於發現彩虹在住院。

為了生活，二黑不得不上班。但是，只要有空就守候在醫院門口，直到親眼看到彩虹出院才不再去。

二十一

老遠的彩虹的目光與二黑的相遇，可是，她堅決的把頭扭過去了。二黑像個在愛情路上繫著纜繩攀爬絕壁的人，現在纜繩突然斷了，他已跌得遍體鱗傷，還看不到救星在哪裡。

彩虹躺在床上，淚眼朦朧的望著屋頂，一言不發。媽媽挖空心思煮來好吃的，送到床邊，她連眼睛都不抬一下。梅雲明白，女兒不但有疾病，還有心病，於是試探說：

「虹虹，發生了什麼事，使你這麼痛苦，是不是那小子欺負了你？」

「別提他！」彩虹怒吼著。忍耐不住，眼淚滾了出來。

媽媽探到了秘密，一點不難過，反而幸災樂禍的離開了彩虹的睡房。

傍晚，梅雲第一次訪問二黑家，一跨進門就說：「二黑，你知道我們不贊成你和彩虹好，現在你們發生了什麼事，虹虹那麼痛苦。如果你無理欺負了她，我和你沒完！」

「伯母，你不用擔心彩虹會嫁我這樣門不當戶不對的窮工人啦！現在我們已分手。」二黑痛苦的說。

「分手？本來就該這樣嘛！其實我們不是嫌棄你窮，只是虹虹讓我慣壞了，難侍候。」梅雲一聽是這樣特大的喜訊，覺得在這小屋子裡多待一分鐘都是浪費，搪塞了兩句，像逃瘟疫似的，拔腿就往外跑，連再見都捨不得說一聲。

<h1 style="text-align:center">二十二</h1>

「明輝，好消息。你猜虹虹是為什麼，她和那小子分手了，是二黑親口對我說的。」梅雲笑得合不攏嘴一跨進門就神秘兮兮的報告喜訊。

窗外月色如水，那一夜，本來夏明輝夫妻應該高高興興睡個安樂覺。可是他們相反卻通宵不寐，因為擔心彩虹和二黑會死灰復燃，言歸於好。必須趁這機會策劃下一步棋，牢牢的抓住女兒。

「明輝，我倒是有個辦法，趁虹虹現在身體弱，又在氣頭上，我帶她去青島住一陣子。虹虹從小親近青島的小姨媽，我和妹妹說說，請她勸導，堅決甩掉那個小子。你這邊再和方經理談談，我看那個何志高很不錯。雖然比虹虹大好幾歲，但人家是華僑，有才、有貌、有錢，那一樣不比那個殺豬佬強呢！」梅雲說。

「這辦法不錯，我去你單位打聲招呼，明天就走好了，叫小王送你們到青島。不過，老高說，何志高提出結婚後，虹虹只住在中國，不帶回美國去，是不是有點問題呢！」夏明輝顧慮的說。

「你這個人，不要凡事都往壞處想。他在中國發展事業，怎麼可能把太太送走呢！我們就這麼個女兒，如果他真要帶走還不適合呢！明天走不行，虹虹會察覺的。那個寶貝的牛脾氣發起來，我們的苦心可能會落個犀牛望月──空想。」

「我看還是過幾天再走吧！為了私事，也不用小王送了。」梅雲說。

「也好。」夏明輝說。大計就這樣決定了。

料想不到，彩虹一點沒有拒絕媽媽的好意。

在青島，姨媽家每天有朋友來陪伴彩虹下海、逛風景名勝。大對蝦吃得更有滋有味。看得出，彩虹在竭力擺脫痛苦，從新包裝自己。媽媽的苦心收到了回報，樂在心裡，喜在眉梢。

時間在飛快流轉，一個月很快過去，回溧城的日子近了。

二十三

夕陽落在地平線上，綻放出五顏六色的雲霞。夏院長早已在車站等候，身邊還跟了個年輕的帥哥。

「虹虹，這位是方伯伯常向你提起的那位何志高總經理。他特地陪我來接你們。」父親介紹說。

「夏小姐，久聞芳名，難得相見，真是幸會，你好？」何志高說了一大堆奉承話，主動伸出右手。

彩虹出於禮貌，勉強伸出纖手，與何志高像蜻蜓點水似的一握。她很不自在，臉紅到耳根，心想：「媽媽像催命的往回趕，下了火車又上汽車，這樣不知辛苦連軸轉，難道就是為了見這個人嗎？」

「何經理是特別從陶城來的，為了迎接你們，已在這裡等三天了。」父親繼續說。

「三天！住在家裡嗎？有沒有請個人做飯？」梅雲急忙問。

「這是彩虹的媽媽，你看，我這個老糊塗，差點忘了介紹夫人啦！待會回家不罰跪才怪呢！」彩虹爸爸開玩笑說。

「我住在瀨江飯店。伯母，你好？」何志高很禮貌的問候。

「家裡房子都空著，怎麼讓客人住旅館！」梅雲以責備的口氣說。

「伯母，這是我自己的意思，旅館的條件很好的，沒關係。」志高爽朗的說。

「內政部長，你明白了吧！不是我不會招待客人。」彩虹父親打趣道。

何志高稱得上一表人才。白色襯衫、外套、白色的西裝褲用兩條帶金扣鉤的皮帶吊著，禮帽是白色的，皮鞋也是白色的，他這一身打扮給人以海派十足的印象。

志高的父母在美國，他在香港經營陶器。宜興號稱中國陶都，志高在那裡設立分公司，自己擔任總經理。夏院長的朋友方楚是他的代理人，這些資料是彩虹早就知道的。

何志高一米八的身材，雙目炯炯，長形臉上鼻子俊挺，兩片薄薄的嘴唇，近乎女性的溫柔。外表上看不出他是個商人，倒完全像個學者。不錯，他正是位商業管理博士，所以，父親的生意已由他接棒。

何志高比起二黑來，當然是鳳凰與麻雀之差了。但是，要在過去彩虹與二黑戀得火熱的時候，她才不會亂拋眼神呢！今天不同，彩虹仍在生二黑的氣。志高在這個時候出現，簡直是皇帝娘娘加鳳冠，身價更高了。

二十四

爸爸媽媽兩把吹鼓手日夜奮戰，志高送給彩虹的見面禮，出手就是花生米那麼大的鑽戒，真叫人傻眼。當然，彩虹並不看重禮物，而是感情的寄託。人說來得早，不如來得巧，正是這個道理。

與華僑聯姻，夏院長的門檻反而顯得矮了。彩虹的父親對這門親事滿意得心花怒放，笑彎了雙眉雙眼。父親丟下公事，親自為彩虹策劃閃電結婚。

新房是何志高投資十萬買下的，彩虹的母親也打腫臉充胖子，盡量炫耀排場。屋內佈置得新穎、別緻、舒適。雖然夏天也暗中陪了五萬塊錢，在親朋好友前，獨生女的婚事辦得這麼風光，夏院長認為值得。

「虹虹，你看，有這樣溫馨的家，這麼滿意的白馬王子，多幸福。要是嫁了那個屠夫，住那鴿子籠，怎麼過日子。」喜宴結束回到家，媽媽指著新房裡高檔的家具激動的說。

「媽，原諒女兒不懂事，讓你們生氣了，不要提他了好不好？」彩虹內疚的說。

彩虹隨志高到北京、南京、杭州、西安……度蜜月。遊遍了名勝古蹟，住夠了高級賓館，那種感受是幸福美滿的，甜蜜的，她決心忘了過去的一切，做志高的好妻子。

蜜月後，彩虹回到了久違的劇院登台演出。可是，「我愛你」那首歌，無論怎麼用心唱也唱不出以往那種感情了。贏來的掌聲也是稀稀落落的。在彩虹的心靈深處，無形中她開始感覺到有所失落。

志高在陶城和家之間往返，開始不管多忙，每天都開車回家。漸漸的隔一兩天才回來，彩虹清楚的意識到新婚的熱度已退了。

二十五

演出回家時，時針已指向十一點鐘了。彩虹雙眼瞪著那電話機發愣。可是等到午夜，電話機始終不曾跳動。「人不回家，連電話也不打一通。」彩虹有些惶惑不安。心裡想著難道這就是幸福嗎？如果和「他」絕不會這樣吧！「二黑，二黑。」那個淡忘了的名字，又在她心中悸動了。

彩虹雙手顫慄著拿起話筒，按下志高的號碼，沒有人接。她自問，這麼晚了去哪裡呢？再打他手機，手機沒開。

「唉！」一聲長長的嘆息，苦澀在一片片地撕裂著彩虹的心。她又只能陪著這幢清冷的大房子度過漫漫長夜，等待黎明了。

二十六

二黑自食惡果，但他沒有放棄保護彩虹的義務。只是行動更隱蔽、小心，絕不讓任何人發現。雖然他明知彩虹已是別人的妻子，愛一個人是沒有道理可講的。二黑回味著與彩虹之間，那些朦朧的喜悅，那些甜蜜的時刻。他們的愛，只開了花，沒有結果。在二黑的腦海中，有時也殘存著一些模糊的希望。有時也埋怨自己投錯胎，甚至妒忌彩虹的丈夫。但是，只要每天還能遠遠的看她幾眼，跟隨走過小巷大街，他就能享受到一點安慰，甚至感覺與彩虹的熱吻還留在唇上、舌尖。

二黑自問：「這輩子還會去愛別的女孩子嗎？」他心靈深處的回答是肯定。「不可能了，也許下輩子也不可能。」

二十七

二黑有時控制不住情緒，喝悶酒，毫無目的在大街上亂走一整夜。他問自己：「會得神經病嗎？心中沒有數，但願不要如此。如果得了神經病，對不起母親，也會傷害彩虹的。」清醒的時候，他把酒瓶扔在河裡，用繩子把雙腳綁在床腳上。媽媽心痛的說：「孩子，不要折磨自己了，向前看吧！」

雪花紛紛揚揚，給大地穿上了寒冷的冬衣。

一連打了五次電話，志高總算回家了。

「志高，你在忙甚麼呢！我沒記錯的話你兩個星期沒有回家了吧！」彩虹低聲問。

「太忙了，今天有什麼事一定要我回來呢？」志高不悅的問。

「我要隨團到南京參加彙報演出，一個多星期才回來，其實沒有什麼大事的，只是走前想見見你。」彩虹溫柔的說。

「虹虹，不要當演員了好不好？你怪我不常回家。可是，每次回家，你都很晚才回來，一個人在家有什麼意思。」志高不耐煩的說。

「原來你是不喜歡我唱歌，唱歌只是我的愛好，不能唱一輩子的。你不喜歡，南京回來我就改行吧！」彩虹想著要做個好妻子，只好割愛，依從丈夫，她很誠懇的說。

二十八

「我的好太太，還用改什麼行呢！就待在家裡好了。」志高興奮的說。

「你每天那麼忙，我在家如何打發寂寞的時光呢？」

「為我生個兒子吧！有了孩子就夠你忙了。」志高打趣的說。

志高將彩虹緊緊的摟在懷裡，長長久久的親吻著。那一刻，在彩虹腦海中，所有的誤會都飛散了，沉迷在瘋狂、喜悅的甜蜜中。

雪不停的下，黑暗的夜幕籠罩著大地，人們被寒冷驅趕著，早早進入了夢鄉。

夏明輝夫婦被急促的敲門聲驚醒。

「夏院長，夏院長，快開門。不好啦！彩虹她們坐的車出事了，很多人受了傷。」是劇團總務大劉的聲音。

夏院長夫婦幾乎是同時，從床上跳下來，胡亂穿上睡袍，衝到大門口邊開門邊問：「翻車？多人受傷？虹虹呢？她怎樣？在哪裡？」

「在醫院，你們快去，我還要去通知何經理。」大劉上氣不接下氣的說。

彩虹的爸爸媽媽顧不上換衣服，慌慌張張的跑到醫院。

車禍發生在離城不遠的仙人山下，二十幾個人受傷，彩虹頭上裂了一個大口子，左腳斷了，仍在昏迷中，正在搶救。

二十九

彩虹的媽媽當場昏倒。從外科醫生登上院長寶座的夏院長那雙手，曾鋸過數不清的腿，也挽救過許多人的腳。現在，女兒的腳斷了，怎麼辦？他後悔太早脫離了手術台。如今，正需要絕技搶救女兒的時候，卻愛莫能助。一顆碩大的眼淚從夏院長皺紋密佈的臉頰上淌下來。他穿上了手術衣，聚集全身的精力，準備再戰鬥一次。

「夏院長，我認真的細查過，彩虹的腳已感染了，必須高位截肢才能保全性命！」負責搶救的高醫生沉重的說。

「高位截肢？！」夏院長重複一句，像一根巨棒子擊中了他的頭顱，身子幌搖，幾乎跌倒，多虧高醫生扶住了他。

高醫生是醫院外科權威，夏院長剛進外科室的時候，他曾是助手，如今已升外科主任，青出於藍，勝於藍。夏明輝知道，高醫生的判斷，絕不會有第二種辦法可行的。盡管如此，夏院長仍以渴求的聲音說：「這隻腿就這樣完了嗎？」

高全醫生搖著沉重的頭說：「虹虹是唱歌演員，沒有腿怎麼登台。如果能取代，我自己的腿也願捐給她。可是，不能呀！」

「別說了，救人吧！」夏院長從僵硬的舌頭間，擠出這句話。

「要不要等她丈夫來簽字？」高醫生問。

「不必啦！有我在呢！」夏院長帶哭聲說。

三十

夏院長無法目睹女兒的腿，在手術台上離開她的身子。他脫下手術衣，向高醫生深深一鞠躬，由護士扶著走出手術室。在場的人都覺得夏院長一下子最少老了十來歲。

「虹虹，虹虹，你怎麼變成了這樣啊！」何志高望著頭上紮著紗布，少了一隻大腿，尚未醒來的妻子嚎哭。

兩天後，彩虹在一片白色的世界中醒來，她不知自己身在何處，感覺整個下身像被一座大山壓著，慢慢睜開眼睛，看到自己的腿上纏著紗布，下半段卻不見了。她愣了好一陣，心痛夾雜著傷痛，又昏過去了。

彩虹再次醒來，已是車禍後的第六天了。爸爸媽媽守候在病床前，醫生護士在清理傷口，媽媽含著淚水說：「虹虹，小朱和小楊已經火化了。你是不幸中的萬幸，想想張海迪吧！（一個下肢癱瘓者）人的生命才是最寶貴的，堅強些，爸爸媽媽永遠愛你！」

彩虹沒有哭，她還不會哭。她的眼睛在病房裡搜尋，很久很久，終於艱難的翕動雙唇，聲音如蚊般問：「媽，志高他——」

「他一直在這裡陪你，現在回公司去了，他會來的。」說完這話，媽媽連忙跨進廁所，抹掉那快要滾出來的淚。

爸爸握著彩虹冰冷的手，一言不發。想著：

昨晚，何志高在彩虹的病房裡對岳父岳母說：「阿爸阿媽，公司有急事，我明天要回香港，虹虹就拜託你們照顧了。」

「志高，你不能等她醒來再走嗎？現在虹虹是多麼的需要你哦！」彩虹母親含淚懇求。

「實在不能再等了，今晚我還得趕回公司去處理些文件。我在這裡，對虹虹沒有幫助，只會增加她的痛苦。看著虹虹這樣，我自己也受不了，求求你們諒解。」志高低沉的說。他走了，沒有說再回來。彩虹媽媽自問，一個丈夫，在妻子大難當頭的時候，狠心的走了，他會仍愛著妻子嗎？答案是未知數了。

三十一

梅雲不但為自己的女兒的殘廢傷痛，更為自己為女兒找了這樣不近人情的丈夫後悔。她再也控制不住要決堤的淚水。

「明輝，虹虹醒了，我去拿點吃的來。」彩虹媽媽拖著沉重的腳步，走出病房。

在轉角處，梅雲接觸到二黑那雙紅腫的眼睛。她折回病房門口對丈夫說：「二黑在走廊上，讓他進來吧！」

夏院長再沒有高人一等的傲氣了，帶哭聲說：「好的！」跟著，沉甸甸的淚珠從眼框裡滾落下來。

「彩虹，彩虹，你受苦了。我幫不上你，我好難過哦！」二黑輕輕柔柔的捏住彩虹的手，激動地說。

「二黑，我知道你一定會來的。今後，再也不用當我的保鏢了，我不會登台啦！」彩虹傷感的一字一句的低聲說。

「不，你的腿沒了，歌喉還是好的，仍能唱歌。徐良不是坐著輪椅唱歌嗎？」二黑鼓勵說。

「徐良能，他有位好妻子。可是，我不能。我有腿的時候，志高已不讓我唱歌了。現在變成這樣，唉！」

「彩虹，你仍可以唱歌，不要灰心，你丈夫會請人照顧你的。」二黑忍淚勸說。

「丈夫！我已沒有丈夫啦！他已飛走了。」彩虹喃喃的說。

「不要胡思亂想，彩虹。」二黑勸說。

「是真的，爸媽還想瞞我，他好狠心啊！」彩虹噙住淚說。

二黑和彩虹說著話，夏院長和醫生護士什麼時候都離開了病房，他們也不知道。

二黑下意識的俯下頭，輕吻彩虹的纖手。

彩虹微闔上眼皮，眼淚沿頰滾落，艱難的說：「二黑，我錯怪你了，這是報應啊！」

「彩虹，你沒有錯，是我不該那樣做。彩虹，求求你原諒我。」二黑真誠的說。

「二黑，謝謝你來看我。現在，我已不配──。」彩虹本來要說不配「愛你的」。她的傷口一陣巨痛，嚥下去了下面的話，頭上直冒冷汗。

二黑不知再說什麼，連忙為彩虹擦汗和按鈴。

接下來的日子，二黑每天忙碌在醫院和工作上，他成了護士的好助手，彩虹戰勝殘廢的支柱。

三十二

夏明輝握著那封從大洋那邊寄來的信，他認得信封上的字跡，是女婿何志高的。薄薄的信封，但他感到無比沉重，顫抖著打開，抽出信紙。

信上寫著：

爸爸、媽媽，你們好？

虹虹的健康恢復得怎麼樣了？這些日子，相信你們和我都經歷著同樣的痛苦。原諒我無法直接給虹虹這封信。我的父母本來就不允許我娶一個不懂外文的中國媳婦。無奈天有不測風雲。如今，彩虹的情況更難以面對我的爸爸媽媽。

不幸的是，我們香港和陶城的生意都結束了，我被迫回到了美國。現在，我唯一能做的就是將這點錢寄來，作為彩虹的生活費。我已不可能回到中國了，彩虹的日子還長，請說服她在離婚協議上簽字。

敬祝　　健康

×× 年 ×× 月 ×× 日何志高手書

於美國舊金山

夏明輝再抽出那張協議書和支票，愣了很久。罵道：「一錢不值的混蛋！」

　　夏明輝將支票撕成碎片，扔進垃圾簍中，再搖著沉重的筆桿，在離婚協議書中寫下「夏彩虹」三字。

　　縣城裡的各界代表，在鼓樂喧天中迎接新年到來，劇場內座無虛席，時針一步步走向十二點。

　　報幕員笑盈盈的走到前台宣佈：「今晚最後一個節目，夫妻二重唱：『祝願歌』！」

　　演唱者：我們團的金嗓子，車禍後身殘志堅，重返舞台的夏彩虹和新秀，彩虹的夫婿——肖二黑。」

　　紅色的絲絨帷幕徐徐上升，二黑和彩虹拉著手，緩緩步入台中央，向觀眾九十度鞠躬。彩虹的假腿被長裙遮住，仍是那麼光彩照人。

　　台下頓時爆發出轟雷般的掌聲和經久不息的歡呼聲！

噩夢

一

　　蒼茫的天空，月亮在灰白的雲朵中穿行，夜風呼呼吹拂，屋外樹葉隨風颯颯墜地。羅南的目光透過窗簾縫隙，仰望蒼穹，心中掀起大波瀾，醫生的話又在她耳邊回響：

　　「范太太，遺憾，你先生患了不育症。而且，根據現有的醫學水平，我們沒有能力幫助他恢復健康。」

　　「不育症？怎麼可能。」羅南的腦海裡頓時出現了一個其大無比的問號，反問道。

　　「是的。憑我幾十年的臨床經驗證明，千真萬確是不育症。」醫生加強語氣說。

　　「病情嚴重嗎？」羅南急著問。

　　「可以說嚴重。因為一個男人，一輩子無法讓自己當爸爸，還算不嚴重嗎？但是，從另外一種情況來看，目前不孕的夫妻，有多種渠道可使家庭仍然享受著有孩子的歡樂。而且，你丈夫的病，也不至於造成生命危險和影響生活、工作，所以，也可以說不嚴重吧！」高鼻藍眼的瑪莎女醫生悠悠地說。

　　「胡說八道，女兒都快十歲了，怎麼會不育？」羅南本想以強有力的證據，駁回洋醫生的判斷。突然，她打了一個寒噤，悚然心驚，要說的話如骨鯁在喉頭，怎麼用力都擠不出聲來。

她自問道：「世上真有這樣的荒唐事嗎？」

伯軍已對羅南冷戰多時了，不理不睬比大吵大鬧還折磨人。結婚十三年來，伯軍無時無刻不在主動向羅南發射愛的電波。如今，他像變了個人似的，開始是羅南懷疑丈夫有外遇。現在，醫生做了結論，證明女兒不是伯軍的骨肉。這晴天霹靂般的打擊，羅南都毛骨悚然，伯軍怎麼經受得了呢！

女兒珍珍，是羅南到美國十個月後出生的。人們常說母親懷胎十月，才會瓜熟蒂落。珍珍出生的時間，符合這種規律，證明孩子絕不是從大陸帶來的。

伯軍先來美國兩年，羅南與公婆同住，平時，除上班、購物，從不與外人來往。就是回娘家，也不留宿。羅南相信公婆也可以作證，她絕不是那種不守婦道的女人。

羅南仍懷疑醫生診斷有問題，要弄清楚並不難，只要將他們父女倆的血，做 DNA 遺傳基因試驗就可得到答案了。但是，羅南一想到那一幕，勇氣頓消，意亂如麻，惶懼不安。

霎時間，羅南像萬箭穿胸，疼痛難忍。她本想讓這件事永遠成為過去，不去想它。可是，眼下的情況，那不幸的遭遇，像定時炸彈般爆發，要毀了她的家，她的愛，她的人格和一切。

世上的事，為什麼都那麼巧？但是，眾多的情況證明是無巧不成書的。羅南難過、困惑、不知應如何面對現實。

十幾年來，丈夫那寬厚溫暖的胸懷，是羅南的依靠，是她前進的力量。可是，此刻，和丈夫彷彿在同床異夢。伯軍的背對著她，像是一塊冰，她感到其寒徹骨。羅南了解丈夫是位道德標準極高，對愛情不容摻半粒沙子的保守型男人。既然他已知道不可能讓妻子懷孕，那麼女兒是從哪裡來的呢？而且，女兒出生前他們曾分別過兩年，疑惑就更難分難解了。

二

羅南呆呆地想，往事如煙如夢……

十年前，那天，羅南剛跨進西方國門，興奮得完全忘了旅途的辛苦，異國他鄉的陌生。心裡想著：丈夫一定在此等候多時了，也許為了給自己一個驚喜，此刻，正抱著玫瑰花，故意躲在人群裡不肯露面。

她推著行李車，隨旅客魚貫而出。在出口處，羅南故意輕輕闔上眼皮，盼望著伯軍來一個熱烈的擁抱，甚至在眾目睽睽下的狂吻。

一分鐘、五分鐘、十分鐘過去了，旅客已被迎接的人們領走很多，伯軍卻沒有出現。羅南推著行李車繼續往前走，一直到候機廳，仍不見丈夫的影子。

她自問：「這是怎麼回事呢？伯軍在電話裡說得清清楚楚的，他在出口處等候。從談戀愛開始，伯軍是個從來不失約的人。難道是學院臨時有任務，不能按時到來？難道飛機晚點？難道車子出事……」她不敢往下想了。

人說好事多磨，小說電影看多了，一點不順，就往壞處想。她又努力搖腦袋，安慰自己說：「伯軍不會有事的，找個地方坐下來，他一定會來。」

羅南的丈夫在中部求學，本來她可以從舊金山轉機飛去學院，是伯軍要安排羅南在舊金山小住兩天。夫妻分別兩年了，在伯軍心中比一個世紀還長，哪怕能早一個小時見到妻子，也是最美好的心願。正值暑假，有空餘時間，夫妻在大洋彼岸團聚，到金門一遊，是多麼有情趣的享受，怎能放過。

兩年來，伯軍除埋頭讀書，就是為妻子想辦法辦陪讀。盼望已變成了現實，他無比激動。伯軍是獨生子，太受爸媽寵愛了。留學生涯，身處他邦，分分鐘都在受著孤獨的煎熬。

在越洋電話中，伯軍說：「阿南，如果你再不能來美國，我都要急瘋了。我去舊金山接你，這樣，我們就可早一點見面了。」

「阿軍，兩年都等過來了，為什麼要花那冤枉錢？辛辛苦苦跑到西岸來呢？」

羅南心裡何嘗不想早一點見到丈夫，但想到目前經濟方面還付不起旅遊費，擔心丈夫太辛苦，於是，勸他不要往西飛。

「給老婆最厚的見面禮，花錢、辛苦有什麼關係！親愛的，難道你不想早點見到我嗎？」伯軍在海這邊開玩笑說。

「別磨嘴皮了，長途電話費又夠你去洗半天碗了。」羅南的笑聲通過無線電波傳到彼岸。

「好，聽老婆的話，一路順風，我放電話了。」「啪」響亮的一個飛吻從美國飛過太平洋。

「啪」一個飛吻從太平洋那邊飛來花旗王國。

想到此，羅南感到那溫馨與甜蜜似乎存在唇上、心間。

羅南焦急的坐在候機廳，她覺得時針也在戲弄人，走了那麼久，彷彿比一年還長，指針顯示卻只是一個鐘頭。

「羅南太太，范伯軍先生因班機發生故障，明天上午才能趕到這裡，請你在此暫住一夜，並按原來與范先生聯絡的地址電話，向他的朋友告訴你的行蹤。現在，你如需要什麼幫助，請到『泛美』航空公司服務台找我們的工作人員。」擴音器裡用英語連續廣播了三次。

羅南出國前惡補了一年英文，雖然口裡講出來的英語不能達到字正腔圓，但外國人的洋腔洋調也能聽得清楚明白。

飛機晚點辜負了丈夫的苦心，自己也很掃興，得知丈夫安全無恙，懸著的心也平靜了。

三

羅南起身，推著行李，正準備去找航空公司服務台幫助聯繫住所。一位高俊挺拔，西裝革履，皮鞋光亮，面目和善的年輕男士向他走來，主動介紹說：「范太太，我叫王世懷，在東部一家電腦公司工作，上海人，『阿拉』應該是同鄉吧！看見你在此等候多時了，原來你先生因故不能準時來此接你。正巧，我們也打算在這裡住兩天。現在，我太太去租車，一會就到。你剛入異國，一切都陌生，我們的車有空位，可順帶你去找旅店。我知道，在中國賺錢不容易，能省下幾十美金在國內可能就是一個月的薪水。」

「美金！」羅南口袋裡只有優惠出國人員，換來的那八十多塊錢。本來爸媽公婆要去黑市多換些錢，給她繳路費，伯軍說，不用了，美國賺錢容易，不要再讓老人家們破費了。

伯軍再三交待，一路上不要相信陌生人，因為壞人的臉上是不會貼標籤的。人心隔肚皮，害人之心不可有，防人之心不可無。丈夫的話深刻在羅南心間，按理她不可能接受王世懷的好意的。但她只猶豫了一分鐘，對自己說：王先生是同鄉，不列陌生人之中。再說，他們是夫妻同行，沒有什麼不方便。

於是說：「好吧！太謝謝你們了。」

不到五分鐘，一位皓齒櫻唇，滿面春風，衣著時髦的妙齡女子，紅色的高跟鞋有節奏的扎著地面，裊裊娜娜地走來，笑盈盈地說道：「阿懷，車在門口，走吧！」女子伸過來一隻玉手，挽住了王世懷。

「來！介紹一下，這是我們同機來的范太太。她先生因故不能來接，我們同去住旅店。」王世懷像老朋友似的引薦，又對羅南說：「這是我太太莉麗。」

「很高興認識你們，也是從大陸來的嗎？」羅南問候。

幾乎是同時，她們伸出了雙手，緊握在一起。

「我的上輩也是中國人，不過，我出生在美國，見到你很榮幸。」莉麗客氣的答。

憑羅南的直覺，王先生大概三十幾歲，莉麗年輕得像剛出水的白蓮花，最多不會超過二十歲，他們這一對真稱得上郎才女貌。

王世懷將自己的兩件小行李放在羅南的行李車上，主動推車。莉麗在前引路，羅南自然地用一隻手，搭上行李車。她不是害怕王世懷把行李劫走，而是一種感激和過意不去的行動。

很快到了停車處，開箱放好行李，王世懷開前門說：「范太太，請上車。」

這是大陸人的禮節，坐轎車，一定讓有頭面的人物或者長輩、客人坐前面。但在美國卻不然，那位置是屬於妻子或丈夫的。此舉動表現了王世懷高度的熱情。

「不可以，搭便車還喧賓奪主，搶主人的座位成何體統。」羅南將王世懷推前，自己搶上了後座。

車行了十多分鐘就到了旅店。一路上，王世懷不斷回頭向羅南噓寒問暖，也介紹些美國的情況。

到了旅店門口，王世懷喚來工人搬運行李，招呼羅南進入大廳後說：「請把護照拿出來，讓我去登記。」羅南將所有的通行證交給了王世懷，然後和莉麗坐在大廳裡等候。

手續很快辦妥，他們的房號是七〇五。

　　寬大的套房分兩個獨立的臥房，每房都有一張雙人床，設備是一流的。羅南覺得太豪華了，雖然生長在上海，從來也沒有進過高級旅店，此刻，有點像劉姥姥進了大觀園，有那種手腳無措的感覺。再想到口袋羞澀，僅僅只有那八十美金，怎麼能付得起房租費。

　　於是說：「王先生，這房間太高檔了，我不──」

　　「我出差常住在這裡，他們給我優惠價，房租不貴，不用擔心。」王世懷不等羅南下面的話出口，搶著說。

　　「范太太行李多，你住裡間，我們住外面好了。」王世懷建議。「尊敬不如從命，好吧。」羅南感激的說。

四

　　「餐廳就在樓下，今晚我請客吃牛排，為范太太洗塵。」一切安頓好後，王世懷高嗓門說。

　　「你們太客氣了，我怎麼謝呢？」羅南由衷的說。

　　「老鄉嘛，談什麼謝。古人說：同船過渡三世修，我們同鄉、同機來美國，又同住一室，是八世修來的。我比你早來十多年，這旅館費、吃牛排、喝咖啡的錢應該沒問題。」王世懷爽朗的說。

　　羅南不便推辭，三人乘電梯下樓，到餐廳。

　　「范太太，你喝點什麼？來杯雀巢咖啡，加糖的怎樣？」王世懷笑著問。

　　羅南沒有喝咖啡的習慣，但盛情難卻，只好說：「好吧。」

　　「莉麗，你呢？」王世懷又問妻子。

　　「老樣子，還用問嗎？」莉麗嫣然一笑說。

　　「在美國，吃牛排是很好的餐敍。不過，范太太剛來，可能不喜歡帶血的，我去關照一下。」王世懷起身去找跑堂。

「你有這樣的好丈夫，真有福氣。」王世懷離開座位後羅南對莉麗讚道。

「他確實很好！」莉麗含笑說。

在羅南的印象中，莉麗是位美麗而賢慧的好妻子。

回到餐桌時，王世懷自己捧回了咖啡盤子。

「王先生，不好意思，你們這樣照顧我，真是碰到貴人了。」羅南接過托盤，感慨的說。

「幹我這一行的，廣結良緣是本分，何況范太太是家鄉人呢！」王世懷笑著說。

「別太太長太太短了，就叫我羅南吧！」

「也好，這樣親切些。以我的直覺你可能和莉麗差不多年紀。」王世懷揚起兩道濃眉，放肆的眸子在羅南的臉上逡巡了片刻轉話題說。

「我看你太太不會超過二十歲，我嘛！整二十二歲了。」中國人沒有年齡保密的習慣，羅南直言道。

「你應該叫我姊姊。」莉麗接口說。

羅南不經意的抬頭，接觸到莉麗臉角上沒有化妝品塗蓋住的皮膚，她相信莉麗不是在說假話了。

「那我叫你嫂子吧！王先生我能叫你王大哥嗎？」話出口了羅南感到自己太唐突了，但語出難收，她有點臉紅。

「我有這麼漂亮的妻子，上帝又賜給我這仙女般的妹妹，真是福貫滿溢了，豈有不答應的道理。好！好！好極了！」王世懷一疊連聲地說，眼睛笑成了一條縫。

「伯軍來了，叫他好好的感謝哥嫂才是。」羅南說。

「阿南，不要再提感謝的話。你說到伯軍，我才想起來了，還有件大事沒有辦呢。吃完牛排趕快掛電話。」王世懷像大哥似的恍然說道，這使羅南對王世懷更感激不盡。

電話接通了，伯軍的朋友說：「羅南姊，住下來就好了，我二十四小時值班，伯軍的電話一來我馬上告訴他你的住所，放心的睡一覺吧。明天就可以見到丈夫。」聽了這些話，羅南很開心的笑了。

放下電話，王世懷說：「阿南，旅店有游泳池、舞會，要不要去輕鬆一下嘛？」

「也許是第一次坐飛機吧，我感覺仍在雲霧裡似的。你們去玩吧，我想早點休息了。」羅南婉謝說。

她確實感到頭有點昏沉的，也因沒有見到丈夫掃興，還覺得人家夫妻親親熱熱，自己插在中間作電燈泡太沒有意思。

五

轉了幾個頻道，電視機裡不是卡通，就是搖屁股、顫胸部的畫面。羅南也許與生俱來就缺乏那種欣賞賣弄風騷的細胞，對西方的洋節目一點提不起興趣。「啪」的一下關上了旋鈕。

躺在舒適的席夢絲床上，像睡進了搖籃。她腦海中浮現了父母、公婆的慈容，同學、朋友送別的情景。更多的是想伯軍和未來的憧憬，也不知道過了多久，好像頭有點迷糊了，恍惚中進入了夢鄉。

夢裡：白浪滔天的大海中，她和伯軍在小舟上擁抱、狂吻，久別重逢，愛達到了極致。歡愉之後，她躺在伯軍寬大、溫暖的胸懷裡睡著了。一覺醒來，秋陽已在窗上抹下金輝，羅南睜開雙眼，見自己赤裸著身子，睡衣內褲亂堆在床邊。她還能記起夜裡的情景，但丈夫卻不在床上。眼前的一切不是夢，一種羞澀與惶恐頓時湧上心頭。她胡亂穿上睡衣，衝到洗手間，下身上殘留的污物證明夜間不是夢，而真有個男人擺佈過自己。

「誰？」羅南臉紅心跳，自問：難道是他嗎？怎麼可能呢！他的太太怎麼會讓丈夫做這種荒唐事？不是他又是誰呢？他們住在外間，壞人怎麼進得來？是他們去跳舞的時候嗎？美國的旅店難道這麼不安全嗎？她檢查了一下行李，沒人動過，更糊塗了。

「怎麼辦？啞巴吃黃蓮不吭聲，還是告訴王世懷向老闆提出抗議，查個水落石出呢？」惶恐、懊悔、羞澀、傷心……各種情緒湧上心頭，五內如焚。

羅南痛心疾首的躺在床上，忍聲啜泣。過了好一陣子，聽不見隔房任何聲響。她想也許人家夫妻還在親熱，不便打擾。

又好一陣子過去了，羅南終於哭出了聲，並喊聲道：「莉麗，莉麗，王大哥，王大哥……」

連叫了很多聲，沒有回音。她下床，抓一把面紙，擦乾眼淚，用手敲套房中間的隔門仍無回音。想著他們可能已經上街了，乾脆把門打開。印入眼簾的情況告訴羅南，他們已經離開了。

羅南目瞪口呆，吃驚地想：「這是怎麼一對夫妻呢！昨天還稱兄道妹，今天就逃之夭夭，連拜拜都不說一聲。昨晚的情形是他們引君入甕嗎？」

羅南不敢繼續往下想了。她對自己說：「糟了，這麼高級的房間，一定是讓丈夫來付錢。」

她連忙穿好衣褲，衝下樓。

「先生，請問七○五號房間的王世懷先生去了哪裡？」到了服務台，羅南問。

「小姐，七○五號房間住著胡來克先生和羅南小姊，胡來克先生已離開了。」洋人清楚地說。

「他走了？什麼時候？」羅南吃驚地問。

「早上六點。」洋人說。

「他太太呢？」羅南又問。

「太太？」洋人攤開雙手，表示無能為力回答她提出的問題。

「房租多少？」

「二百八十元，胡來克先生已付清了。」洋人說。

經這麼一折騰，羅南的意識清楚了，夢裡那個人的容貌正式化名的王世懷。

羅南無精打采回到七樓，她哭成了淚人。如此失身怎麼面對丈夫。哭了很久很久，眼睛腫成了兩隻核桃。

她對自己說：人們常說「深海可探，人心難測。」高貴外表的人，往往會隱藏罪惡的行徑。都怪自己不好，事已至此，哭有何用，到哪裡去找那個千刀萬剮的王世懷呢？看來莉麗絕不是他的太太，有錢能使鬼推磨，莉麗充當王世懷的幫兇，又何許人也。

左思右想，沒有別的辦法，只能將這場噩夢瞞著丈夫，讓它成為死謎。

六

羅南拖著沉重的腳步，離開了罪惡的七〇五號房。

「先生，如有七〇五室的電話，請叫我。」到了休息廳，她對服務人員說。

「好。」洋人客氣的答。

一個多小時，羅南仍在後悔與痛苦中渡過，終於，伯軍來了。她像一個失散的孩子般，猛撲進伯軍的懷裡。伯軍緊緊的擁住妻子狂吻。久別重逢，愛在不言中。

「阿南，你哭了？眼睛腫成這樣。真倒楣，買了那班飛機票。」伯軍用舌頭舐妻子眼角殘留的淚漬，心痛地說。

也不知親熱了多久，伯軍輕輕鬆開雙臂，問道：「看上去這旅店條件不錯，你為什麼把行李搬下來呢？我們今天仍住這裡好嗎？」

「這裡房租太貴，另找旅館吧。」羅南說。

「兩年了，有空就端盤子，兩天的住宿費還是付得起的。你辛苦了，不用再換地方，就住這裡，我去登記。」伯軍邊說邊向服務台走。

「阿軍，端盤子的辛苦錢更不能花在這種地方了。」羅南擋住丈夫的去路。

「這種地方」四個字帶著辱罵的口氣，好在伯軍不明白其中的含意。

「阿南，我想讓你痛快的睡兩晚的好覺，既然你捨不得花這個錢，就去住汽車旅館吧。美國的旅館，再差的也有空調、洗澡間。你還記得我們在國內看的那部電影嗎？一對情侶是在藍天當被、大地作床的荒郊野外成婚的。」

「怎麼會不記得，就是看了那部電影的當晚，你向我正式求婚的。」羅南由衷的說，露出了微笑。

最後，伯軍採納了妻子的意見，他們住進了小旅館。在舊金山暢遊了兩天，夫妻團聚自然無比歡樂。可是，那無形的陰影始終尾隨著羅南，使她心裡像打碎了五味瓶，不知什麼味道，惴惴不安。

七

隨著時間流逝，羅南漸漸淡忘了那場噩夢。伯軍攻博士學位，羅南一邊學英文，一邊在圖書館打工，他們夫妻生活過得很甜蜜。

三個月後的一天，羅南突然嘔吐不止。

醫生說：「范先生，你的妻子害的是喜病，恭喜你很快就會當爸爸了。」

「哇！這麼棒，我已有兒子了。」伯軍高興得跳起來，恨不得向全世界宣佈這特大的喜訊。

伯軍把頭貼在羅南的肚子上說：「小東西，聽爸爸和你說話，不要太調皮了，令你媽媽吐得那麼苦。」

「看你，樂得像瘋子。」羅南撫摩著丈夫的頭說。

「這是愛的結晶，你不樂嗎？」伯軍打趣說。

十月懷胎在歡聲笑語中度過，他們都盼望著第一胎生個兒子。產房裡傳出了嬰兒落地「苦哇！苦哇！」的哭聲。

「范先生，恭喜！恭喜！你太太生了一個千金。」護士小姐向等在產房外一夜沒回家的伯軍報喜。

「是女孩！」伯軍的語氣有那麼一點遺憾。但不到兩分鐘，男女都一樣的觀點在腦海中打了勝仗。見了妻子，連忙說道：「阿南，太辛苦你了。現在，感覺怎樣？想吃點什麼？」伯軍關心著妻子。

「阿軍，肚子不爭氣，是個女孩子。」羅南自責道。

現代科學發達，本在產前很早就可確定是男是女，羅南知道丈夫盼望生兒子心切，故意不去醫院檢查。

「阿南，時代不同了，男女都一樣，我很喜歡女孩子，不要內疚。」伯軍安慰妻子。

出院那天，好友、同學、還有導師，擠了一屋子人。

「伯軍兄，上帝太關愛你了，在我們這班學子中，樣樣讓你得冠軍。第一個帶妻子陪讀，第一個當爸爸，第一個讀博士，三喜臨門，這餐滿月酒我們一定要喝個夠。」

「不要只想到吃，伯軍兄弟第一個洗尿布，拿奶瓶，太辛苦了，你有空還得來做義工才是。」

「這是什麼國度，哪有尿布好洗，還是回中國去為你兒子洗尿布吧。」

你一言，我一語，小小的學生宿舍，熱鬧非凡，生氣盎然。

珍珍的出世，給伯軍夫妻帶來了無窮的歡樂。

時間永不歇腳，轉瞬間，珍珍已會說話、走路、唱兒歌了。伯軍拿到了博士學位，羅南也修完了碩士課程。在留學生中，這是個豐收的幸福家庭。

八

那一年，伯軍一家三口來到聖地牙哥。這是一座大廈高聳入雲，海灣桅桿林立，工業發達，風景秀麗的城市。

他們在這裡找到了年薪頗豐的工作，購置了住房，生活過得很溫馨。

每當假日，帶著珍珍觀河豚表演，坐著小艇深入海底探看奇觀，逛公園，看老虎、猩猩、孔雀，給小鳥撒穀物……

珍珍騎在爸爸肩上，媽媽在旁護衛，擦肩而過的遊客，無不回首多看幾眼這天使般美麗的小女孩。男士們更會丟一個眼波，給伯軍一個羨慕的注目禮。

珍珍漸漸長大了，她有了自己的天地。學鋼琴、學國語、學武功，到朋友家聚會，到野外去郊遊……爸爸媽媽彷彿成了招之即來的車伕。

回到家裡，不是埋頭寫功課，就是關在房間裡看書。有時也幫媽媽洗衣服煮飯當下手，羅南倒不覺生活中缺了什麼。

伯軍卻不然，不知什麼時候開始，他希望有個兒子，獨生子更有傳宗接代的重任。

　　羅南了解丈夫的心思，想到生兒育女是女人的義務。於是，背著伯軍去見醫生。結論是滿意的，三十多歲的女人正是生育高峰期。

　　羅南想，既然自己沒有問題，難道是丈夫有毛病嗎？她不便直說。生孩子又無法單方面努力。

　　考慮多日，只好鼓足勇氣：「阿軍，能不能勞駕你也跑一趟醫院，看我們能否再生一個兒子。」羅南的語氣很含蓄，伯軍當然懂那個「也」字。

　　「我也想過，明天就去好了。」夫妻想到一塊，一下子就達成了協議。

　　伯軍從醫院回來，緊繃著一張臉，一言不發倒在床上睡大覺，直到第二天中午才起床。羅南知道事情不妙，但不敢多問，後悔慫恿丈夫去醫院。

　　此後，伯軍每天幾乎和羅南說不上三句話，問什麼也只答：「好。是。行。不行。」簡單幾個字，對珍珍冷淡到叫爸爸都不回答。

　　「丈夫生了什麼病？已有了珍珍，不能再生孩子也不用這麼痛苦呀！難道他得了癌症嗎？」

　　想到此，羅南驚慌得全身顫抖，恨不得半夜就去找醫生問個清楚明白。

　　浮雲掩月，屋內更顯淒迷。

　　羅南終於啟齒問：「阿軍，醫生怎麼說？」

　　「沒說什麼？」

　　「有病嗎？要服藥呀！」

　　「沒病，藥也不一定能治病。」

　　「我要去醫院。」

　　「尊重我，不可以去。」伯軍回答的話，每一句都像鐵一般硬。

　　羅南不想再問了，希望丈夫想通了自己講出來。她寬慰自己，伯軍沒有生癌症就好了。

　　但是，伯軍的情緒越來越壞，她實在無法再忍受了，沒想到醫生的答覆讓她墜入了萬丈深淵。

　　通宵不寐，天朦朦亮羅南就起床了，她強迫自己收回遙遠的回憶，獨自走在海邊。

　　遼闊的大海，滔滔的浪花，一股白煙頓時騰空而起，立即又被海風吹散了，海浪無窮無盡的重複著。

　　羅南的情緒已壞到了極點，求生難熬，求死不能，真是度日如年。

　　她想著，如果自己死了，倒是一了百了，也給伯軍以解脫。

　　但是，珍珍太可憐了，孩子是無辜的。向伯軍招供嗎？伯軍是個自尊心極強的男人，他會太難堪，受不了，這樣對珍珍也不公平。看來，苦果只能讓自己吞食。羅南緊咬嘴唇，咬出了血，她多麼想咬那個混蛋一口，可是，不知他在哪裡。

　　她深深地吸了一股海風，讓它洗刷五臟六腑。

　　太陽已從東方升起，一方異彩揭去了滿天的睡意。伯軍仍沒有起床，她已不用為丈夫準備早餐了。

　　自從去過醫院，伯軍已不與羅南共進早餐，勉強坐在晚餐餐桌上，也是食之無味的樣子。

九

　　夜已很深，很沉了。羅南鼓足了勇氣說：「阿軍，我去了醫院，你的不快我已明白了。事情無法說清楚，我也不想說清楚，更不能推卸責任。我們這樣像仇人似的生活在一起，不如早點分開吧。」

「知道你早晚會提出來的，我決定走。」

伯軍的話冷而堅決。

「不，我們走，明天我就去找房子，這個家怎麼處理隨你的意思，我無話可說。」

羅南心裡在流血，話語無比沉重。

離婚就這樣無聲無息地進行著，時間只是兩個星期而已。

在離婚書上，兩人都簽了字，無法再瞞著珍珍了。

「媽媽，你們為什麼要離婚？班裡的圓圓，每次家長會都不見有爸爸出席，怪可憐的，難道你們忍心讓我也成為圓圓那樣沒有爹地的可憐孩子嗎？」

珍珍哭喊著。

「乖珍珍，不要說了，媽媽永遠愛你。」

羅南滿臉淚水，緊擁著女兒。

伯軍已將羅南的最後一件行李搬上了車。

「伯軍，謝謝你給我了那麼多愛，臨別之前，你能再吻我一次嗎？」羅南鼻子發酸，眼眶發熱，不等伯軍回答忘情的撲了過去。

伯軍說不出話，雙手攏住羅南，兩顆晶瑩的淚珠從面頰上滾下來。他從額頭吻到唇上，一遍、兩遍、三遍……最後終於放開，喃喃道：「阿南，忘了我吧。去找珍珍親生的父親，也許他還在大陸，你們應該團聚。」

「伯軍，你想錯了，找不到珍珍的父親的，她永遠不會有父親的。」羅南再次撲到伯軍懷裡，雙肩抽動，泣不成聲。

「阿南，天底下那有沒有父親的孩子，不要再折磨自己了。」伯軍雙手捧著羅南的頭，凝望著那紅腫的雙眼，忍不住自己也泫然落淚了。

「伯軍，珍珍是個可憐的孩子，她沒有父親，真的沒有。那年、那天，飛機故障，那場噩夢，那個混蛋——」羅南嚎啕大哭，語無倫次。

「阿南，怎麼回事？你說呀！我知道珍珍不是我的親骨肉，就想著你真愛的是珍珍的生父。既然我是一個沒有資格做父親的人，又怎能霸佔著你們呢。」

羅南全身顫動，像貨鼓郎似的搖頭。從牙縫裡擠出一句話：「你的心太好了，不能背這黑鍋。」

羅南突然從伯軍的臂彎中掙脫出來，雙腳與心靈的意念背道而馳，向汽車奔去。

車，像一匹野馬，絕塵飛馳。

伯軍奮力追趕，聲嘶力竭地喊：「阿南！阿南！你回來！你回來！」

車影消失了，伯軍孤零零地呆立在十字路口，很久很久。

一縷餘霞在樹影徘徊，伯軍的眼前晃動著羅南和珍珍的儷影，他向車庫走去。

舊巢燕

　　清晨，丁如燕化好妝，下樓打開冰箱，倒了一杯牛奶，準備放進微波爐加熱。門開啟，只見丈夫熱好的牛奶還在裡面，知道他一定又忘了照顧自己的肚子，連忙端起奶杯，跑到後門口，扯開嗓門喊：

　　「邁克，邁克，別走，你的牛奶……」

　　邁克正為找不到開車門的鑰匙著急，聽到妻子的喊聲，連忙折回廚房門口，接過牛奶，「咕嘟」一聲，將牛奶倒進了五臟廟，感激的說：「阿燕，謝謝！」

　　「謝啥！走著去你的實驗室吧！」如燕把車鑰匙扔給邁克。

　　「我又拿錯了，怪不得車門老打不開。」邁克輕聲說。

　　「你呀！整天研究、研究，到時候研究成功了，自己的手腳丟在哪裡？家住什麼地方？老婆啥樣子？可能都不記得了。」如燕調笑說。

　　「不要太誇張了。但是，說心裡話，這陣子我真的是人在家裡，心確實還是在實驗室。阿燕，科學是沒有平坦的路好走的，必須珍惜每一秒，我該走了。」說罷，邁克在妻子臉上像蜻蜓點水似的一吻，連忙奔向車房。

　　「邁克，今天是什麼日子，別忘了，晚上七點前一定回來。」望著邁克的背影，如燕提醒丈夫。

　　「知道了，我已寫在記事本上，你放心！」邁克大聲說。

　　這天，是邁克和如燕結婚十週年的紀念日。如燕從來不注重生日、結婚紀念日之類的節慶。這次她要刻意慶祝一番，不僅是為了提醒丈夫，不能整天腦子裡都是「硬件」、「軟件」、「第X代」的電腦。而她自己，望著同齡人在丈夫的寵愛下出雙入對，常常總是孤零零一個人待在家裡，心裡很不自在。這種不自在，無形中已威脅著夫妻感情。

　　如燕邀請了公司的上司，一個彬彬有禮，東西合璧的混血中年人和他的西人妻子；好友朱明夫妻；同學文揚和他的太太；加上朱明的小兒子，文揚的小女兒，共十個人。

　　如燕策劃著利用這個派對，給丈夫敲一下警鐘。工作再忙也不要太冷落了妻子，看看別人也不是大有成就嗎？為什麼不會只顧工作不顧家，威脅家庭幸福呢？

　　如燕忙了一整天，自己最得意的拿手菜：醋溜全魚、海鮮豆腐煲、叫化雞、竹笙芥菜膽、鮮味蝦仁水餃，又從飯店訂了幾道菜，既豐富，且味美。尤其文揚和朱明的那對金童玉女，對如燕的水餃，真的是百吃不厭。

　　時針的答的答蠶食著時間，七點已過，不見邁克回家，如燕跑到臥室偷給丈夫打電話。接電話的是邁克的助手小陳。「丁阿姨吧！吳主任一上班就關照我記住，六點半催他回家，可是，他五點鐘有事出去了，到現在還沒回來，我沒有機會立功了……。」小陳開玩笑說。

　　「他去哪裡你知道嗎？」如燕急著問。

　　「不知道呢。」

　　「他回來後，叫他立刻回家。」如燕關照小陳。

　　快八點了，仍不見邁克回來，如燕無奈的說：「我這位丈夫是個大忙人，可能又有什麼急事要辦，不能抽身回家，我只好先唱獨腳戲了，大家請用吧！」

　　派對開到十點多，客人散去。如燕坐在客廳，吞食著孤獨的苦果。開始她為結婚紀念日過得如此沒面子，生悶氣。直到十一點多邁克仍沒回家，連電話也沒有一個，怨恨已化為焦慮，擔心丈夫出了車禍；擔心他生了急病……。

　　時針越過了十二點，邁克終於回來了。一跨進門就說：「阿燕，對不起，老闆突然通知我接待廠商，連打個電話的空都沒有。現在肚子好餓，還有什麼可吃嗎？」

　　「你不是說陪廠商嗎？這麼晚沒吃飯？鬼相信。」阿燕帶著哭聲，氣呼呼的說。

　　「我只管遊說，心裡想著趕快脫身回來陪客，吃太太做的美味佳餚，連筷子都沒動，誰知老闆硬不放行呢！」如燕知道邁克是一根直舌頭，從不會撒謊，氣已消了一半。

　　「今晚罰你餓肚子……。」如燕嘴上罵，行動上卻熱菜去了。

　　看著邁克狼吞虎嚥，一場不愉快的結婚紀念日，又化干戈為玉帛。

＊　　　　＊　　　　＊

　　那天，下班後，如燕沒有那種一貫首先衝出門，回家忙晚餐的急迫感，讓明察秋毫的上司，洛傑斯逮到了和如燕談心的機會。

　　「丁小姐，依我猜，今天你丈夫一定不在家。在我心目中，你是一位工作賣力，體貼丈夫，外表美，心靈更美，典型的東方女性。有幸做了你的丈夫，是八世修來的。可是，那次參加你們的結婚紀念派對，才知道原來你先生是工作狂，在最值得享受的時刻，也一

也⋯⋯也⋯⋯」洛傑斯下面的話雖然沒有說出來，如燕知道那一定是不好聽的。

「研究學問的人，大體都有這個毛病，但他確實很忙，我不介意。只是那天的事，對客人太不禮貌，請你諒解。」如燕賠不是。

「丁小姐，我不是那個意思，你誤會了。我是想說——想說——唉！三言兩語也說不清楚，今天太太不等我吃晚餐，如果你不急著回家，我們到咖啡店坐坐好嗎？」洛傑斯說。

如燕自從和邁克結婚後，從不與男人單獨約會。今天上司邀約，而且那次派對開得如此窩囊，應該表示歉意。正巧邁克出差，不用回家做晚飯，於是勉強答應了。

來來餐館的咖啡廳，玻璃上懸著紫紅天鵝絨一道弧一道弧的窗幔。水晶燈特地調得幽夢般的昏暗，一對對情人、愛侶偎坐在沙發椅上。鋪著白色桌布的檯面上，花瓶裡都插著絢爛的鮮花。進入廳內給人一種到蓬萊仙境的感覺。

如燕在心裡愧疚，為什麼沒和邁克到此來浪漫一次呢！

「丁小姐，來一杯什麼？」洛傑斯的問話打亂了如燕的沉思。

「隨便好了，我生在江南，從小和綠茶結了緣，再好的咖啡也喝不出味來的。」如燕淡淡的說。

「就來兩杯雀巢吧！加糖的。」洛傑斯吩咐侍者，然後又點了些甜品。

如燕端起托碟，執著杯耳，輕輕的啜了一口，抬起雙眼正接觸到洛傑斯火熱、銳利的目光，下意識的低下頭。

洛傑斯年近四十，中等身材，濃密棕髮，衣著時髦講究，長形臉上雙目炯炯。他給如燕的印象是才幹出眾，外貌英俊，為人正直的規矩男人。如燕不知上司和自己單獨約會的目的是什麼，猛然間，心裡有點不自在起來。

「丁小姐，再過兩星期，我計畫去台灣談一筆生意，請把資料整理一下，也和你先生告個假，大約要兩週，我已和老闆談好了，請你也出馬。」

「還有誰去？」敏感大概是女人的通病，如燕忙問。

「看你急的，難道我會吃了你嗎！老闆在那邊等。」洛傑斯邊開玩笑邊說。

有老闆在一起，如燕不用顧慮什麼了。喝著咖啡，吃著甜點，和洛傑斯天南地北的聊了一個多小時。她感到這位上司確實很有學問，也很體貼下級，從心底裡敬佩。

出發的時間快到了，如燕正為丈夫在家兩星期的膳食操心得難以入眠。邁克告訴她，要出差二十天去韓國。這真是天賜良緣，如燕輕鬆愉快的上了飛機。

＊　　　　＊　　　　＊

台北的圓山飯店，號稱世界大旅館之一。可看、可坐坐走走的地方很多。每天辦完公事，洛傑斯就約如燕到旅館外的山道上漫步。

那天，夜悄悄降臨了，如燕回到房間，坐在沙發上，思緒飄逸。她不知為什麼，一個多星期來，邁克和洛傑斯的影子，老是同時在眼前浮現。邁克比洛傑斯高大英挺。可是，腦子裡除了電腦就是網路，一點沒有柔情。洛傑斯表面上看起來很嚴肅，實際上性格溫和，說話風趣，處處關心別人，和他在一起不但感到快樂，也覺得安全。

如燕想著想著，傳來了輕輕的叩門聲。她將門開啟一條縫，見是上司，連忙請進。

洛傑斯已不是第一次光臨此間了，如燕讓他坐在沙發上，自己坐在床邊，兩人又無拘無束的聊了起來。聊了一陣，洛傑斯突然站起來走到如燕面前，黑眸子定定的停在如燕的臉上。她即刻感覺到

149

男人眼裡那特別尖銳的目光。臉上泛起了慌張的通紅，睫毛像含羞草般垂下去。還來不及考慮如何對付，洛傑斯的雙手已把她完全擁入懷中，嘴唇瘋狂的吻住了如燕。吻了好久好久才放開，她無力掙扎，也沒有堅決反抗。

「如燕，實話對你說吧！從你進辦公室第一天起，我就愛上你了。其實我們兩人都受同樣的罪：你的丈夫心中只有實驗室，我的妻子心中只有她的舞伴。我不能再忍受下去了，答應我，打破不幸福的婚姻枷鎖，我們結合吧！我愛你，今天就向你求婚，相信我是真心誠意的……」洛傑斯懇求說。

如燕被洛傑斯的突然襲擊震住了，想著邁克有時真的忘掉了自己是什麼人，感到很委屈，眼睛不自主的濕潤了。但是，和邁克分手，做夢也沒想過。

「如燕，勇敢的走出來，我們才是最適合的一對。」洛傑斯竭盡全力繼續遊說，而且再次擁緊如燕親吻，如燕婚姻的圍城終於一寸寸崩潰了。那夜，洛傑斯留在了如燕的房間。那以後，洛傑斯的感情，已如山洪爆發，頃刻汪洋大海，無法收拾。如燕懼怕、不習慣、到投入。她像一個在感情路上飢渴的人，突然找到了甘泉，開始愛上了上司。

回到洛城，辦公室已變成了情場。對邁克不忠的罪惡感，洛傑斯如電般的激情，同時衝擊如燕。

「如燕，我已離婚了，不能長期偷偷摸摸和你在一起，趕快離婚……」交往三個月後，洛傑斯催著如燕。

「傑斯，不要逼我，我沒有理由和邁克提出離婚……」如燕期期艾艾的說。

「你和我在一起這麼久了，還說沒有理由。難道和我在一起喝咖啡、聽音樂、跳舞、吃西餐……不比和一個機器人在一起快樂

嗎？我太愛你了，不能忍受兩個男人共穿一雙鞋子的痛苦。下月我們去中國度蜜月，一定，一定。今晚就回去和邁克說清楚，如果你不好開口，我去告訴他。」

「傑斯，不可以，不可以那樣做，那樣做會毀了他的。」如燕驚慌的反對。

「好，讓你自己去說吧！明天我等著你的好消息啊！」

那晚，邁克有應酬，不回家晚餐。洛傑斯又帶著如燕回家，纏綿悱惻到九點多，兩人才分手。

夜，群星閃爍，如燕駕的車像醉漢似的行駛著。半小時之前，她還陶醉在洛傑斯的甜言蜜語中，被他火般的激情融化。此刻，卻感到自己像做了賊似的，完全沒有勇氣面對丈夫。十年夫妻，一旦分手，真有萬般不捨。她後悔，心亂如麻，不知如何啟齒，如何相處這最後一夜，眼裡瀰漫著淚霧，握方向盤的手像篩糠似的顫抖⋯⋯。

猛然，一聲巨響，如燕什麼也不知道了。

＊　　　　＊　　　　＊

如燕不知身在何處，好像頭和右腳都被什麼怪物鉗住了。遠遠的有一隻大手向她伸過來，她看清楚了，那是洛傑斯。於是，奮力掙扎，拚命抓住。

如燕滿頭冒汗，終於睜開了雙眼，屋內的一切是那麼陌生，抓住自己手的不是洛傑斯，而是邁克。

「阿燕，你總算醒了！」邁克邊為妻子擦汗邊親吻。

如燕凝視著邁克因熬夜而紅腫的雙眼，在腦子裡找尋記憶，她想起了洛傑斯的話，明白是出了車禍。

　　如燕傻傻的望著麻木的右腳，又抽出手觸摸頭部，驚恐的問道：「我頭上的傷口很大嗎？腳還能不能走路？」

　　「阿燕，不要緊張，活著就是大幸。」邁克安慰說。

　　「邁克，我在這裡多久了？公司有人來過嗎？」人說患難見真情，此刻，她最想見到的是洛傑斯。

　　「已整兩天，董事長、洛經理、很多員工都來過。」

　　「洛經理說了什麼？」如燕急著問。

　　「叫你好好養傷，不要惦記公司的事。」如燕闔上眼睛，不讓淚水在丈夫面前滾出來。

　　洛傑斯來過一次電話，口氣冷得像冰。如燕知道自己不但被毀了容貌，而且毀了心靈。

　　邁克每天公司、醫院兩頭忙，還燉些營養湯給妻子補身體。他瘦了，憔悴了，卻變成了一個無微不至，關心、愛護如燕的好丈夫，使如燕常常感動得熱淚盈眶。

　　那天，如燕喝了一碗邁克送來的雙菇雞湯。猛然，肚子裡一下子像翻江倒海，大吐特吐起來，醫生護士小姐忙了一陣，馬醫生握著邁克的手說：「恭喜恭喜，因禍得福呢！你太太懷孕了！」

　　「懷孕？！」邁克一個微笑僵在臉上，反問。

　　「是真的。」馬醫生肯定的說。又過了兩天，如燕出院。

　　洛傑斯辭職了，帶著二十歲新來的秘書，去了韓國，連再見也沒和如燕說一聲。

　　如燕想著：洛傑斯一手策劃佔有了自己，逼著離婚，造成車禍後，連一句安慰的話也沒有就逃之夭夭，真是何許人也。如燕看清了洛傑斯的廬山真面目。然而，為時已太晚了。她吞食著心靈的傷痛和身殘的苦果。本想在往後的生命中以悔過的心，深深的愛來彌補過失，可是，洛傑斯是混血，孩子很可能成為出軌的證據。

　　時間像駿馬般奔騰，轉瞬，兒子已半歲了。邁克對兒子非常疼愛，但是，如燕是瞎子吃餛飩，自己心中有數，那兒子絕不可能是邁克的骨肉。她惶惶不可終日，害怕丈夫的審判。

　　那天，如燕無意中，在邁克的公事包裡，發現丈夫兩次共同的體檢報告，結論明白寫著「不孕症」。

　　「我的天！」如燕差點昏倒。原來他都知道啊！一個破相、殘腳、和別人私混的女人，怎麼配做這樣大好人的妻子呢！

　　那夜，秋月像白色鋁片似的燦亮。如燕做了滿桌的美味佳餚，陪邁克最後的晚餐。

　　「邁克，我不是好妻子，你都知道了，不可再折磨你啦！我決定帶著孩子走，忘了我吧！」飯後，如燕痛哭失聲的說。

　　「阿燕，過去的事就讓它過去吧！情場上的殺手是趁虛而入的。這事我也有錯，實在太冷落你了，孩子無罪，我們從新開始吧！」邁克誠懇的說。

　　如燕一頭撲進丈夫的懷裡，像迷途歸來的孩子，抽抽噎噎的哭著。那種受赦免的激動，是無法用語言形容的。

　　十五的月兒正圓，夜鳥正在歌唱：

　　　人生自古誰無錯，
　　　走過幽谷又一村。

老夫少妻

一

　　夜，已深了。窗外樹葉沙沙地響個不停，屋內飄著濃濃的煙味。王子凡知道父親早已戒菸，只是在太高興或太難過的時候，才抽幾口。在他的記憶裡，媽媽出殯的前一個晚上，父親整夜沒有睡覺，第二天的早上，煙灰缸裡有十來個菸頭，可能那是父親這一生，抽菸最多的一次。

　　今天，看著父親已抽完第四支菸了，臉色難看得像拉了半個月的痢疾似的。子凡知道父親心中一定有什麼大事。但是，他又很納悶，為什麼特地叫自己回來，彷彿又難以啟齒呢？

　　「爸，你是怎麼啦，發生了什麼事嗎？」子凡試探著問。

　　「我──我──我──」王貴「我」了好幾聲，仍像大饅頭堵嘴──說不出話來。

　　時鐘滴答、滴答，已走過兩點了，子凡打了一個哈欠，站起來，走兩步又坐回沙發上。

　　「爸，你心裡有事，就像竹筒倒豆子，痛痛快快全部倒出來吧。我是你兒子，理應為你擔當一部份。」子凡想著老爸文化不高，做建築這一行，或者碰到法律上的麻煩，或者受了合夥人的氣，或者工程上出了問題，所以催問。

155

「阿凡，你說爸對你好不好？」王貴終於開口了，問了一個兒子想不到的問題。

「爸，這還用問嗎？媽媽去世的時候我才八歲，你含辛茹苦把我養大，又供我上大學。你拚死拚活賺錢，自己不肯亂花一分，為我買車子、買房子，為我訂親，如果美國要選冠軍父親的話，相信你一定奪魁。」子凡說的真心話，也帶一點幽默，想叫父親輕鬆一下。

「阿凡，我問你，你真的很愛莉麗嗎？」

「爸，莉麗她爸是你的同鄉，她是我的學妹，又漂亮，尤其心眼很好，是你給我訂的親，我相信你的眼光不會錯。現在我們兩人的文化差距雖然越來越大，但爸你放心，我絕不會這山看到那山高的。她對你那麼孝順，很難得，我會永遠愛她的。」子凡以為父親是擔心自己的親事亮紅燈，說了一大堆安慰話。

谷莉麗比子凡小兩歲，在同一中學唸書，因家境貧寒，也從小死了生母，高中畢業就開始自立。莉麗聰明伶俐，很受工作單位老闆的歡迎，也是家中養家活口的好幫手。

莉麗身材苗條，皮膚白皙，清秀的蛋形臉上有一對水靈靈的大眼睛。人說女大十八變，莉麗真的越來越出落得像支亭亭玉立的水仙花，和相貌很酷的王子凡，倒是天造地設的一對。不過正式配給子凡，首先倒是谷大伯提出來的。

在茶館裡，谷大伯說：「阿貴老弟，我們是同鄉，我那黃毛丫頭，左鄰右舍都說長相不錯。我們不喜歡她嫁個洋女婿，不知你們子凡……」谷大伯哽回去下面的話。老子給女作媒，總擔心人家回你一個棉花店歇工──不談，沒面子。

「老哥，莉麗是我看著長大的，兩人又同過學，子凡一定看得中，這事八成我可作主。不過，這年頭講究個自由，還得問問你的寶貝女兒是不是同意。」王貴笑著說。

　　「莉麗配你的獨生子，說心裡話，我們是高攀了。我十成的把握她不會有意見。」兩個老的就這樣幾杯清茶下肚，商定了兒女的親事。

　　其實，子凡早就對莉麗有意思了，莉麗呢，對子凡王大哥前，王大哥後叫得很是親切。有時子凡到她服務的餐館吃午飯，莉麗總是搶著付帳。弄得子凡雖然不好意思，但他下次還是喜歡往那裡跑，為的是多看莉麗幾眼，再說上幾句話。莉麗對子凡雖有心，想到自己沒有跨進大學的門檻，不敢奢望。

　　兩個老的牽了紅線，兩個小的自然心有靈犀一點通，戀曲就這樣開始了。

　　王貴給莉麗買了一隻價值二千美元的鑽戒，為兒子正式訂婚。也從那時起，子凡又回到加拿大修碩士學位。莉麗辭了餐館的差事，頂替了以前子凡買材料、造預算、結帳、跑銀行等工作。天天和準公公打交道，進出在王貴家裡。

　　子凡住校，與莉麗相處的時間反而少，功課越來越忙，就是週末回家，也整天埋在書堆和設計圖紙裡，無暇與未婚妻傾談。莉麗腦子裡在想什麼，他自然不知道。

二

　　王貴把一支菸狠很的捏成兩段，丟在煙灰缸裡，咳嗽幾聲，鼓起腮膀子說：「阿凡，爸今天……今天……要告訴你，你……你爸不好，是世界上最……最……最大的混蛋，是老糊塗。」

　　「爸，你今天怎麼啦？說話吞吞吐吐，我怎麼聽不懂？」子凡下意識的去摸父親的額頭。

「子凡，我想了很久，從今晚起，你不用叫我爸了。因為——因為——因為我做了最對——對——對不起你，也對不起你媽的事。」王貴仍含糊其辭地說。

「爸，媽去世這麼多年了，我也長大了，你做甚麼都不過份的，有啥對不起我和媽呢？」子凡想著爸爸可能是想找個伴了，好心寬慰說。

「子凡，爸做了壞事。在中國，只有唐明皇公開做過。他是皇帝，三宮六院，七十二妃子，沒有什麼不可做。可是，我——我——我只是個小小老百姓，做這種事，不配做你爸，也不配做人。」王貴自責地說。

唐明皇霸佔兒媳婦楊貴妃，熟讀中國史的人可說無人不知曉，但在美國長大的孩子，尤其是學工的，未必了解中國的歷史，難怪有「李時珍」在美國留學的笑話。聽了這番話，開始子凡以為老爸嫖了妓，心裡有那麼一點不悅。但想到老爸也是個男人，做這麼多年的鰥夫了，也沒有什麼值得大驚小怪。想一想說幾句知道錯，改了就好的話，又覺得父親的話好像很嚴重，想聽個明白，於是，不忙著插嘴。

王貴看兒子還是不明白的意思，戰戰兢兢的繼續說：「子凡，這種事，做過後就沒有改的機會了。莉麗已有了，是她自願的……」

「甚麼？甚麼？你說莉麗有了甚麼？」子凡不相信自己的耳朵，像觸電似的急促追問。

「她——，她、她、她有了孩子，是——是——是我的。」王貴雙手矇著眼睛，不敢看兒子。

「啊！」王子凡有如被五雷轟頂，一下子給擊呆了。

愣了好一陣子，從沙發上跳起來，握緊拳頭，對著老爹的鼻樑，狠狠的揮過去。但揮到半空的手，落了下來，擊在茶几上，茶几攤倒，糖果、茶水狼藉一地。

王子凡暴跳如雷哭喊著：「天大的笑話，我不要再見到你們！」他一腳踢開大門，衝了出去。

夜，路燈朦朦朧朧，彷彿像鬼火似的閃著。王子凡奔上車，車子像一匹受驚的野馬，橫衝直撞，闖黃燈、闖紅燈⋯⋯。

王貴駕著那輛老爺車，拚命追趕。那可怕的一幕，要是在白天，不知道要忙壞多少警察，又會造成什麼樣的後果。

王貴的心差點從口腔裡跳出來了，他全身冒著冷汗，頭都在滴水。心裡想著，都是自己惹的大禍，兒子完了，自己活著還有什麼意思。

王貴的車速開到八十哩了，仍追不上子凡。子凡的車飛馳著，王貴拚命追趕著。他不知子凡要去哪裡，也不知今天晚上的結局是什麼，更不知此刻自己處在什麼位置。

老爺車發出「啪」「啪」機關槍似的響聲，那是在告訴他，車子不能再走了。王貴心裡一急，使勁猛踩油門。

這一踩，老爺車發「皮氣」，來了個一百八十度大轉彎，只聽見「砰」地一聲，下面的事他就不知道了。

待王貴醒來，可能已是第二天下午了。他躺在自家客廳的沙發上，子凡坐在旁邊。王貴動動手腳，感覺到輕微的疼痛，想起了追子凡那一幕，知道自己沒有大傷。

他艱難的支著身子，撐起來，輕聲問：「你今天沒有去學校？」

「嗯。」子凡不願和老爹搭腔，很不情願地嗯了一聲。

王貴緩緩走進臥房，從衣櫃裡拿出那個皮夾，拎著他早已準備好的那個包，回到客廳，把大皮夾放在桌上說：「這裡是家裡和公司所有的東西，公司的情況你清楚，不需我多交代，你自己會料理的。」

然後，又把一堆鑰匙放在皮夾上說：「忘了你有過這個混蛋爹吧。往後清明、重陽節時，別忘了去給你媽燒炷香，我沒有臉去拜她了。」

王貴眼裡滲著淚，說完了這些話，拖著他那隻跛了的腳，蹣跚走出門外，走幾步又回過頭來。

太陽躲進了深灰的雲層，天色轉陰，像是要下雨了。子凡凝望著父親的背影，他第一次感覺到父親的孤獨和年邁。

子凡隨手抓起一把紙巾，擦乾了滿臉沉甸甸的淚水，打開門，幾個箭步衝到父親前頭，奪過他手頭上的包說：「爸，你不要走，跟我回去。」子凡連推帶拉把父親架回屋裡，父子倆抱著一團痛哭。

哭了好一陣，王子凡有氣無力地說：「爸，我想通了，你娶誰都一樣，只要莉麗對你是真心的，就正大光明結婚吧。細想想，這件事我也有責任。我只管忙學問，冷落了莉麗，也很少孝敬你。人非草木，朝夕相處，總會有情。要走的不是你，我馬上申請東部的學校，讓我們分開一段時間，也許傷口會慢慢癒合的。」

「子凡，你已原諒老爸了！」王貴捧著兒子的頭，夢囈般的說。

王子凡沉重的點著頭，帶哭聲說：「我和莉麗並沒有舉行婚禮。美國是自由的國度，你有選擇她的自由，她也有嫁給你的權利。也許由於我的緣故，莉麗走進了我們這個家。今後，她能和你共度晚年，也可能是上帝安排我應該給你的報答吧。」

莉麗要嫁給阿公，第二個受不了的人當然是她的老爸。但是，這對老夫少妻，並不是當今美國所謂的金錢或綠卡的荒唐遊戲。女兒堅持要嫁個「老骨董」，火車也拖不回頭。最後，老爸只好順水推舟，除了說贊成，毫無選擇。

三

一個二十幾歲的漂亮女孩子，不嫁才貌雙全年輕的未婚夫，為什麼偏要嫁一個土裡土氣，跛著腳的「老阿公」呢？在外人看來，不是神經病，也是白癡。

但是，莉麗不在乎別人舌頭喜歡什麼味道，也無暇去看別人奇異的目光。她陶醉在自己的愛河裡，像一艘乘風破浪的小船，航行在真愛的幸福中。

事情推回到半年多前，王貴翻蓋屋頂時掉到地下，摔壞了左腿，住進醫院。

醫院的食物王貴難以下嚥，莉麗每天都燒些可口的飯菜，送到醫院給準公公吃。有空的時候還留下來讀報、聊天，為王貴打發病床上難熬的時間。

一個星期後，王貴出院，莉麗更是公司、家裡兩頭忙。也正是那些日子她發現王貴賺的錢，省吃儉用，多下來的都存在子凡的名下。要是換一個人，身為子凡的未婚妻，不高興得小狗似的跳才怪呢。但是，莉麗卻不然，她覺得未來的公公這樣做太虐待自己了，對王貴產生了無比敬愛的感情。

出院後，王貴仍不能走路，開始飯菜伺候在床上。漸漸的由莉麗攙扶，在客廳或臥房裡慢慢走動走動。

那天，吃晚飯時，談到話頭上，莉麗說：「爸，我以為你是世界上最好的父親，子凡真的好命啊。」

「莉麗，子凡從小沒有媽媽，你看我這老骨頭不行了，一跌下來就不能動，虧得有你照顧啊。以後，子凡有你這樣的好妻子，我也放心了。」

161

「爸，你不老。幹建築這一行，爬高爬低的，出事也很難免。不過，你辛苦了一輩子，也該享點福了，腳好了就不要那麼勞累了。」

「莉麗，我是勞碌命，又沒多少文化，閒在家裡無聊，還不如在外作點苦力，開心些。」

「爸，其實我看你也該找個伴才好。」莉麗直截了當地說。

「找個伴，也有人說過。前些年，子凡那麼小，我擔心他和後娘相處不好，現在他大了，我也老了，半截入了土的人還說什麼伴不伴啊。只要你們將來和和氣氣過日子，我就滿足了。等你們結了婚，我退休後就去住老人院，不想打擾你們小夫妻的。」

「爸，你不老，不要自卑。你辛辛苦苦養大子凡，我們哪裡會讓你去住老人院。我說找伴，不是不要你和我們住一起，是想著你晚年身邊要有個說話的人呀。」莉麗真誠的說。

「莉麗，你的心真好，把子凡交給你我死也閉眼了。」

「爸，快吃飯吧。你看，只管說話，飯都涼了，我去熱一下。」那一餐飯吃了很久，他們還談了很多話。

飯後，莉麗將王貴扶到房間，又給他洗腳。

夜，明月高懸在蒼茫的夜空，溶融的月光從窗戶的空隙裡擠進屋來，灑落在床前。

莉麗的話激起了王貴心湖的漣漪。屈指數數，妻子去世十七年了，十七年來只有子凡進過幾次醫院，自己父兼母職，連重感冒都沒有過。為了兒子，他已完全忘了女人那碼子事。這次跌壞了，要不是莉麗照顧，真不知怎麼辦呢。

話得說回來，莉麗還是個沒有過門的媳婦，洗腳、擦背、上廁所，真的難為她了哦。

為什麼早的時候沒有好好想想找個伴呢，「唉，一切都晚了，自己老了。」王貴唉了聲，長長的嘆氣。

接下來的日子，子凡每星期回家給父親洗兩次澡，其餘飲食起居完全由莉麗照顧。

在莉麗的細心護理下，過了一百天，王貴的傷雖痊癒，但左腳已跛了。而莉麗在這段時間照顧準公公的日子，已由敬愛，逐步轉變成了一種難以言表的感情。

四

那一夜，屋外淅淅瀝瀝地下著小雨。突然，莉麗像發瘋似的要留在王貴的房間過夜，簡直把王貴嚇呆了。

孤男獨女，夜深人靜。不說是兒子的未婚妻，就是別人，王貴做夢也不敢和年輕女孩子想這種艷福。

他結結巴巴地說：「爸累了，你回房睡覺吧。是子凡開罪了你嗎？他回來後我好好教訓他。」

莉麗卻大聲道：「阿貴，我是認真的，實話對你說吧，我越來越不喜歡你兒子，真正愛上你了。」

「愛我？我是子凡他爹，是個老頭子呢。你有沒有搞錯？」王貴瞪大眼睛。

「我的頭腦很清醒，同樣是父親，你比我爸不知好多少倍。我爹娶後母的時候，他從沒想過我能不能接受。你雖然比我整整大三十七歲，而且你的錢都存在子凡名下，可以說你是一個為兒子傾其所有的老人。我愛的就是你這顆菩薩心，你這個自己也需要有人關心，有人愛的大好人……」莉麗一字一句誠懇地說。

「莉麗，我這麼老了，又是個粗人，怎麼談得上愛呢？」

「你這個傻瓜，人家九十歲還在結婚，和尚也有還俗的呢，你為什麼不懂愛呢？」

「可是，你是我的兒媳婦呀。你知道子凡是我的命根，這樣子不等於我親手拿刀子殺了他嗎？」王貴的舌頭打結似的說。

「雖說我是你兒媳婦，訂婚戒指我已放在子凡的抽屜裡了。本來我想退婚以後再說，可是，常人說『過了這個村就沒有這個店了』，回到家，我爸那個老頑固，是不可能同意這種事的。你擔心什麼？還怕那將來的博士兒子沒人要嗎？告訴你，君子一言，駟馬難追，我已考慮很久了，已下了決心。我知道你不會不愛我，今天你不答應，往後我也不好做人了，只有去死。」

平時文靜、善良的莉麗，一下子簡直像一隻猛虎向王貴撲來，他經不起莉麗的胡鬧蠻纏，他服了，或者說他動情了。妻子去世十七年後，和他所謂的「兒媳婦」，又做了那件男人本能會做的事。做是做了，他坐臥不安，像個賊似的偷生。

莉麗則步步緊追，愛情就像吃了鴉片，人有時也會醉生夢死，做了一次就有兩次、三次……

王貴不知應該怎樣面對兒子，在兒子面前更不敢漏半點馬腳。

莉麗說：「長痛不如短痛，躲過初一逃不過十五，蓋子還是早些揭開的好。」

那天，莉麗告訴他已懷孕了，逼上梁山，再無退路，所以，故事就開始了上篇。

子凡已申請到東部的學校，去了紐約。

夜，靜靜的，王貴擁著嬌妻，卻不敢撒野。莉麗說：「蜜月還沒結束，難道你真的老了嗎？」

王貴不服氣的說道：「老？我才六十歲。人說七十小弟弟，八十多的是，九十不稀奇，現代人還有活到一百二十歲的呢。你看我這身本事，像個老頭子嗎？我是怕傷了肚子裡的小兒子啊。」

　　莉麗刮了一下王貴的鼻子，調笑說：「傻瓜，要兒子，還得加油哇。」

　　「啊，原來你肚子裡沒有孩子？」王貴恍然大悟地說。

　　「誰說沒有孩子，可能昨晚已有了呢！你那麼愛子凡，如果肚子裡不先裝個孩子，你那有膽說破，我又怎麼能正大光明的得到你這個老東西呢！」

　　「我的小東西，你真的不嫌我老！」老夫少妻擁著一團，喀喀地笑了。

釣金龜

一

秋天在不知不覺中來臨，高大的梧桐樹漸漸脫下綠裝，換上了淡黃色的外衣。偶爾，輕風拂過，空氣中充滿了醉人的溫馨。在夕陽的餘暉下，一位金髮碧眼，高大英挺的洋人，漫步在這座美麗金陵的林蔭道上。

他是 A 大學的客座教授，來這座文名古城還不到三個月。要是在過去，他這樣獨自一人走在街上，不知要吸引多少看「西洋鏡」的好奇目光，和忙壞多少公安保衛人員。此時已不同了，古老的中國以打開了閉關自守的大門。改革開放政策的實施，使不少人出了國門，也迎來了眾多投資、做生意、講學、旅遊……等等外籍人士。正因為如此，華特才能像本市居民一樣，享受著大自然的悠閒，驅走在異國生活的寂寞。

華特走了一段路，見街邊的廣告牌五光十色，耀眼奪目。他駐腳觀看，這裡原來是大華歌舞劇院的正門。華特雖然是土生土長的老美，他不但講得一口標準的國語，還能讀懂和寫一些中國字。也許離開演還有一段時間；也許市民們還在忙晚餐吧，劇院門口顯得冷落，售票窗口也沒有排長龍的熱鬧場面。

當晚的節目，除了大型歷史歌舞劇──東方紅，還有幾位新秀獨唱。從劇場門口的清冷，華特猜想一定是很普通的表演水平。抱

著打發無聊時間的心理，到窗口詢問還有沒有好一點的座位。售票員飛快的打量華特一眼，客氣的遞出一張「首長」席前座。華特下意識的瞄了一下腕錶，離開演還有四十分鐘。心裡想著，這麼晚還能買到好位置，一定是很普通的餘興節目。

華特曾上過音樂學院，研究過一陣子東方樂曲，後來莫名奇妙的放棄，改行學工商管理。有個工商管理學士頭銜，他又沒有到商業戰場競爭，而選擇到中國教書。美國的土生，當然英文水平是一級棒的。剛到南京，幾所大學爭著聘用，最後他選擇了 A 大。

A 大是知名度極高的學府，華特擔任博士研究生英文口語教學。博士在中國視為「國寶」，一個年級加起來也不過二十來個人。

博士生普遍都是爸爸媽媽族了，除了少數人還想出國鍍金，或者到外國闖蕩外，大部分已安之若素，埋頭研究學問，不會在外文上「死 K」，所以拜訪洋教授的學生很少，華特當然感到寂寞。

華特在街邊的夜市隨便逛了一陣，又買兩瓶汽水，當他跨進劇院的門時，一下子傻眼了。不但大廳內座無虛席，兩邊走道上都加滿了凳子。他恍然大悟，原來這張票又是沾了外國人身分的光。

劇院的服務小姐將華特帶到前排就座，用英文客氣的問道：「What would you like to drink？」（你想要喝點什麼？）

「多謝！我自己有汽水。」華特舉起汽水罐，用道地的國語說。

「哇！你的中國話講得真棒，鄙人真是有眼不識泰山。我叫圓圓，有什麼需要請隨時吩咐。」

大型歷史劇很精采，也夠冗長，華特幾次離開座位到前廳走動，趕瞌睡蟲。好不容易歷史劇終於結束，獨唱演員依次登台。

節目到了尾聲，一位身材勻稱，美若仙女的女演員，身著桔紅色的曳地長裙，全身閃著晶片，裊裊娜娜飄到台前。大廳內頓時騷動起來，一些有備而來的歌迷，連忙打開快門搶鏡頭。

演員名叫施紅，剛畢業於音樂學院，當年上海「音樂之春」的優秀選手，是很多歌迷們的偶像。

「百靈鳥，雙雙的飛，是為了愛情來唱歌……」一曲高亢、悠揚的歌聲，從施紅那兩片薄薄的紅唇中流洩出來，在大廳中迴盪。霎時，歌迷們都陶醉了。

施紅的歌喉美，人更美。美得讓小伙子們失魂，讓姑娘們嫉妒。尤其在華特的眼裡，他覺得施紅完全不像是人，而是上帝的傑作。簡直看傻了眼，聽迷了心。

二

華特記不清說了多少次太美了的讚揚話，也忘了想和施紅行個見面禮，傻傻的在劇院門口等候了多少時間。

回到住所，一合上雙眼，眼前晃動的全是施紅的影子，在美國，華特也交過幾個女朋友，只是兩人在一塊的時候無論怎麼親密，可是，一旦各自回家，腦海中就留不下任何印象，也沒有再次見面的欲望。

對施紅不同，連手都沒拉過，彷彿她的體香已到了身邊，身影相伴左右，怎麼也揮之不去。華特自問：「難道這就是愛情嗎？愛情為什麼來得這麼莫名其妙？人說一見鍾情，現在和她連 Hello 都還沒有一聲，談不上一見，怎麼就著魔了呢？」他想著如此美麗的女子，說不定早已名花有主了，怎麼有可能和一個洋人談情說愛，這不真是柳樹開花──無結果的事嗎！不要犀牛望月──空想了吧！但是，不到三分鐘，他又給自己找出了一千條優勝者的理由：現在的美女熱中房子、車子、票子。自己有三房一廳教授級的房子、每月五千元薪水的票子、日本進口的「豐田」車子。相信這樣的好

條件，是足可以打敗一大群情敵。還有誘惑人的出國熱，那種一人出洋，全家沾光的時尚，更會給自己起到推波助瀾的作用。有了這樣的理念，華特決定展開追求施紅的攻勢。

華特打算直接見施紅，當面推銷自己，又覺得太冒失了，又想著跨婚姻介紹所的「情橋」，出高價請紅娘牽線，細想也不妥，最後決定來個鴻雁傳書。華特立刻從床上坐起來，認認真真寫情書。他平時的中國話講得很流利，但寫起字來手卻不那麼聽指揮了。他想寫我全身每個細胞都在愛你，我簡直為你瘋狂、沉迷、喜悅、狂歡……要告訴普天下的人那種愛戀的渴望是如此地震撼心靈……可是，一半的字都寫不出來。他寫了撕，撕了寫，廢紙一大堆，情書上寥寥幾行字，完全像音階不全的五線譜。最後只好啟用英文，寫起英文當然感情自然流露，真摯奔放。洋洋灑灑三大張的情書寫好了，他卻笑不出來。因為這信到了施紅手裡，一定是滿紙的豆芽菜，絕不懂你在說什麼。最後他搬出了所有的字典，一字字翻譯成中文，待大功告成，東方露出了一抹紅霞，天已經亮了。

華特分秒必爭，親自將情書送到劇院。

愛情和夢有時也分不清的，華特害怕施紅對他說「不」。三天過去了，仍沒回音，他像春蠶作繭，深深自縛，吃飯不香，睡覺不甜，情緒落到底谷，上課都無精打采。

華特不知如何打發又一個漫漫長夜。時針已指過了十點。叮鈴鈴……電話像夢一般響了。他連聲祈禱，盼望電話是來自心目中的戀人。電話的那一頭果然是施紅約他見面，華特激動得聲音都變了調，連聲說了十幾次「太好了！太好了……」

秋天的玄武湖畔，景物秀麗異常。華特和施紅坐在石上，迎風的柳枝親吻著盈盈瀲灩的湖水，水裡的魚兒，躬背伸腿的小蝦兒，游來蹦去，施紅的心像湖水般心潮起伏。如果答應了被中國文化同

化了的華特求愛，伸手就可握住很多明星、歌星盼望的出國夢。可是，自己拋不下同學六年，早已兩情相悅的小提琴手郭峰。

施紅心裡像十五個吊桶打水，七上八下。

「華特先生，婚姻是人生大事，應該說你的條件很好，但是，我不屬於那種一見鍾情，這山看到那山高的女孩。實話對你說吧！我已有男朋友了。」施紅坦誠的說。

「不，施紅小姐，不管你有沒有男朋友，我已愛上你了。你是我的生命，你就是我的一切。你不可拒絕我，你不可毀了我，得不到你的愛，我會發瘋的。答應我，答應我……」華特嘴裡喃喃著，行動上已伸出雙臂，放肆的將施紅摟入懷中，熱烈的、愛撫的吻著、吻著。施紅沒有拒絕，也沒有掙扎。她像一隻溫順小綿羊般，被這老美奔放的激情和一大堆優越條件融化了，銷魂了，沸揚了，征服了……

三

接下來的日子，華特常帶著施紅出入高級餐館，舞會酒店，公園和自己的住所。自然，施紅也從姑娘變成了女人。到了這種地步，施紅不得不和郭峰說再見了。

外灘的小吃店，施紅和郭峰曾是每週必訪的常客。那夜，施紅心亂如麻，千言萬語。不知從何說起。她像喝冰水似的，連往五臟廟裡灌了兩杯白酒，頓時臉紅得像關公，全身血液沸騰。

「紅紅，你心中一定有事，不要再喝了，這樣會傷害你歌喉的。」郭峰奪過酒杯說。

「不要管我，讓我喝！讓我喝……我不需要歌喉了。郭峰，唱歌的施紅已死了，我不是一個好女孩子，忘了我吧！」施紅語無倫次的說。

「紅紅，發生了什麼事？你快告訴我呀！」郭峰催著問。

人說酒醉吐真言，也許真的是酒的力量，施紅將所有的事，甚至和華特上床，都說了出來。郭峰聽了，有如五雷轟頂，一下子懵了。郭峰記不得當晚如何離開飯店，又如何與施紅分手的。他還有什麼好說呢！說啥都是冰窖裡失火──天意「該著」了。天上掉下來一個「紅毛」，奪走了自己的戀人，連訴苦的地方都沒有，怎麼不傷痛。

郭峰被擊倒了，整整昏睡了兩天。第三天是施紅所在的劇團，結束上海演出，回寧的時間，他掙扎著起床到車站送別。

「紅紅，我們有緣沒份，但你是我心中的月亮，我們的愛情已死了，友情仍會活著，讓我的琴聲永遠為你祝福吧！」郭峰帶著哭聲說。

施紅雙唇顫動，卻一句話也說不出來。她飛快的在郭峰臉上印一個吻，淚眼朦朧的向車廂奔去。

火車嗚──嗚──長鳴離站，郭峰的身影在秋風中化成了小螞蟻。施紅呆呆地凝望著窗外，獨自在心中咀嚼著分手的苦澀。

上海到南京，只有一小段路程，施紅感覺好像走了一個世紀，她沉浸在回憶中，對郭峰百般的內疚與不捨。

三十二歲的洋教授，愛上了二十歲的施紅，成了劇團的頭條新聞。每次演出落幕，看著施紅被擁進轎車，同團的年輕演員，無不投以羨慕的目光。只有王團長語重心長的說：「施紅，你是一位很有前途的歌唱演員，無論到哪裡，千萬不要放棄自己的事業……」

那天，施紅將決定嫁給洋人的消息告訴父母，父親那永遠不會對任何人說「不」的個性，淡淡的說道：「既然你已決定了，就帶華特到家裡來吧！」媽媽沒有表態。

第二天華特買了大包小包禮物，拜會未來的岳父岳母。華特的慷慨與彬彬有禮，獲得了二老的好評。

三天後，媽媽北上首都。因為施紅的大姊、姊夫在北京空軍部隊工作，施媽媽南北兩京往返已習以為常。

第五天夜裡大姊施馨突然來電話說：「紅紅，媽媽病重，明天上午九點的特快，你和爸來京。已和王團長請好假，車票也聯繫好，直接找站長取。」

華特抓緊送他們到車站前的半小時，在房間裡和施紅纏綿親熱。他們的一舉一動都證明已愛到驚天動地，如膠似漆的程度。

「紅紅，阿良，你們可來了！這幾天我可真是度日如年啊！」到了姊姊家，母親笑容滿面的迎在門口說。

「媽，你沒病，叫我們來幹啥？」施紅不解的問。

「寶貝，誰說沒病，老媽得的是心病。從前我和你外公外婆在美國待過，洋人今天說他把你愛死，明天有了新歡就說兩人情緣已終，拜拜。紅紅，你在國內這麼好的前景，在外國，一句英文都不懂，如果老美變了心，你怎麼辦？你坐下，我就明說了吧！我和你爸和姊都不同意這件婚事。這幾天我們找朋友，求上級，已決定調你到北京音樂學院進修，和華特一刀兩斷吧！」

「媽，我已長大了呢！你們為什麼這樣坑我，我愛華特，絕不服從你們的決定。」施紅堅決的說。

「孩子，我們這樣做確實有欠妥當，不過都是為你好。你冷靜的想想吧！」

「你們是陰謀家，獨裁者。我不想！我不想……」施紅從沙發上跳起來，衝到姊姊的客房，「砰！」的一聲關上了門。

四

幾天來，全家展開總動員，連從不問家事的姊夫也出面當說客，不能說對施紅沒有觸動，說心裡話，她真的動搖了。但是！但是！她怎麼說呢！

「媽媽，我相信你們是愛我的。可是，我已不可能和華特分手了。因為──因為我已多次委身於他，說不定已有了他的骨肉……」施紅道出了心中最大的秘密。

「紅紅，我擔心的事已經發生了，這種事我們施家不能承受，往後碰到困難，不要怪媽媽……」母親撫著女兒的頭老淚縱橫百般無奈的說。

沒有喜宴，沒有賓客，施紅和華特草草完成了人生婚姻大事。

寒假後，華特辭了 A 大教授的教職，帶著如花似玉的中國妻子回到了洛杉磯，與父母妹妹同住。

施紅公婆問了一句「How are you ?」（你好）就成了啞巴。當晚公婆的見面禮，是全家到西餐館分享施紅難以下嚥的「漢堡包」。他從腦子裡做洋太太，五彩繽紛的夢已開始褪色了。

一星期後，華特整天不是伏案敲打信函，就是埋在報紙堆裡，一天和施紅說不上十句話，她開始嚼著寂寞的苦果。

一百多封求職信發出，絕大部分石沉大海。偶有一兩封約談，華特滿懷信心出門，卻無精打采回家。

那天，施紅打開冰箱，除了牛奶麵包，連青菜也沒有一棵。

「華特，冰箱裡什麼菜都沒有，去買條魚回來吃好嗎？」

「天這麼熱，不要整天燒了，中午就麵包牛奶對付吧！」華特冷冷的說。

「你知道我不喜歡喝牛奶的。」

「牛奶不是毒藥，不喜歡可以學著喝嘛！媽媽昨天和我談過了！他們受不了油煙，叫你學吃美國食品。」華特沉聲說。

施紅想著被媽慣壞的中國胃，吃自己胡亂燒出的飯菜，已在受虐待。現在逼著吃生菜麵包如何受得了，她無助的看了丈夫一眼，傷心的哭起來。華特只當沒看見就走了。

當晚，華特慎重的說：「紅紅，我們美國人成年後是不可依靠父母的。實話對你說吧！過去我打零工賺的一點錢已用得差不多了。我沒工作，不能養你，你必須去做工。」

「我不會開車，不懂英文，做什麼工？」

「到華人餐館去端盤子、洗碗，搭公車上班。」華特一句一句的說。

「我不會端盤子，讓我回國。」施紅哽噎著說。

「如果你願意，隨時可以走。」華特毫不在乎的說。

施紅想著，自己在華特心中已褪色了。「回去？」離開劇團，和爸媽鬧過矛盾……那有臉回去！她哭了一夜，沒有決心走。就這樣成了公車族、成了端盤子小姐。

上班不到兩個月，華特拿著一疊帳單說：「紅紅，你現在有收入了，這醫療費、保險費、由你負擔。住房、水電、電話費……各人一半。」

「華特，你算什麼丈夫，這就是你口口聲聲給我的幸福嗎？」施紅再也忍不住心中的痛苦，大聲叫喊。

「小姐，請你說話小聲點好不好，爸爸媽媽本來就不歡迎你，你這樣子，他們會請你走路的。」華特警告似的說。

施紅明白，婚姻已徹底失敗了，打掉門牙，苦果只能往肚子裡吞。

五

　　施紅和華特的夫妻情已冷若冰霜，那晚，她拖著疲勞不堪的身子回家，房門緊閉，怎麼也叫不開。氣急之下，狠狠一腳，門踢開了，房間的情況讓她差點當場暈倒。原來華特懷裡摟著一個赤裸的女人。施紅跌跌撞撞回到客廳，癱倒在沙發上，抽抽噎噎的哭著。

　　「紅紅，不要這樣子，你天天深更半夜在外面，不盡妻子的義務，我受得了嗎！打開窗子說亮話吧！你不適合做我的美國妻子，我們離婚吧！」妻子在外面辛苦賺錢，堂而皇之的帶野女人登堂入室，不認半點錯，反而說妻子沒盡到義務，藉口提出離婚，天下哪有這種歪理。

　　「你欺人太甚，我要去告你。」施紅歇斯底里的吼。

　　「小姐，告我？你請得起律師嗎？冷靜點吧！你還沒有正式綠卡，看在我曾經愛過你的份上，我同意等你拿到正式綠卡後再辦離婚手續。不過，你不能干涉我和琳娜的關係。其實琳娜原來就是我的女朋友。現在我已經在她的公司上班了。愛情不能沒有麵包的，你就饒了我吧！琳娜今晚喝多了酒，她是不會讓位的，你就睡到小妹房間去好了。」說了這些混帳話，華特仍回房去陪情婦，根本不管妻子的死活。

　　深更半夜，施紅就是下地獄，也絕不可能去敲那位洋小姐的門。她想衝進房裡，和華特大鬧一場，和琳娜決一死鬥，甚至想用刀殺了他們，自己也到此了斷。可是，她氣得全身像篩糠似的顫抖，彷彿正在發瘧疾的病人，全身的血一下子凝固了，冷得像冰，連拿吊頸繩的力氣都沒有了。

回憶，對失意的人來說是一種酷刑。施紅想起了媽媽的話，想起了北京的那一幕對她婚姻的「狙擊戰」。淚水像開閘似的奔流。華特是一個沒有錢，沒有事業，連志氣都沒有的軟漢。自己放棄事業，拋棄愛情，不顧父母親人的反對所換來的異族婚姻，原來竟是如此痛切的悲哀結局啊！施紅在心中吶喊：「天啦！對我來說，生命還有什麼意義？！」在萬般無奈下，在她的腦海中浮現一個人影，那是麗莎，餐館的同行，不到三十歲的東方女人，施紅在美國交的第一個朋友。

麗莎不但被丈夫遺棄，還要養活兩個孩子，不是也生活得好好的嗎！想到麗莎，她感覺全身的血液開始解凍了，生存的欲望戰勝了輕生的念頭，決定投靠她。

施紅記不得如何熬到天亮，又如何整理衣物與華特分手的。麗莎開車來接，那一走，再也沒有回過華特的家。這段異族婚姻雖然還沒有正式辦離婚手續，實際上已完全失敗和結束了。

六

春天的洛杉磯，百花盛開，萬紫千紅，美不勝收。

那夜，皓月當空。座落在聖市的大劇院，格外熱鬧。因為歌壇華人新秀，施紅小姐在那裡舉行音樂演唱會。

施紅身著水藍色連衣長裙，胸前簪著百靈鳥圖案晶片。她雖然已過二十五歲生日，身材仍是那麼婀娜多姿，臉蛋仍是那麼嫵媚動人。一個半小時中，無論西洋唱法，民歌演唱，甚至英文歌曲，每一首歌都唱得聲情並茂，「韻」味絕佳，贏得聽眾暴風雨般的掌聲。

仍是那首施紅最喜歡唱的歌：「百靈鳥，雙雙的飛，為了愛情來唱歌……」壓台。

演唱結束，施紅三次謝幕，歌迷仍依依不肯離去。

米格爾太太抱著她的愛犬貝貝，登台獻花。她激動不已的說：「孩子，你成功了。學無止境，繼續努力向音樂高峰攀登吧！」

施紅眼裡滾著晶瑩的熱淚，由衷的說：「謝謝米格爾媽媽！你不但救了我的生命，也成就了我的事業。你的恩情比天高，比海深，我時時會記住你的教誨，絕不辜負你的期望……」

回到住所，施紅的心情久久難以平靜。她躺在床上，怎麼也睡不著。窗外月色如水，往事如煙如夢……

那年，施紅提著換洗衣物，跌跌撞撞走出丈夫華特的家。她下決心，即使淪落為乞丐，也不會再踏進那個家門。麗莎接過她手中的行李，扶她上車。她雙唇咬出了血，盡量忍著不哭出聲來。

到了麗莎家，再也控制不住了，鼻子一酸，哭倒在沙發上。

「施紅，你放聲的哭吧！我是過來人，理解你此刻的心情。」施紅的哭聲悽慘、悲涼，也傳染了麗莎。兩個被丈夫遺棄的女人，哭著自己荒謬短命的愛情。

哭了好一陣子，哭累了，淚水哭乾了。麗莎說道：「紅紅，命運既然如此，就要堅強些。既然要分手，遲分不如早分。你看到我，就是因為當斷不斷，不但婚姻最後還是走進墳墓，現在還要養活兩個孩子，是多麼艱難啊！如今你反正一個人，自己吃飽了，所有的事都解決了。依我看，不要在餐館「泡」，找一份勉強能糊口的工作，趕快抽空去讀書、學開車。你年紀這麼輕，一定能闖出來的。人說成功屬於勤奮者的，有志者一定事竟成……」

平時在餐館，大家都在忙。施紅對麗莎的印象完全是屬那種油鹽柴米，胸無大志的家庭主婦。今日投靠她門下，才知道原來她是一位很有深知灼見的頑強女性，只是被不幸的命運壓垮了。

　　麗莎的一席知心話，給施紅注了強心劑。她擦乾眼淚，放了滿滿一盆溫水，給自己徹底洗了個澡，又痛痛快快洗了頭。她要把腦子裡的悲哀通通洗盡，從新開始生活。

　　那夜，她倆同車去上班，下班後同去接兩個孩子回家。第二天開始，施紅又和報紙打交道，希望能找到一份適合自己的工作。

七

　　沒出一星期，施紅有機會去哈崗，應徵華人家教。女主人年近五十，也許是晚婚造成的後果，也許是生理上的原因晚年得子吧，大兒子十二歲，小女兒才七歲。施紅的工作除了教兩個孩子學國語，還要做一餐晚飯。清潔工作每天有臨時工來打理，應該說是一份她理想的工作。

　　女主人安娜，經營房地產，丈夫則在中國忙生意，很少回家。他們都來自台灣，安娜是一位相貌平平，而心地善良的女主人。

　　「施小姐，我不喜歡查戶口，看得出，你是一位很有教養的女孩子。我實在太忙了，把兩個孩子交給你管教，我很放心。你提出的條件，上午去上英文課我同意，學車我可以替你付學費。車學會了幫我送孩子上下學，你可以多賺點辛苦錢，我也不用為他們奔波了。」安那很誠懇的說。

　　沒有談上五分鐘，工作敲定，給施紅很大的鼓勵。

　　第二天，施紅就到了安娜家。也許是媽媽教子有方，男孩子建，女孩路薏絲都很聽話。不到三個月，兩個孩子的國語很有長進，女主人非常滿意。施紅已學會開車，給孩子上課，接孩子上下學，帶孩子去商店、公園……天真活潑的孩子給施紅帶來了歡樂。但是，施紅漸漸的發現，安娜的眉宇間似乎深藏著愁緒。她弄不懂如此幸

福的家庭為什麼女主人顯得並不快樂。要說安娜有缺點，那就是她不知道愛惜自己的身體，也不向別人吐露半點心事。她每天都在忙、忙、忙，好像賺進了全世界都不會滿足似的。

時間有時就像神醫，它能慢慢癒合不愉快的心靈創傷。周旋在兩個可愛的孩子中間，施紅被那混蛋丈夫揉碎的心又復原了。有時她甚至幻想著，要不是那個男人負心，自己也該做媽媽了，而且中西結合的後代一定很漂亮。

半年後，施紅的英文不但入門，已能簡單會話，她的下一個目標是爭取考進藝術學院，一切都有了希望。

一天，男主人許國良回來了，安娜在中餐館安排了豐盛的晚餐。飯桌上，兩孩子和施紅說個不停。

「施阿姨，我好喜歡吃炸魷魚，你會燒嗎？」建問。

「會，明天就去買魷魚來炸給你們吃。」施紅說。

「施阿姨，我最喜歡吃海鮮豆腐煲，你會燒嗎？」小妹妹問。

「以後你們開菜單，不會的可以照書上講的做。」

「施阿姨，你說書本可做菜？」小妹天真的問。

「不是書本會做菜，是書上有教你燒菜的方法。小妹好好學國語，長大了能看懂書，就會做菜了。」

「我不要學會做菜，我最喜歡吃施阿姨做的菜。好不喜歡以前那個王阿姨哦！她的臉像鬼鬼，施阿姨真漂亮。」

安娜和丈夫本在說著悄悄話，聽著小妹也會評論人，停下來說道：「你知道啥叫漂亮，快吃飯，等會大家都吃好了，把你留在餐館洗碗啊！」

「我吃飽了，阿姨，你帶我回家，爸爸是客人，我不要坐他的車。」小妹撒嬌的說。

「絲絲，不要亂說話，爸爸工作忙，沒有時間回家，怎麼會是客人呢！」安娜討好丈夫說。

施紅輕輕抬頭，正好接觸到許國良飛快打量自己的目光，她心中一震，感覺那目光的異樣。

回到家，孩子們和爸媽繞膝糾纏，問這問那，親密和諧，熱鬧溫馨。施紅知道自己是多餘的人，連忙退回房間。

八

許國良高高身材，衣著考究。他的頭髮一絲不亂，光亮得蒼蠅駐腳都會跌跤。長形臉上五官搭配得非常協調，看上去比安娜年輕不少。他完全不像一個在商場上打滾的生意人，倒像一個博學的才子。

許國良每天早出晚歸，談生意，拜訪朋友，彷彿比妻子更忙。在家一個多星期，除了有時和施紅道一聲「早上好？」說一聲「再見！」幾乎沒有正面說過幾句話。

那天，施紅從成年英文學校回家，坐在房間裡看連環畫，準備下午給兩個孩子講故事。

許先生從外面回來，很客氣的說：「施小姐，我買來些廣式點心，大概已涼了，請你熱一下，我們一塊午餐。」

施紅連忙跑到廚房，將小吃一樣樣熱好，端上桌。放好兩副餐具，三個茶杯。先給許先生倒一杯牛奶，又倒了一杯汽水。然後，給自己倒了大半杯橘子汁。

許先生在飯桌上吃著點心，喝著牛奶、汽水。施紅拿了一個奶黃包，將果汁放在茶几上，慢慢的吃著喝著。

「施小姐，為什麼不上桌？走那麼遠做啥？我又不是老虎，會吃了你……」許國良開玩笑說。

「我喜歡坐在這裡。」施紅不太自在的說。

吃了兩個奶黃包，喝完了果汁，施紅突然覺得有些暈暈的。她看著許先生吃好了，準備站起來去收拾杯盤，手腳一下子全不聽使喚了。

接下來她感覺自己的身體在被人擺佈，衣褲一件件褪去，嘴唇被一個熱乎乎的東西堵得透不過氣來，整個身子也像被一個龐大的東西壓住了，卻沒有一點力氣掙扎。迷迷糊糊也不知過了多久，又彷彿有一股細流，從喉嚨裡進入胃谷。待施紅清醒過來，已是下午兩點多鐘了。她望著自己赤裸的身子和床上的狼藉，明白發生了什麼事，放聲的哭了起來。

「施小姐，起來吧！其實我並不喜歡這個樣子和女人一起。但是，我沒有多的時間親近你，如果不這樣可能就得不到，原諒我無理。說心裡話，你實在太美了，連小絲絲都說你漂亮。這幾天，你真讓我魂不守舍，總算逮到這個好機會。要說安娜對我最大的好處，就是她把你請到我家裡來，讓我享到了艷福⋯⋯」許國良以一個勝利者的口氣說。

「你是人面獸心，你欺負我，我要告你，滾出去⋯⋯」施紅用被單裹著身子，狠狠的罵。

「施小姐，冷靜點，男歡女愛是原始的本能，其實你實在不應該浪費自己的『本錢』。今天的事，也是逼出來的。安娜比我大整整八歲，但我又不能和她離婚。原因是這裡的家產是她父母留下的，現在家裡的經濟權也全在她手中，我們的事千萬不可讓她察覺。兩個小孩很喜歡你，你就可以長期留在我家裡，等她死了，我一定正式和你結婚。這是五百美金，你拿著用。如果今天的事，你懷孕了，不用擔心，我認識很多醫生，容易解決⋯⋯」許國良很認真的說。

施紅的胸中怒火中燒，看著眼前這個狗都不如的男人，她為自己傷痛，為安娜不平。

「閉起你的烏鴉嘴，誰要你的臭錢！」施紅衝到了洗手間，「砰」的一聲關上門。流水聲和著哭聲，簡直成了火葬場的喪歌。

許國良仍不死心，死皮賴臉還在門外說：「施小姐，我是真心喜歡你，不要往壞處想。我接孩子去，今晚到餐館吃飯……」

施紅哭著洗著，覺得永遠也洗不盡被人糟蹋的恥辱。被丈夫遺棄，又被惡人姦污，她痛苦得整個人都崩潰了。

九

施紅哭腫了眼，哭碎了心。最後她挑了一件平時喜歡穿的衣服，吹理好亂髮。駕著車，像醉漢似的駛向海邊，停在幾乎不見遊人的海灣。

施紅孤零零的坐在礁石上，望著咆哮不停的大海啜泣、發楞。也不知哭了多久，善變的大海瘋狂了一整天，漸漸的平靜了些，夜幕開始降臨。

施紅集中全身餘力，從礁石上站起來。嘴裡喃喃道：「爸爸媽媽，我走了，你們保重吧……」她閉上眼睛，準備跳下去。突然，被一雙老婦的大手和一隻長毛如絲的牧羊狗，合力拖住。

「小姐，我叫米格爾，退休的心理醫生。剛才的一幕好險啊！多虧有貝貝幫我。」洋人老太太操著不流利的國語說。

「不要管我！米格爾太太，這個世界已不屬於我了……」施紅帶哭聲說。

「小姐，看得出，你一定受了委曲。不過再大的委曲，也不值得葬身魚腹的。你走了，當然自己得到了解脫，你想過沒有，活著

的親人有多難過啊！其實我也做過這樣的傻事；年輕時，心愛的戀人棄我而去，一氣之下跳進了大海。也許命不該絕，一個東方男士救了我。有過一次闖地獄的可怕經歷，再也不敢自殺了。後來兩次離婚，又受癌症襲擊，我都挺過來了。人生最寶貴的莫過於生命。」

聽了米格爾太太的勸說，施紅求死的決心動搖了。

「小姐，天不早了，我們送你回家吧！」

「家？我的家在海那邊嘍！」施紅夢囈般的說。

「小姐，你既然在美國沒有家，就跟我們走吧！」米格爾太太和貝貝幾乎是連推帶拉，把施紅架上車。

夜，靜得能聽到小鳥小蟲的呼吸，施紅向米格爾太太傾訴著自己的經歷和不幸的人生。

「施小姐，人生的道路是崎嶇的，不可死得輕於『鴻毛』。不幸只能壓倒弱者，如果你夠堅強，就一定能走過黑暗。」

從此，米格爾太太對施紅如女兒般關愛；帶她去教堂，支持她進學校。經過三年的苦鬥，施紅不但過了英文關，還跨進了西方的高等音樂學府。一分耕耘，必得一分收獲。演唱會如此成功，是施紅自己也沒想到的。這一切都是米格爾太太博大的愛心與無私的支持和幫助。米格爾太太真是大恩人啊！施紅想著想著，進入了夢鄉。

尾聲

春天，永遠屬於鳥語花香的季節，在這大好春的時節，公園裡遊人如鯽。米格爾太太、貝貝和施紅，漫步在人工湖畔，談著、笑著、走著……

「紅紅，你看，誰來了。」米格爾太太笑著說。

施紅尋聲抬頭，接觸到一雙熟悉又陌生，遙遠又常在夢中見到的俊目。她激動、後悔、內疚、悲傷……各種情緒同時湧上心頭，眼裡一黑，踉蹌了幾步，昏倒了。

「紅紅，紅紅……」郭峰一個箭步上前，抱起施紅喊。

「小郭，我想給你們一個羅曼蒂克的重逢，沒想到紅紅受不了。紅紅沒有病，一會就會好的。」米格爾安慰的說。

自從探測到施紅心中的秘密，米格爾太太首先支持施紅和華特正式離婚，然後設計郭峰到美國留學。

「郭峰，你怎麼也在這裡？是出差演出嗎？我已不是當年的紅紅了，放開我，別弄髒了你的手……」施紅清醒後淚流滿面的說。

「是米格爾太太幫助我來進修的，你的情況她都告訴我了。紅紅，忘掉過去吧！我們從新開始。」郭峰真誠的說。

「你原諒我了嗎？」紅紅哽噎的問。

「我從來沒有恨過你，只怪自己無能。」郭峰情不自禁的將施紅攬入懷中，熱烈的，愛護的吻著……

鳥兒在歡唱，花兒在開放，米格爾太太和貝貝，迎著燦爛的陽光走上山坡，把施紅和郭峰留在湖畔，這對經歷了分手和挫折的戀人，重逢後更感到甜蜜和珍愛。

真是：

莫教空拋女兒身，苦難遍嘗總有因。

水盡山窮臨絕境，回頭方識舊時親。

人生阡陌

　　冬日洛杉磯的陽光，仍給人舒適的暖意，可此刻的蓮娜卻掉進了冰窖，心都冷硬了。她凝視手裡捧著的紅布包袱，淚水又奪眶湧流。

　　播音室傳出飛往上海的旅客，請排隊登機的聲音。蓮娜擦乾了淚水，無力的從座位上站起來，拖著沉重的腳步，向登機口走去，嘴裡喃喃道：「阿民，我送你回家了，向美國說再見吧！」

　　飛機騰空而起，蓮娜把紅布包緊緊地抱在懷裡，紅布包中不是寶物，而是她未婚夫孫衛民的骨灰。

　　馬達的轟鳴合著蓮娜的低泣，回憶猶如氾濫的洪水在腦海中奔騰。記得那是中國瘋狂的年代，蓮娜才六歲，那是寒風呼嘯的夜晚，在大學裡任教的爸爸媽媽十二點多了還沒回家，蓮娜肚子裡唱著空城計，倒在小床上睡著了。次晨起來，仍不見爸媽的身影，家裡的衣物亂七八糟散落一地。蓮娜嚇得哇哇大哭，左鄰右舍不會聽不見，可是都置若罔聞，只是對門的王奶奶提著腳走進屋來，輕聲說：「阿蓮，不可哭，昨晚有人抄了你們的家，聽說你爸媽都是『牛鬼蛇神』，關起來了！」

　　蓮娜年紀雖小，知道「牛鬼蛇神」是「壞人」，頓時全身像篩糠似的顫慄。王蓮娜不敢去幼兒園，也不敢下樓，一整天待在屋子裡發抖。天黑了仍不見爸媽回家，她還不會煮飯，肚子太餓，吃了幾塊餅乾，和衣躺在床上，昏昏沉沉睡了。

　　早上起來，見朱阿姨在屋裡收拾東西，蓮娜像見到了救星，一頭撲進她懷裡傷心的抽泣。朱阿姨是蓮娜小時候的褓母，她撫著蓮

娜的頭髮說:「阿蓮乖,不要哭了,阿姨馬上就帶你到鄉下去,等爸爸媽媽回家了來接你。」

　　在朱阿姨家一住就是三年,直到蓮娜的父母平反了才接她回家。衛民很小沒有了父親,是朱阿姨的獨生兒子,比蓮娜年長三歲。他很喜歡蓮娜,有啥好吃的總是讓給她,下雨天山路難走,就背著蓮娜去學校,蓮娜也很喜歡這個小哥哥,兩人不是兄妹,卻親如兄妹。

　　文化大革命結束後,衛民一路從中學升到了大學,他跳出「農門」到了大上海,成了蓮娜家的常客。蓮娜的父母感激朱阿姨,在他家遭難的時候,收留撫養蓮娜,對衛民無比關心、愛護,有意培養蓮娜和衛民的感情。隨著時間的前進,兩人從玩伴變成了戀人。

　　衛民先一年赴美留學,蓮娜也來洛杉磯 A 大學伴讀。衛民家境貧寒,三年來每天除了上課,他抓緊一切時間,爭分奪秒打工賺錢解決一切費用,和蓮娜約會每週只能一次,多半安排星期五課後。雖然約會時間比國內少了,兩人的愛情卻更加熾熱,而且已定待衛民拿到學位,找到工作後就完婚。

　　三個月前的一個週五傍晚,蓮娜和往常一樣到超市買了些菜,準備兩人共進晚餐。她興高采烈的跑到衛民租住的公寓,用鑰匙開了門。可是,屋內的情景讓蓮娜驚呆了。開始她以為是眼花了,或者是在做噩夢。聽到衛民和她說話才回過神來,把菜扔在地下,衝到衛民面前,狠狠的摑了他一個耳光,氣得說不出來。衛民「咚」的一聲雙膝跪地,顫聲說道:「蓮娜,你都看到了,我剛來美國那陣子,舉目無親,一文不名,多虧珍妮照顧幫助我。原來我是不想傷害你的,珍妮也不求名份。可是,我們只做過一次愛,她就有了身孕,我要對她負責,請求你原諒。你打我罵我,隨便怎麼處置我都可以,為了那個無辜的孩子,我們分手吧!」

　　衛民向蓮娜賠罪要求分手，珍妮早已跑了，她本來是衛民的同學，現在已成了他們共同的好朋友。蓮娜萬萬沒有想到，衛民不僅在玩「三角」，而且和珍妮已弄出人命。她忍無可忍，用盡全身力氣，使勁踢了衛民一腳，咬牙切齒的罵道：「鄉巴佬，沒心沒肺的東西，下輩子也不要再看到你們這對狗男女……」

　　蓮娜「呼」的一聲推開門，怒火萬丈的衝下樓，衛民連忙爬起追趕，可他步履維艱，那裡追得上。

　　回到宿舍，蓮娜哭了一整夜。她不明白自己面容娟秀，身材勻稱，成績優異，家庭高上，哪一點比不上相貌平平，家境貧寒的衛民？又哪一點比不上大餅臉一張，皮膚黑得像巧克力色的珍妮呢？要說衛民是為了錢？他先來那一年的情況如何蓮娜不知道。可自蓮娜來後，衛民一直是靠自己打工賺錢，解決所有費用。十幾年青梅竹馬的愛情，就像肥皂泡似的霎時消散，難道珍妮給衛民吃了迷藥，得到了他的身體嗎？想到他們都有孩子了，蓮娜要和珍妮吵一架的力氣都調動不起來。她不吃不喝，昏睡了兩天，想到洋那邊的父母，強迫自己從痛苦中掙扎出來，完成學業，早早離開這傷心之地，回國與爸媽團聚。

　　兩個多月的時間，蓮娜不知自己是怎麼熬過來的。那天下午，她又坐在宿舍生悶氣，突然接到珍妮的電話。她氣得滿身的血都好像凝固了，手腳冰涼，破口大罵：「不要臉的賤貨，你要流產了嗎！還有臉找本小姐做啥？」說罷，狠狠地把電話砸在話機上。珍妮連Call十幾次，蓮娜不接聽，最後乾脆把電話擱了，下樓。

　　珍妮真算臉皮厚，電話打不通又趕到學校。在宿舍前的林蔭道上攔住蓮娜懇求說：「蓮娜，衛民病了，請你去看看他。」

　　蓮娜尖刻的回道：「你老公病了關我屁事，本小姐沒空。」話音未落奪路要走。

　　珍妮一把抓住蓮娜的手，解釋說：「你聽我說，我和衛民並沒有什麼關係……」

　　蓮娜一埋頭咬了珍妮一口，憤恨的罵道：「我親眼看到衛民緊緊抱著你親嘴，他都承認你肚子裡的孩子是他的，你還對我放啥子屁。這種人病死了，是上帝對他的懲罰，早死了好，讓你做寡婦才了我心頭之恨。」

　　珍妮捏著被蓮娜咬得血都快淌出來的痛手，繼續哀求說：「蓮娜，你先消消氣，啥子孩子嘛！那都是衛民太愛你了，編的謊言和演的苦肉計。實際上因為他的肝部疼痛，去醫院檢查，醫生說他肝癌已到晚期了，他不忍心看到你為他痛苦，叫我來演戲，讓你恨他……」

　　「肝癌」二字像晴天驚雷打進蓮娜的耳門，她連忙反問：「你說衛民得了肝癌？」

　　珍妮沉重的點頭，帶著哭聲說道：「是的，那天他聽到你在開門，故意抱著我親嘴，逼你和他分手。本來他已買了機票，準備回國。可是，病情突然惡化住了院，醫生說可能就是這幾天的事了。衛民在這裡沒有親人，怪可憐的。他求我不要把情況告訴你，可我知道他的心時時都掛念你，昏迷中也在叫你的名字。可以想像在他離開這個世界之前，是多麼想再見你一面。不要拒絕一個死者的渴求，去看看他吧！」

　　蓮娜恍然大悟，激動得淚如雨下，身子一晃跌倒在地上。珍妮連忙扶起她說道：「快，我們去醫院，車子在那邊。」

　　蓮娜的心已飛到衛民的榻前，滿肚子對珍妮賠罪和感激的話，都鯁在喉嚨裡，一句也表達不出來。

　　病床上的衛民，已枯瘦如柴，化療掉光了他的頭髮，卻不能挽留他的生命，死亡烙刻在臉上。珍妮說他是靠每小時一次打止痛針

睡著了。蓮娜巴望著衛民即刻醒來，又不忍心看到他醒來被病魔折磨的痛苦。她小心翼翼的，輕輕柔柔的，捉住衛民的手，弓身將淚臉貼在他面頰上。過了好一陣，衛民吃力的微微睜開了雙眼，聲音如蚊般的說：「我……我不想你看到我……我這個樣子，你……你怎麼還是來……來了？」

蓮娜痛哭失聲的說：「阿民，你好傻，在身體最軟弱的時候，需要的是我的陪伴和照顧，你怎麼這樣折磨自己呢？」

衛民有氣無力的說；「阿蓮，這是命運，我渴望你幸福，忘掉我吧！」

蓮娜將衛民輕飄飄的身子抱在懷裡，撫著他光溜溜的和尚頭說：「不，阿民，你會戰勝病魔的，出院後我們馬上結婚，我要好好照顧你康復……」

衛民艱難的展開一個滿足、深情的微笑，顫動著嘴唇說：「我……我……我們……結……結……結……」那個「婚」字終於沒說出來，光頭上冒著豆大的汗珠，倒在蓮娜的懷裡，再也不動了，他的生命在二十六歲畫下了遺憾的句號。他走了，連一片雲彩也沒有帶去。

蓮娜決定將衛民葬於故土，但她絕不會把衛民的死訊告訴他的母親，她要代衛民盡孝，孝敬恩人朱阿姨！

血疑

　　洛杉磯的風光，天生秀麗。五月剛過，清晨的公園裡，陽光燦爛，鮮花奼紫嫣紅，芳草嫩綠如茵。高大的木蘭樹下，老人們在小徑上優閒漫步；年輕人袒胸露臂和時間賽跑；爸爸媽媽或者爺爺奶奶們則陪著孩子們在草坪上玩耍戲鬧；看台下，還有眾多男女老幼，專心一意的練著太極拳，那種認真與投入，真好像要學一身功夫，參加比賽，奪得冠軍似的。

　　貝蒂繞著公園走了三圈，做完晨操，又和老朋友們聊了一陣家常，然後漫步回家。

　　路過信箱時，她順手打開小門，只見一個厚厚的信封躺在裡面，信封上躍進眼簾那恭正的字跡，貝蒂知道是兒子從矽谷寄來的。心裡想著信裡一定有相片，兒子工作忙，不會累瘦了吧！

　　坐在沙發上，連忙拆開信。一張貌如仙子，笑容似彩霞的女孩子照片，即刻佔據了貝蒂的視線。「啊！我的上帝，兒子對上相了。」貝蒂把照片貼在心口上，激動的喊。過了好一陣子，她才想起來，信還沒有看呢！怎麼斷定照片上的女孩子就是準媳婦呢！真的神經過敏囉！

　　貝蒂一字一句的讀完信，果然照片上的女孩子是兒子心愛的人。信中詳細介紹了女孩子的情況，問媽媽看得中意嗎？

　　貝蒂仔細端詳著照片，自責的說：「人類都進入所謂電腦新新人類時代了，那裡還有兒子找女朋友，要通過老媽審查批准的道理！都是自己單親媽媽做怕了，一次被蛇咬，十年怕井繩，整天給

孩子灌輸；男子不可入錯行，女子不可嫁錯郎的『山海經』，差點把兒女的婚事都耽誤了。快三十歲的人啦，相中了女孩子，哪裡還能由得老媽說好或不好，得趕快告訴他拚命追。」

貝蒂一分鐘也不能等，抓起電話連忙按號碼。

「阿凡，這種大事，那裡還用寫信，電話不是來得快些嗎！你信裡說的這位路茜小姐不錯，趕快請兩天假，帶回來給媽媽好好招待她……」

「媽，你不是說不管兒媳婦或女婿，都要你批准才可以談嗎？」沈凡在電話那一頭說。

「阿凡，那些話都是媽怕你們少不更事，愛上了不適合自己的人。現在，你們都長大了，很有頭腦，哪裡還用得著老媽來瞎操心呢！」貝蒂收回了過去的成命。

「媽，你既然說路茜可以，我們都有超時假期，下個週末就請她來我們家好嗎？不過，現在我只能說『請』，因為沒有得到你批准，我沒有正式向她求婚呢！」其實沈凡和路茜已愛得如膠似漆，他撒了一個小小的謊，是為了給母親一個驚喜。

「為什麼不求婚？難道還要媽買鑽戒嗎？」

「媽，那倒不是，路茜並不看重禮物的。只是媽媽沒有見到她之前，我不想冒失，萬一媽……」貝蒂截斷話搶著說：「兒子，還有什麼萬一。媳婦是和你過日子，不要婆婆媽媽的。好的女孩子，你不追，人家會搶的。說心裡話，你再不找對象，媽媽一定急得頭髮掉光，變成尼姑了。」

「好，我下星期一定請她來。」

「寶貝兒子，不要說『請』，要說帶她回家來！」貝蒂逗趣的說。

「反正一個意思。她一定會來的。」沈凡肯定的說。

　　放下電話，貝蒂的臉上還浮著微笑，兒子找到了才貌雙全的女朋友，當媽的怎麼會不高興呢！她一個勁的說：「感謝主！感謝主！」

　　幾天來貝蒂一直在腦海中，描繪路茜的模樣和性格。睡夢中兒媳婦在叫她媽媽，白日裡想到如花似玉的準媳婦，也會無緣無故的乾笑。

　　日子在盼望中過，彷彿特別的慢。貝蒂從院子外面忙到屋裡，客廳換了沙發、檯燈，客房裡買了新床套。貝蒂對自己說：「人家是工程師，又在有錢的白人家庭長大，家裡不能太寒酸，準婆婆的腳色也要扮演好。」

　　飛機在跑道上滑行了一段距離，停下開始從肚子裡吐客人。貝蒂的雙眼緊盯著出口處，她終於看清楚了。兒子仍是那麼高大英挺，所不同的是手上牽著身段婀娜、皮膚白皙的女孩子。不用猜，那女孩子一定是路茜，真的很美。

　　到了近前，路茜親切的叫了一聲伯母，貝蒂感覺到路茜的聲音柔得出水，甜得似蜜，即刻在腦海裡為準媳婦打了滿分。

　　路茜對這個家似乎一點也不陌生，跨進家門就陪著貝蒂下廚，準婆婆忙說：「路茜小姐，你初來乍到，摸不著頭腦，快歇著吧！」又對沈凡說：「阿凡，快帶路茜小姐去看電視，那能要她動手。」

　　「伯母，別叫我小姐好不好。我好喜歡吃中國菜，可是從小跟著洋爸爸洋媽媽，腸胃裡全裝的是牛排、三明治，胃口都倒了，你就讓我學學嘛！」路茜誠懇的說。

　　一語道破了天機，貝蒂這才想起來，兒子在信裡說路茜本是中國人。洋人父母年歲很老才收養她，所以她大學還沒畢業，養父母都去世了，還留給她一幢房子和不少錢。路茜卻覺得養父母雖然留

給自己的遺產很多，但她最想要的卻沒有。因為她不知道自己的生父母是誰，又為什麼成為棄嬰。

「路茜，阿凡說你們原來住在東岸，怎麼會到西岸來了呢？」

「爸媽說以前我們也住西岸的，後來爸爸到東部任職才搬過去的。學電腦的矽谷是發揮才智的好地方，我到西岸求學後，爸媽又遷回來了。其實我還有一個天真的想法，如果回到西岸，說不定有那麼一天，還會碰到我的生身父母呢！」

「你不恨生父母遺棄你嗎？」

「我想，天下很少有不愛兒女的父母，也許他們有難以言狀的苦處……」路茜感慨的說。

「路茜，你真是好孩子。也許你的生身父母也在牽掛你呢！望上帝賜給你們合家團聚的機會。」貝蒂深沉的說。

路茜的話，激起了貝蒂心中的千層浪。兒女是母親身上落下來的肉，要做出捨棄兒女的決定，確實是極端痛苦和不得已的。貝蒂就有這樣的親身經歷。

時間倒回到二十三年前。那天，下班後把三個孩子一個個接回家，已是晚上十點多鐘了，房東老太太還站在門口，一見面就說：「沈太太，你知道我們是靠這幾個錢過生活的，這房租實在不能再拖了……」

「王媽媽，我知道。阿凡他爹不爭氣，實在是沒法子。對不起，讓你等這麼晚。」說吧，貝蒂連忙從工資袋中取出三百塊，交給了王媽媽。

王媽媽走了，貝蒂屈指算著：托兒費、汽車分期付款、保險費、電話費……一大堆開銷，四百塊錢，用繩子串起來，也不夠付帳單。貝蒂盼望著同樣在餐館打工的丈夫，早點回家，她知道今天也是丈夫領工資的日子，哪怕是五六百都好，至少也可應付十天半月。

　　眼睜睜的望著時針滴答滴答往前走，過了一點，沈國祥才像幽靈一樣回來，老遠的貝蒂就已聞到丈夫撲鼻的酒氣，心裡像十七個吊桶打水，七上八下的，焦躁的問道：

　　「阿祥，你回來了，工資拿到了嗎？」

　　「嗯，可是——可是，一分也沒有了。」沈國祥嗯了一聲，醉醺醺的說。

　　「怎麼回事？」貝蒂急著問。

　　「只有六百塊，我想贏些回來。沒贏到，還欠了一千塊賭債。」

　　「什麼什麼？你不是說改嗎！手指都切斷了，為什麼又賭呢？一千塊用什麼來還呀？你不想活，還有三個孩子怎麼辦……」貝蒂失望的哭了，哭了一整夜，枕頭濕了大半截，國祥則醉得像死豬。

　　第二天晚上國祥沒回家，第三天晚，第四天都沒回來。貝蒂打電話到餐館，老闆說他根本沒去上班。到了星期天，一個頭髮豎得像刺蝟，滿臉貓鬍鬚，爆眼齜牙的男人來到她家，亮出一張字條，條子上歪歪斜斜的寫著：本人欠朱先生兩千美元正，三天不還款，自願以妻抵債。貝蒂看得眼珠都差點爆出來，賭到輸老婆的地步，真是天大的笑話。但是，在債主面前，理智告訴她必須冷靜，貝蒂心裡在流血，表面上卻說：「這位大爺，你先請回，我先生去活動錢去了，三天之內一定送到府上。你看，要我這醜女人有何用，還有三個要吃要喝的孩子呢……」

　　「哼！孩子！到了我手裡，通通就是錢。」刺蝟頭哼一聲，邪惡的吼。

　　貝蒂知道這種人是惹不起的，嚇得心都快跳出口腔了，外表上卻強裝沒事，一個勁說好話，好不容易總算把債主哄走了。

　　貝蒂打了一個哆嗦，終於平靜下來，她想著丈夫已輸到賣老婆的地步，是不會回來了，和那種賭徒，沒有道理可講，自己的丈夫不爭氣，只能打掉門牙往肚子裡吞，忍痛在心裡。

　　貝蒂輾轉了一夜，慨嘆天命難違，一個沒有正式工作的弱女子，怎麼養活三個孩子呢！走投無路之下，只好忍痛割愛，把襁褓中小女兒送到「救世軍」，帶著一對兒女逃跑。

　　這一逃，十年過去，待貝蒂再次回到洛城，去探視女兒時，牧師說：「當年，沒出一個月，她的小女兒就被一對白人老夫婦收養了。貝蒂找到白人留下的地址，房子早已易主了。四處打聽，毫無女兒的下落，只好求上帝保佑孩子平安長大。但是，心靈深處永遠也無法驅散母親的思念，她常幻想有一天，也許在人潮中能碰到自己的女兒，甚至那該死的老公。

　　南加州，海水蔚藍，帆影點點，風景如畫，真令人心曠神怡。

　　貝蒂故意設計，每天讓沈凡帶路茜單獨出遊，享受愛情的甜蜜和溫馨。

　　時間跑得真快，明天沈凡和路茜就要飛走了，晚餐後，貝蒂從房間裡捧出一個紅色的絲絨盒，打開盒蓋，一對紫紅色的寶石耳環，耀眼奪目。

　　「路茜，這是伯母給你的見面禮，來！我給你戴上。」貝蒂親切的說。

　　「太謝謝伯母了！」路茜邊說邊撩開瀑布般的披肩秀髮，貝蒂將一隻耳環戴在路茜左耳上，然後，路茜轉過頭，撩出右耳，當貝蒂的目光無意中，落在路茜耳根的背後時，霎時，她心裡一驚，耳環差點掉在地上，幸好沈凡手快接住，為路茜戴上。

　　貝蒂在心裡說：「怎麼？路茜的耳背後也有一粒？」她不敢往下想了。

　　靜靜的夜將貝蒂帶進了久遠的回憶：她還記得，護士小姐把孩子交到她手上時說：「沈太太，你的女兒 how pretty（好美）！你看她耳根後還有一粒痣呢！」

　　她記得「救世軍」的牧師娘說：「沈太太，你女兒好漂亮，耳根後還有一粒紅痣，這是神的傑作，上帝會賜福給她的，你放心吧！」

　　貝蒂想著，第一看到路茜，不僅覺得她美，而且好眼熟，原來是像「他」啊！

　　貝蒂肯定路茜就是自己遺棄的小三子了，女兒怎麼可以和兒子戀愛！她必須快刀斬亂麻，告訴沈凡一切，不然後果不堪設想。

　　貝蒂連忙跑到客廳，叫醒熟睡中的兒子，說道：「阿凡，你不可以娶路茜。」

　　「為什麼？為什麼？你不是說只要我喜歡就行嗎？現在為啥變卦？」沈凡不知母親為何出爾反爾，吃驚的問。

　　「因為──因為──她就是你的小妹妹。」貝蒂肯定的說。

　　「媽，你半夜不睡覺，有沒有搞錯！路茜怎麼可能是小妹妹呢？」沈凡愕然的說。

　　「阿凡，我給路茜戴耳環時，發現她右耳背後有一粒紅色的和小三子同樣的痣，所以手抖得連耳環都拿不穩了。她的眼神和模樣都酷似你爹。當年你爸確是個美男子，可惜誤入歧途，成了賭鬼。逃跑時我怕債主追來，連他的照片也沒留下一張，不然你對照一下照片就明白了。」

　　在沈凡的記憶裡，父親早已無影無蹤。路茜就是妹妹，當然是好事。可是愛情呢！卻成了竹籃打水，一場空。沈凡無法睡覺了，整個人彷彿一下子變成了空皮囊，不知該如何面對現實。

「阿凡，說心裡話，我盼望小三子回家。但是，我更希望的是你早日成親。路茜和你郎才女貌，本是天造的一對，地設的一雙，我恨不得今天就為你們辦喜事。可是，現在路茜的養父母和牧師夫婦都不在世了，弄不清她的身世。痣和相貌就是證據，忍痛割愛吧！不管她是不是小三子，都當她妹妹了，戀愛趕快煞車……」

「媽，你不要說了，現在科學發達，我們可以弄清楚的。」沈凡知道要證實並不難，但是他太愛路茜了，好怕命運棒打鴛鴦，腦子頓時像撕裂般的疼痛。

愛情有時真像春蠶作繭，深深自縛的。高高興興回家，卻演出了如此尷尬的血疑插曲。沈凡不想叫路茜一下子遭受精神打擊，表面上仍然裝得若無其事，只是再也不敢碰路茜的肌膚一下了。

路茜不知做過多少次夢，躺在生母溫馨的懷裡。但她得知沈凡原是自己哥哥，卻傷心的哭了。哭命運捉弄人，哭好事不能兩全。

沈凡雙手像篩糠似的顫抖著，撤開從醫院寄來的化驗報告。報告在他們的血緣關係欄，清楚的寫著 NO（沒有）。

「哇！感謝上帝！原來一場虛驚哦！」沈凡像百米運動健將奔跑到路茜的辦公室報喜。他恨不得向全世界宣布，永遠永遠愛路茜！

一場血疑案結束了，沈凡和路茜的愛，循著生命的軌跡快樂前進！

項鏈

　　月已升到中天，灑落一窗的銀光，屋內的掛鐘按部就班的走著，蠶食著夜的時光。余傑里在床上輾轉，怎麼也不能入眠，耐瑞醫生的話又在他耳邊迴漾。

　　「傑里先生，你的病已經痊癒了。不過，我行醫這麼多年，在我診治的病人中，可說還沒有這樣的先例。說心裡話，我也不相信這是真的。但是，這是無可推翻的事實，因為你體內的癌細胞，就像狡猾的作案犯，乒乒乓乓幹了一陣壞事，逃之夭夭，影子都找不到了。」耐瑞大夫操著生硬的國語，比手劃腳地說。

　　耐瑞是位資深的專科醫生，八個月前，傑里小便出血，經他認真檢查，證明患了前列腺癌。耐瑞判斷，如果不及時動手術，一定活不到多少日子。但是，傑里說有病已夠痛苦，再挨一刀，是痛上加痛。一個單身老人，又沒有多少錢，動了手術，請不起人照顧。如住進老人院，每天面對著黃泉路上的同路人，病不死也會嚇死。反正已得了不治之症，活一天算一天，生死聽天由命，刀，一定不開。

　　有人說，醫生是病人的救星，碰到傑里這樣不怕死的硬漢，耐瑞也愛莫能助，只好依病人的要求，用藥物治療，真是死馬當活馬醫。沒想到會出現驚人的奇蹟。耐瑞肯定自己對病情判斷不會有錯誤；也不相信藥物有那麼大的神功。他認為世界上很多事是說不清楚的，只能用「奇蹟」兩個字來解釋。

201

　　生命與死神拔河，得勝的竟是自己，傑里的心情簡直比當年「溥儀」皇帝被特赦還要激動。在醫院，他真的是大姑娘坐花轎——有生以來頭一回，學洋人的禮節，擁抱耐瑞醫生，連聲說了十幾次「Thank you very much」。要不是在洋人面前，不好意思，他一定會叩頭拜謝。但是，回到家，面對名譽上的妻子，年輕的翠華，傑里的情緒一下子冷卻了，不知下一步該怎麼辦？這是為什麼呢？

　　時間回到八個月前，那天，好友朱貴請傑里吃晚飯。朱太太王月，一手的好廚藝，做了滿桌的美味佳餚，三人吃著談著，高興時喝起酒來。

　　飯後，傑里回到公寓，不知為甚麼老是想上廁所，卻又尿不出來。到第二天，咳嗽一聲就會尿褲子。第三天情況更嚴重，小便已帶血。到醫院檢查的結果，竟是怕人的癌症。

　　得悉傑里患癌症，朱貴夫婦如雷轟頂，一陣驚愕。雖然他們明明知道，生癌症本是冰凍三尺，並非一日之寒，但是，總覺得那餐晚飯是導火線，非常懊悔。

　　朱貴夫婦是傑里的老朋友，剛來美國時三人在同一家餐館打工。開始，王月那「丘比特」的箭是射向傑里的，只因傑里說：他的心已被亡妻帶走了，不再娶了。王月才轉移目標，嫁給朱貴。愛情無緣，友情仍在。王月視傑里為兄，朱貴也當傑里是妻子的娘家人。癌症雖然生在傑里身上，有如痛在朱貴夫婦身上，真不知如何是好。

　　那天，王月從市場回來，一跨進門就說：「阿貴，我有了。」

　　朱貴吃驚的問：「有了啥？六十幾歲的人了，還會生個公民出來做美國總統嗎？說不定是怪胎哦！」

　　「你這人真是，傑里病人無人照顧，我都急死了，你還有精神開玩笑。」

「誰和你開玩笑，懷老大老二你不都是這樣報喜的嗎？」

「好了，好了，別再廢話，你看這報紙上說，現在有些業者，利用患絕症的人，為人類作最後的貢獻，以婚姻名義辦理移民……」王月將報紙遞給丈夫。

朱貴接過報紙，一目十行看完後說道：「這上面人家在批評呢，你還拿它當什麼寶。啊！你剛才說有了甚麼？」

「就是這個幫助傑里的好辦法呀！他不肯進老人院，家裡連個端茶送水的人都沒有，不是等死嗎！正好何姨的女兒想來美國，她大學的門都沒進過，怎考『托福』。就照報上說的辦法，翠華能出來，傑里也有人照顧，不是很好嗎？」

「這是犯法的事呢！恐怕不好辦吧！」朱貴顧慮的說。

「犯什麼法！婚姻路上，只有起點，又沒有規定老夫不能娶少妻，只要當事人雙方願意，誰也管不著的。」

「傑里是快入土的人，這樣對翠華公平嗎？」

「又不是來真的，有什麼公平不公平，就這麼辦。你負責說服傑里，我負責聯絡婚姻介紹所，何姨那邊，我敢擔保。」王月自信的說。

「這事怎麼還要驚動婚姻介紹所呢？」朱貴不解的問。

「你有所不知，要辦得快，必須內行才行。你不是說怕犯法嗎！這就叫花錢消災，懂嗎？」王月爽朗的說。

朱貴夫婦慷慨解囊，一千塊手續費，一張機票，所有手續很快OK。不到三個月，翠華順利來到洛杉磯。

翠華高中畢業，年方三十，眼睛不大，鼻子不高，一張抱歉型的臉蛋，下了崗在街頭巷尾擦皮鞋的女孩子，小伙子的目光自然不會發善心，掃瞄她。翠華自己說：「王阿姨既然肯幫這個忙，反正陪老先生也沒有多少日子，只是名譽上難聽點。名譽對當官的有益處，

對我們小老百姓來說，都是鏡中的花，水中的月影！虛幻不可靠的。只要能跨出國門，以後老伯走了，哪怕在美國仍擦皮鞋，也能賺幾百美金。不但能養活自己，還有多餘的錢寄回家，有什麼不好。」

時間如大江滾滾東流，轉瞬翠華和傑里在同一屋簷下已生活四個多月了。翠華是個外表不美心靈美的姑娘。四個多月來，她精心料理傑里的生活起居：陪他上醫院，逛公園，講故事，讀報紙……漸漸的傑里忘了病痛，尿中的血也看不見了，癌症消除當然少不了翠華的功勞。

傑里想著：翠華的臨時綠卡還沒拿到手，持臨時綠卡兩年才可以申請正式綠卡，並且要查核是否有共同的帳戶，共同生活……等資料來證明男女雙方是否真實的夫妻關係。原以為到時候自己歸天了，什麼事都可以按理成章通過。現在沒病，死不了，反而麻煩來了。翠華在這裡白白等幾年浪費青春，沒有真正的夫妻關係，到時候移民局那一關怎麼能通得過呢？左思右想，解鈴必須繫鈴人，還是找王月商量，也許她有什麼好點子。

天亮了，東方升起了紅霞，門縫裡飄進來小籠包撲鼻的香氣。傑里披衣起床，走進廚房，伸了個驚天動地的懶腰，說道：「翠華，起這麼早，又做小籠包啦！看你，都把我養成個大肥豬了哦！」

「傑里伯，你真會說笑話，準備好早餐熱在電飯鍋裡，等會回來就不用忙了。」翠華興奮的說。

「我們今天不去散步，等會到王阿姨家串門子。」

「太好了！」翠華興奮的說。

自從傑里患病，總是朱貴夫婦來探病，傑里再也沒有去過王月家。每次王月來，聽到翠華左一個傑里伯右一個傑里伯的叫，總是提醒她要叫名字，提防移民局查戶口。翠華當時說知道了，不過半天又忘了。

　　翠華聽說要拜訪王阿姨，心理很高興，也感覺到傑里好像不大像個癌症病人了，猜想他一定有什麼事。

　　早飯後，翠華說：「傑里伯，你等等，我去梳洗一下就走。」

　　人說佛要金裝，人要衣裝。翠華一打扮，那張平淡不吸引人注視的臉，也顯得生動嫵媚了些。

　　翠華手裡拿著一條項鏈，走到傑里面前說：「阿伯，我好笨啊！想掛條項鏈，可是這扣怎麼也打不開，你幫幫我好嗎？」

　　傑里接過項鏈，霎時，整個人觸了電似的，像根木棍，僵在那裡愣了好一會，才顫抖著結結巴巴的問：「翠——翠——翠華，你——你——你這東西是——是哪裡來的？」翠華見傑里表情怪異，以為他懷疑自己的項鏈來路不明，連忙申明說：「這鏈子是出國時奶奶送給我的。奶奶說她老啦，恐怕再也見不到我了，項鏈是她的結婚紀念物，墜子上還有奶奶和爺爺的照片。奶奶還說，讓項鏈掛在我的脖子上保平安。這麼珍貴的禮物，我好怕弄丟了，只是想奶奶的時候拿出來看看，今天是第一次掛它……」

　　「項鏈是你奶奶的？她在哪裡？叫什麼名字？……」傑里像爆芝麻似的連聲問。

　　「奶奶在家呀！她叫丁梅芳，你認識我奶奶嗎？」看著傑里的表情一百八十度的大轉彎，翠華詫異的問。

　　「不可能！不可能！不可能！……梅芳已經死了。」傑里連說了多少個不可能，還堅決肯定翠華的奶奶已死了。

　　這下輪到翠華發呆了，愣了好一陣子說：「傑里伯，我奶奶活得好好的，你為什麼說她死了呢？」

　　「翠華，這項鏈是我買的，小相是我們的結婚照，梅芳確實死了。」傑里仍很肯定的說。

「我的奶奶死了？到底是怎麼回事，快告訴我呀！」翠華急著問，她雙眼死盯著傑里，想找出他是爺爺的證據。

翠華的追問將傑里帶回久遠的記憶，他向翠華述說著那段可怕的經歷。

抗戰勝利的第一個春天，在戰亂中傑里帶著新婚的妻子流亡了三年，經歷了千辛萬苦，又輾轉回到上海。可是，老家的兩間小房子已百孔千瘡，寡母和姊姊已亡於戰亂，連屍骨在何處也不知道。梅芳的家鄉，戰亂加水患也是家破人亡。兩人只好互相勸慰，動手修補小屋棲身。

那個春天的上海，毫無暖意。日本雖然投降了，國共雙方卻磨刀霍霍，內戰的槍聲已響。上海貨幣的價值劇烈降落，物價飛漲。人們對戰爭已害了恐懼症，市場上擠滿了拍賣衣物的人和難民。有錢的人早已飛走，像傑里這樣的小市民，只好雙雙擠在搪瓷廠做工糊口。

四月到五月，上海戰鬥激烈，搪瓷廠決定南遷。老闆說願意和工廠共存亡的，可以安排南下。傑里和梅芳覺得留在上海已毫無生機，決定賣掉小房子，跟老闆走。

五月十六日他們接到通知，十八日下午一時上火車，每人最多只准帶兩件隨身行李。十七日天剛微明，梅芳趕到市場，處理不能帶走，還可以換點錢的衣物用品，傑里則留在家裡收拾行囊，和接待房子的新主人。

中午，梅芳從市場回家，碰到巷戰，一座古舊的房子倒塌，當場壓死了很多人，其中也有梅芳。傑里聞訊趕到出事地點，只見梅芳的半個身子仍壓在瓦礫堆中，臉色蒼白如紙，嘴角上還有血跡，心臟已停止跳動，傑里哭成了淚人。清場的救護人員說：「不要哭

了，這年頭死人如同死隻雞，還不趕快把屍首領回家，等會再打起來，連你也要賠上命了。」

傑里想著，妻子已去了，留著自己還有何意義。但是，不能讓愛妻曝屍街頭。他擦乾淚水，僱來板車，連夜將梅芳的遺體運到蘇州郊外，向表哥求一塊地安葬。

傑里不明白人世間為什麼有這樣殘酷的告別，他守著亡妻嚎哭，已無力再逃了。

「傑里，人死不能復生，哭有何用！我們這裡也不是安全之地，上海這麼亂，你的房子已賣了，工廠搬走了，還是到南方去吧！那裡安全些。芳妹交給我們，一定替你料理得妥妥當當。」表哥勸說。

傑里陪著妻子的遺體，哭了一整夜，第二天，在萬般無奈下把梅芳的身後事託付給表哥，回到上海。

飛馳的列車嗚嗚的長鳴，伴著傑里的抽泣南行。在廣州住了三天，老闆吩咐他們上船，傑里就這樣糊裡糊塗到了台灣，以後又隨著移民潮湧進了美國。中美建交後，傑里曾多次去信蘇州找表哥，可是，每封信到中國去旅遊了幾個月，回來時，膠紙還是封在後門口，證明無人拆過，信封上只是多了「查無此人」幾個大字。聽到此，翠華的腦袋一下子懵了。家中的奶奶難道是假的？傑里就是自己的爺爺嗎？還有，傑里提到的那個表哥，怎麼失蹤了呢？想到自己和爺爺有「紙頭夫妻」的婚約，一時真無地自容了。

這是一件沒有法官，也沒有律師的官司，誰來判決呢——翠華想，只有奶奶和傑里兩個當事人，面對面才能說清楚了。如果家裡的奶奶不是假的，她就能像耶穌，是從死裡復活的。

越洋電話裡，傑里和梅芳喜極而泣。他們的故事，應了東坡詞說的：「人有悲歡離合，月有陰晴圓缺，此事古難全，但願人長久，千里共嬋娟。」

　　翠華摟著傑里的脖子叫道：「爺爺！爺爺！……」

　　傑里應著。嘴裡喃喃道：「阿華，這不是夢吧！」

＊　　　　＊　　　　＊

　　暮春的洛杉磯，仍屬於鳥語花香，萬紫千紅的季節。機場裡，大型東方客機的肚子裡，吐出來自彼岸的一簇簇客人。

　　傑里引頸張望，心激動得像隻小鹿似的要跳出胸膛。妻子還活著，分離半個多世紀，又有重逢的一天，是做夢也沒想過的。

　　「爺爺，你能認得出奶奶嗎？」翠華像老師考學生似的問。

　　「一定認得的。」傑里肯定的說。

　　「是看奶奶的照片吧！」

　　「不，人再老也會和本來面目掛上號的。在我心中已畫出她現在的模樣了。」

　　梅芳身著淡紫色套裝，加工過的捲髮蓬鬆在頭上，滿臉皺紋像湖水似的被春風吹開了，也許是太興奮吧！兩頰泛起了紅潤，看上去比她七十七歲的實際年齡年輕很多。

　　「翠華，你看，奶奶出來了。」傑里指著出口處人群中的梅芳說。

　　「爺爺，你真棒，奶奶打扮得那麼時髦，我都差點認不出來了。」翠華讚道。

　　「阿芳！阿芳！阿芳……」傑里邊喊邊撥開人群，伸出雙臂，緊緊的擁住了妻子。

　　「阿傑，這不是夢吧！」梅芳淚眼朦朧的端詳著丈夫，夢囈般的說。

　　「阿芳，不是夢，這是真真實實的美國。」傑里安慰著妻子。

　　兩位老人不顧眾目睽睽，互相擁著、哭著、說著。這種難忘的時刻，是讓人高興，也心酸的。翠華為了不打擾他們，故意避開了。

　　也不知過了多久，傑里的手才慢慢鬆開，問道：「家裡人都好嗎？」

　　「好，好，好！」梅芳連聲說。

　　「阿望兒說，翠華在你這裡，怎麼沒看到她？」

　　「你看，那是誰！」傑里指著正迎過來的翠華說。

　　「奶奶，好想你啊！」傑里的話音未落，翠華已撲到了奶奶的懷裡。

　　梅芳吻著翠華的頭髮、額頭說道：「心肝寶貝，沒有想到奶奶還會見到你嘓！是上帝不忍心分開我們祖孫吧！」

　　「奶奶，現在我邊學英文邊做工賺錢，可以好好孝敬爺爺奶奶了。」

　　翠華慎重的從手袋裡拿出一個大紅絲絨禮盒，打開盒蓋，取出項鏈交給傑里，說道：「這是你們的結婚禮物，今天，慶祝你們在他鄉團聚，物歸原主。爺爺，你給奶奶掛上吧！」接著翠華又從另一個禮盒拿出兩只戒子，說道：「這是爸叫買的，代表爸媽，小弟和我的心願：慶賀爺爺奶奶，第二次結婚，祝你們在異國，百年好合！壽比南山！」

　　兩位老人眼裡滾著熱淚，互相戴戒子，然後，咯咯的笑了。

　　翠華駕車，車輪有節奏的響聲，像音樂般伴著梅芳述說那個神奇久遠的故事……

　　那年，傑里走後，表哥請來道士為梅芳做道場。正好一個遊鄉郎中到此，表哥請他進屋吃齋飯。郎中順手揭開梅芳的面紙，他一愣說道：「唉！為何給活人辦喪事？」

　　「什麼？人都死三天了，何謂是活人？」表哥反問。

郎中二話沒說，從囊中取出銀針，對準梅芳的命門猛刺。梅芳的腳一縮，睜開了眼睛。

「你們看，活人吧！」郎中大聲說。表哥傻眼了，千謝萬謝，吩咐妻子料理紅包，郎中卻連聲說：「救人一命，勝造七級浮屠，不用，不用。」然後快步如飛的走了。

梅芳活過來後，住在表哥家，過了七個月生下兒子。因得不到傑里半點消息，兒子只好寄給表哥，取名顧守望。表哥說這名字的含義是守望生父歸來。

守望三歲後，梅芳和表哥嫂搬到上海浦東定居，後來三人都當了工人，日子過得很溫馨。可是，不久，表哥嫂都病故了，沒有留下一男半女，真遺憾。

車到家了，雖然只是很普通的公寓，梅芳感到無比舒適，尤其夫妻重逢，她彷彿覺得整個人都像掉進了醇酒缸裡，真的醉了

月牙兒高掛在蒼茫的夜空，光輝極為柔和。傑里和梅芳經歷了半個多世紀的分離，又同床共枕了。他們相擁著、纏綿著，重溫年輕時的舊愛。時間可以吞食歲月，卻吞食不掉人們無瑕疵的真愛！傑里和梅芳的生命之舟，又開始了新的航程！

滾滾長江

滾滾長江東逝水，浪花淘盡英雄；
是非成敗轉頭空，青山依舊在，幾度夕陽紅。

一

滾滾奔騰的長江，在酷熱的烈日下，像巨龍一般的怒吼著。三洲鄉孫萬國鄉長，坐在死守了整整四十個日日夜夜的大堤上，望著堤下在微風中搖曳，沒有盡頭的稻穀發楞。

已經二十四個小時過去了，萬國吃不下飯，睡不著覺。自從昨天下午，縣裡負責保衛大堤的總指揮、公安局長劉崇告訴他：省防洪總指揮部，緊鑼密鼓，正在研究準備人工爆破大堤，把長江的洪水引入圍垸。

這晴天霹靂，使孫萬國一下懵了。他想，保不住大堤，怪自己沒能耐，而今，大堤安然無恙，怎能自己親手去破壞呢？

堤下圍垸有十幾萬畝良田，近六萬人口。那土地是生他養他的地方，那村民是與他血肉相連的鄉親，他怎麼忍心看到良田被淹沒，村民流離失所？

恍惚中，他似乎聽到了村民們拋家離園的哀哭，牲口垂死的嘶叫。看著大堤上，村民們自動送過來裝滿了石沙的幾千個編織袋，他的眼睛濕了，淚水完全不聽指揮的，從眼眶裡滾落出來。耳裡迴蕩著村民們的豪言壯語：

「孫鄉長，有我們在，大堤在，誓死保衛家園，與大堤共存亡……」

孫萬國自問：放棄大堤、圍垸，村民們會答應嗎？「與大堤共存亡！」既不是一句口號，而是村民們與「洪魔」死戰的決心。

十八個年頭過去了，洪水不知多少次威脅過大堤，勇敢的村民們一次次都讓洪水低頭。如今要人為的去破壞他們用血肉身軀築成的大堤，群眾會採取什麼樣的行動呢？他不能預料未來，甚至幻想著村民們與挖堤幹警拚搏的情景或也許自己成為憤怒群眾的「砲灰」……

洪水像猛獸，命令如山倒，萬國知道。如果老天爺不發善心，停止下雨，降低水位，上級的決定是不可能改變的。自己應該怎麼辦呢？是做村民的尾巴，還是堅決執行上級的決定？無疑，只能站在上級一邊。在過去的歲月中，自己曾是村民們的旗手，保衛大堤的指揮者。現在，要調過頭去，和鄉親們唱對台戲，而且拿他們的生命財產作賭本，親手去挖斷大堤，引洪水吞食家園，他怎麼辦？又怎忍心去做？

萬國對自己吶喊：「我孫萬國不配做鄉長，我不要挖斷大堤，我絕不做毀家滅園的『劊子手』，我寧可丟官，也要去找上級說說理，反對破壞堤壩，引洪水入圍！」

孫萬國從大堤上彈跳起來，向堤外奔跑，他要去找縣長、找省抗洪指揮部。

二

「孫鄉長，跑得這麼快，要去哪裡？」迎面問話的是公安局長，縣裡抗洪指揮部的劉崇指揮。他阻擋了孫萬國的去路，氣喘噓噓的問。

　　「劉局長，怎麼樣，大堤能保嗎？」萬國沒有回答劉崇的問話，而急著問。因為劉崇是到省裡參加抗洪緊急會的，他盼望能聽到不放棄大堤的好消息。「時間緊迫，我們邊走邊談吧。」劉崇不經萬國同意，拉著他的手就往回走。

　　萬國對劉指揮的舉動，抱著一線希望，邊跟著他往回走又迫不及待的問：「大堤能保嗎？」

　　劉崇的雙腳雖移動得快，嘴上卻是雞毛敲鼓「沒回音」，急出了萬國一身的大汗。

　　走了好一陣，劉崇才說：「孫鄉長，我們是多年的朋友了，眼下，『洪魔』又把我們推進了同一個戰壕；身為抗洪救災的指揮幹部，我們不能和政府和全局有半點離心的行動，你說是不是？」劉崇兜著遠圈子說。

　　「老兄，這還用說嗎！今天你是怎麼啦，婆婆媽媽的，快告訴我上級的決定呀！」萬國催促說。

　　「上級的決定是帶板凳坐車呀！」劉崇打了一個比喻說。

　　「怎講？」萬國一時沒有會意過來，問道。

　　「這叫長遠之計。眼下武漢三鎮告急，長江幹堤，沿江城鎮鄉村如履薄冰，上級決定放棄我縣的大堤，分洪入圍垸。」

　　「你是說總指揮部已決定炸掉堤壩？」萬國打斷劉崇的話問。

　　「是的。國家國家，有國才有家。我們的家都在圍垸，但必須放棄。明天中午十二點就要排水，現在離炸堤時間不到二十小時了，我們要盡快疏散村民。增援的解放軍和車輛船隻很快就到了，必須火速行動。」劉崇的話雖很傷感，卻表現出軍人的果決。

　　「不能再向總指揮部懇求，改變決定嗎？」萬國哀求著問。

　　「做父母的要把心愛的獨生兒子送上戰場，那是迫不得已的事。眾多的水利專家日夜奮戰，巡查研究災情，如果不是走投無路，是絕不會出此下策的。」劉崇感慨地說。

　　「我們能保住大堤，其他地段為什麼不能保住？我們組織『敢死隊』去支援危險區。走！我們去找縣長、找省長，不要放棄這裡的田園村莊……」萬國激動的說。

<h1 style="text-align:center">三</h1>

　　「不要去找，我來了。」兩人正說著，一位身材高大、頭帶草帽、身穿粗灰布衣，腳穿解放鞋的山東大漢來到他們中間接話。來人正是房克全縣長。

　　「房縣長，我們能保住大堤，沿江軍民那麼多為什麼保不住？長江那麼多水，我們圍垸也儲不了多少呀！牛犢拉大車，車拉不動，牛犢反會累死的。」孫萬國聲音顫抖，與其說是懇求，還不如說是在抗議。

　　「對，賠上這十多萬畝土地，也許仍不能收服發瘋的『蛟龍』。但是，多少能降低下游的壓力。現在長江幹堤已在水中泡四十多天了，沿江像樣的垸子差不多都水滿為患，證明它已再無法負荷。如果這裡的大堤放棄後，險情仍不能緩解，就只能荊江分洪，那損失就更大了。」房縣長雖在充當說客，所表達出來的情感，更多是無奈。

　　「再也沒有保住大堤的希望了嗎？」萬國沮喪的問。

　　「在指揮部召開的緊急會上，我和你扮的是同樣的角色，也反對炸掉大堤。可是，最後我服從了。朱總理在九江大堤閘口檢查災情，當數千名搶險戰士齊喊，有決心賭注決口時，朱總理感動得雙

手抱拳作揖，流下淚來。一國之總理，身體力行，如此與人民心連心，我們還怕什麼困難呢？孫鄉長，你是村民們愛戴的好幹部，這關鍵時刻，望你作群羊的好帶頭羊。眼下，時間貴如金，不要再多想了，火速動員村民們疏散到安全的地方。」

孫萬國啞然了，全身像被泰山重壓，喘不過氣來，他又落淚了。人們說男兒有淚不輕彈，只是未到傷心處。放棄大堤，是毀家滅園的事，他又怎能不傷感呢？

「孫鄉長，不要太難過了，村民們會理解我們的。」房縣長拍著萬國的肩膀說。

「時間不多了，緊急動員村民疏散，能帶走的東西盡量帶走，減少損失。」房縣長看了一下腕錶說道。

這是命令，破堤戰鬥的序幕就這樣拉開了。

四

長江在咆哮，放棄大堤的消息傳開，幾萬村民一下子沸騰了。不少人不理解上級的決策，拒絕離開家園，以「死」和抗洪幹警對抗。

一些喪失理智的群眾，手執鐵鍬、鋤頭，肩扛沙袋，浩浩蕩蕩湧向大堤。

「我們與大堤同生死，共命運，絕不離開，誰敢動大堤一鍬土，我們就和他拚了。」村民們怒吼道。

「天下哪有這種事，自己挖堤淹自己。」

喊聲一浪高過一浪，此起彼伏。

公安幹警們自動築成人牆，把抗洪的指揮幹部們包圍在中間。外面的村民越來越多，裡三層外三層，到了白熱化程度。

房縣長撥開人群，來到村民中間。

他高聲喊：「鄉親們，大家靜下來，聽我說幾句話。」

群眾的喊聲由高到低，漸漸地小了。

房縣長說：「如果我的身體能擋住洪水的話，你們可以馬上把我丟到江中。一人的生命能換取眾多人幸福，捨身是值得的。但是，目前長江發『瘋』了，沿江大堤、沿江城鎮鄉村告急，放棄我縣部份大堤，分水入圍垸，是上級的決定，必須服從。有遠慮，才無近憂。鄉親們，你們中年長的可能不知道經歷過多少次天災人禍了，請你們回想一下，有那一個朝代在大災過後，會賠償你們的損失呢？災年那妻離子散、民不聊生、屍骨遍野的慘狀，大家不會忘記吧？」

說到這裡，人群中傳來了抽泣聲。

房縣長繼續說：「我知道離開故土家園是傷心痛苦的事，但這是無可奈何的事。不過，我可以向你們保證，政府會賠償你們所損失的糧食、房屋、牲畜……等等」

房縣長的話高亢有力，一點都不含糊，人們開始平靜了。

「賠！你拿什麼賠，到時候，你們當官的恐怕人影都找不到！」突然，人群中不知誰這麼叫了幾聲。人們像大熱天的乾柴，見了火星子，又燃燒起來了。

「你有本事去扒別處的堤！」

「你是出賣我們的昏官！」

罵聲、喊聲混成一片。

公安幹警見形勢危險，撥開一條路，圍住了房縣長和其他幹部。有些喪失理智的村民甚至用鐵鍬、木棍打公安幹警，但始終沒有人還手。

孫萬國再也不可緘默其口了，他雙手抹著淚，顫聲說：「鄉親們，我萬國是喝圍垸裡的水、吃圍子裡的糧長大的。我家的樓房是

216

全家人辛辛苦苦、勒緊腰帶積下來的錢建造起來的，其中還有娘一輩子織魚網的每一角、每一分錢。我的心情和你們一樣，怎捨得讓它沖走呢！圍垸有你們的家，也有我的家呀！但是，我們要以大局為重，相信政府。不要磨時間了，趕快回去收拾東西吧！」

「別聽他胡說八道，當官的是一鼻孔出氣的，到時候他們還不是近水樓台先得月，發國難財的見得還少嗎？」有人又在搧陰風。

「不要聽他的，他是個沒脊樑骨的鄉長。」有人在火上加油。

幾個憤怒的鄉民，推倒戰士，衝到孫萬國面前，二話不說，捉住他的衣襟，狠狠甩過去，萬國四腳朝天的跌倒在堤上。

「不要拿我們本地人出氣，叫那個縣太爺答應我們的條件。」有人又在出點子。

孫萬國艱難地支起疼痛的身子，說道：「鄉親們，我確實是個不稱職的鄉長，從現在起我就不當鄉長了。不過，是我帶頭動員你們撤離，我有責任為你們重建家園。洪水退後，政府撥下來的救災物資和經費，我保證逐戶送到家。如果違背諾言，你們隨時都可以掀了我的屋頂……」

「孫鄉長，我們有氣，所以剛才——」

「我理解，別放在心上。」萬國打斷話。

遠處，傳來了汽車的喇叭聲。

劉崇說：「鄉親們，破堤排洪是上級的決策，除老天爺誰都不可違抗的，快回去搬家吧。不然就來不及了……」

村民們個個鐵青的臉上，汗水和淚水奔流著，無奈的向快要宣佈死刑的圍垸走去。

孫萬國這條七尺鋼鐵硬漢，彷彿經歷一個世紀的痛苦和折磨。他的眼窩更深陷了下去，本來就有點兒高的面骨更突了。亂蓬蓬的頭髮壓在已曬得像混血黑人的額頭上，面色毫無表情。

夜已很深了，大堤上，圍垸內燈火通明，反對破堤的村民，走了一批又來一批。抗洪的幹警們說乾了喉嚨，說破了嘴皮。

五

天亮了，遠眺上游，烏雲翻滾，不用說，又是一夜豪雨。長江在奔騰，一夜間水位升高到三十八點一六米，超過警戒水位三米六四。

圍垸內，女人哭、孩子叫、牲口吼、汽車喇叭響，一派戰場上敗退的情景。

「孫鄉長，回家去料理一下吧。」房縣長關心的說。

「就叫我萬國吧。別叫我鄉長，我已當眾辭職了。家裡秀雲和娘會安排妥當的，我還是留在這裡好，擔心──」萬國本想說，擔心還有村民來鬧事，他把到了嘴邊的話硬吞了回去。

「辭職，這是你一廂情願的事，我這個當縣長的還沒舉手呢。常委們能通過嗎？不過，重建家園倒是真的需要幾把關心群眾的好手。過去，也許我們放的空砲太多了，群眾不相信我們。人們常說：『一朝被蛇咬，十年怕草繩。』所以我們許下的願必須兌現。」房縣長和萬國在大堤上走著談著。

時間永不歇腳，快到正午了，酷熱的陽光照射在波濤起伏的江面上大堤上。堤下；黃澄澄的稻殼沒有盡頭，它們怎麼知道霎時就要大難臨頭呢？

每個人的心都在猛跳。解放軍、公安幹警，過去是為保衛人民的生命財產而戰，現在卻要去親手挖開大堤，讓良田變成澤國。他們心不忍，但是，此刻只有堅決執行命令的義務。而沒有討價還價的餘地。

官兵們來自五湖四海，有的人家裡也受災。一張娃娃臉的朱小三，前天接到家信，家鄉被水淹了，八歲的小妹被洪水沖走，屍體都沒有找到。

官兵們緊握武器的手，現在握著鐵鍬、鋤頭，嚴陣以待。

十二點到了，大堤挖開了一條缺口。一些村民又湧上大堤，有的奪了戰士手中的工具，有的把挖堤的幹警推倒。

一位白髮蒼蒼的老太太，撥開人群，雙腳一伸躺倒在挖開的缺口上，不讓幹警的鐵鍬再落地。有的村民認得出，那是孫鄉長的母親。

孫萬國見狀，飛快奔跑到母親面前，一頭跪下，淚流滿面的說：「娘，我們好不容易才說服了村民，你怎麼可以這樣做呢。從小，你教育我要聽黨的話，現在抗洪搶險是中南海最高領導在親自指揮，你不能做傻事，遺臭萬年啦。快起來，不要妨礙執行上級的命令。」

孫老太太緊閉雙眼罵道：「走開，你這沒有用的東西，大堤都保不住，不要叫我娘……」

孫媽媽是游擊隊員，她是天不怕地不怕的。聽說兒子帶頭挖堤引洪水入垸，氣昏了，以死對抗。

「娘，你起來呀，起來呀，」萬國搖喊著，想抱她，孫媽媽狠狠一巴掌，打得萬國兩眼冒金星。

「這老太婆破壞抗洪，把她綁起來。」幹警中不認識老太太的年輕人喊。

「不可莽動。」房縣長大聲說。

「時間已過了，怎麼辦？」又有人問。

「耐心說服，不允許發生衝突和任何意外。」房縣長命令道。

　　「房縣長，指揮部來電話，要你親自去接聽。」一位執勤警衛跑來告訴。

　　「知道了，你回話，我馬上打回去。」房縣長說，他隨手拿起手提電話，按下了一串數字。

　　房縣長簡單的彙報了堤上的情況。

　　總指揮部再三強調：「既要完成分洪任務，又不可造成不必要的損失。千方百計，排除萬難，三點鐘之前一定要破堤排水。」

　　「克全知道了，堅決完成任務。」房縣長發誓說。

　　「你們都聽見，姓房的出賣我們，向上頭領功。我們跟他拚了，他能完成『屁個』任務。」又有人唯恐天下不亂，冷言冷語引火。

　　「鄉親們，武漢告急，必須盡快破堤排水，你們退下。」劉局長和一些解放軍、公安幹警手拉著手，壓迫村民步步後退。

六

　　正在緊張時刻，一輛軍用摩托車風馳電掣般來到大堤上。車上的年輕軍人一跳下車就問：「孫萬國伯伯在此嗎？」

　　萬國起身迎過來說：「我就是，有何事？」

　　年輕軍人伸出雙手客氣道：「孫伯伯，你好，我叫葛華，孫明海是我們的副連長。」

　　「這裡鬧哄哄的，天氣又熱，請到哨棚裡面坐。」萬國聽到是兒子部隊來的，猜不透什麼事。

　　「不用客氣，這信是團部叫我送來的，孫副連長在抗洪搶險中——」葛華將一個文件袋交給孫萬國，他本想說的話只說了一半，突然剎住了。

　　孫萬國接過信袋，抽出裡面的公文紙，一目十行。突然，他的雙手像篩糠似的顫抖，淚水漱漱奔流，嘴裡喃喃道：「海兒他，海兒他──他他他⋯⋯」萬國泣不成聲。

　　「海兒他怎麼了？」房縣長從萬國手上奪過公文，急著問。

　　「朱總理還在九江，海兒是好樣的，你們全家都去送他一程吧。」房縣長含著淚說。

　　孫萬國痛苦的抽泣著說：「人死已不能復生了，讓阿雲和小明先去吧。村民們這麼衝動，還有我娘，我不能離開這裡⋯⋯」

　　孫媽媽微睜一下眼皮，見人們圍著萬國，本以為自己這一招感動了縣官，大堤可以不挖了。側耳細聽，兒子在哭。她猜想，難道縣長在拿萬國興師問罪嗎？為了村民，害得兒子耗子鑽風廂，兩頭受氣，她有點後悔了。正想著怎樣找台階下，從缺口上爬起來。忽然，好像聽到有人說海兒死了。

　　孫媽媽像被電觸一般，一個翻身坐起來，忙問：「你們在說什麼？海兒他──他他他怎麼了？」

　　海兒是孫萬國的大兒子，孫媽媽的心肝寶貝，現在在某部當副連長。

　　大家你望我，我望你，沒有人敢告訴孫媽媽真相，空氣彷彿凝固了。

　　停了好一陣，房縣長才說：「孫媽媽，你的孫子，為抗洪獻出了自己的生命，是好樣的。」

　　這是晴天驚雷，一下子把老人家的頭都震昏了。

　　她哭喊著：「海兒不會死，海兒不會死。海兒會回來，海兒會回來⋯⋯」

　　萬國的妻子和小兒子也趕來了，全家人哭成了淚人，村民們、幹警們你一言我一語，都在勸說。

221

「王團長，請派一部車，盡快送他們全家去部隊。」房縣長對來支援他的砲兵團長說。

「好，就用我坐的車好了。」王團長答得乾脆。

「孫鄉長，趕快動身吧。你家裡的事，我們馬上派人去料理。」房縣長對萬國說。

孫萬國含著淚說：「房縣長，百萬大軍在抗洪第一線，犧牲何止一個海兒。眼下挖堤排洪水最要緊。」

眼前的一幕是活教材，疲憊的村民們放下了奪來的工具，幹警們又繼續挖堤。

血紅的太陽眨著眼睛，寬闊的大堤挖開了一道縫隙，混濁的江水湧過來，流向垸內。缺口一尺尺加寬，將水漫過堤壩，滔滔奔流。村民們悽然呆滯地望著決口的大堤，望著沖毀的家園，望著失去親人的鄉長一家老小，他們的眼睛濕潤了，不少人哭出了聲。

房縣長、王團長、劉局長、孫萬國和幹警們站在決口邊，滾滾奔騰的洪水，沖刷著他們的鞋襪、衣褲、也沖刷著他們的心。

沿堤傲岸的白楊樹向人們告別了，十多萬畝良田成了汪洋。在抗洪搶險中，這是一場「棄車保帥」的戰鬥，給人們留下了無限的遺憾。然而，它為抗洪搶險、保衛武漢、保衛長江幹堤、保衛兩岸城鎮、鄉村，譜寫了壯麗的詩篇。

代價

　　冬陽西墜，整個城市被醬紅色的夜幕籠罩。朱文君到購物中心買了鞋子，又趕到餅店買蛋糕。然後，急忙驅車回家，準備為兒子彼里慶生。

　　打開客廳的門，只見碗盤、茶杯、玩具狼藉，知道兒子又跑出去了。正下樓，準備開車去找，彼里汗水淋淋地跑回家來。文君無暇詢問兒子，又去哪裡瘋成這樣子，連忙為他洗頭、洗澡。

　　文君在蛋糕上插了十支蠟燭吩咐彼里點燃，輕輕唱起了「生日快樂歌」。

　　「媽，不要唱了，你的聲音像貓叫，好難聽啊！這蛋糕我也不想吃。」彼里打斷母親，不高興地說。

　　「彼里，我的喉嚨得了咽喉炎，唱歌確實不好聽了。但這歌是媽媽給你的祝福，不好聽你也該聽聽呀！我知道你最愛巧克力蛋糕，可是，正好店裡沒有賣的……」

　　「那麼多店，沒得買？你騙人，你是捨不得花錢。」彼里不相信媽媽的理由，搶著說。

　　兒子的話，像尖刀一樣刺著文君的心，但她又想到孩子的話是對的，為什麼不多跑兩個店，買到兒子喜歡吃的呢？孩子的生日都不能讓他飽一下口福，看來自己這個媽媽還是不稱職。於是說：「都是媽媽不周到，下一個生日，一定提前訂蛋糕。」

　　「下一個生日，還得等多久？我都老了呢！」彼里沒好氣地說。

　　「不要和媽媽頂嘴了，吃蛋糕吧。」

223

彼里吹了蠟燭，很勉強地吃了幾口蛋糕，正想退席，文君拿出禮盒說：「彼里，這是媽送給你過十歲的生日禮物。」

彼里打開禮盒，左看右看，然後一推，不屑一顧，滿不在乎地說：「我以為啥子好禮物呢？又是跳蚤市場買來的廉價貨，我不喜歡，你自己穿吧。胖胖過生日，有好多好多小朋友開派對。他爸爸買的蛋糕茶几那麼大，他買的鞋有燈泡，走起路來一閃一閃的，好棒。可是，你……」

「彼里，這鞋不是廉價貨，媽花了三十幾塊錢，從大店裡買來的。我沒有多餘的錢，也沒有時間為你開大派對慶生。胖胖有個賺錢多、又愛他的好爸爸，可是，你沒有爸爸！」文君含著淚說。

「我為什麼沒有爸爸？準是你天天嘮叨把他氣走了。你整天對我也是老和尚唸經：做功課呀，多穿衣服呀，不要往外面跑呀……沒完沒了。還不讓我和胖胖做朋友，我真想趕快長大，早點離開你。」彼里放肆地說。

「孩子，你說什麼？媽媽含辛茹苦把你撫養這麼大，原來你一點都不了解媽的苦心。你怎麼不聽話，我都不怪你，因為我實在沒有能力，讓你和別的孩子一樣享受更多的母愛。但是，你不能瞎說爸爸是我氣走了。你還小，很多事情我無法現在就和你說清楚，等你長大了，一定會明白的。」

文君把一切希望寄託在兒子身上，可是，不懂事的彼里，不但在物質上和家境富有、受雙親寵愛的孩子比高低，而且在精神上，把失去父愛的過錯，記在媽媽身上。一向堅強的文君，被兒子不明事理的話擊倒了，她一下子感到整個身子像結了冰，全身都冷硬了。傷感、無助、苦澀……各種情緒，像蛇蠍一樣啃咬著她的心……，文君哭了，越哭越傷心。

文君如此痛哭，彼里不知所措，他搖撼著母親說：「媽媽，求求你不要哭了，是胖胖告訴我如果哪個家裡沒有爸爸，就是媽媽氣走的。是胖胖胡說八道，以後我不和他做朋友了。」

兒子的一句安慰話，比仙丹還起作用，文君的哭聲漸止，她擦著眼淚說：「彼里，你說要早離開我，如果今天你沒有媽媽了，自己能生活下去嗎？」

「媽媽，我是亂說的，你不可以不要我。我沒有爸爸已很可憐，如果沒有了媽媽會餓死的。」彼里撲在母親的懷裡，也哭了。

「孩子，不要哭，媽媽永遠愛你。時候不早了，媽媽要去上班，去睡覺吧。」文君撫著兒子的頭說。

彼里點頭說「好」，和媽媽揮手再見，一個人留在家裡。

＊　　　＊　　　＊

掛鐘已走過一點，文君拖著疲憊的身子到家，打開燈，桌上的字條即刻跳進眼簾。字條上寫著：「媽媽，我愛你！謝謝你的生日禮物！以後，我不會再惹你生氣了。」走進臥室，見彼里腳上還穿著那雙新鞋，已睡著了。他臉上帶著一絲微笑，眼角仍掛著淚漬。

文君輕輕在兒子額上一吻，小心的脫下鞋，將小身體撥正，蓋上薄被，心裡想著：孩子就像一張白紙，可以在他身上繪出最動人的圖畫；孩子思想單純，不注重教育和關心，也容易走上歧途。看來應該改變方法，擠出時間放在孩子身上了。

夜，靜靜的，月亮高懸在蒼茫的夜空，文君躺在床上嘆息著。孩子需要父親，可是，他的父親在哪裡呢？往事如煙如夢……

文君和顧凡本是一對恩愛夫妻，她雖稱不上大美人，可也是顧凡心目中的白雪公主。初從台灣移民美國時，他們在蒙市經營一家小吃店。店面不大，生意倒興隆，日子過得很溫馨。不幸的

225

是，在文君生養孩子期間，丈夫整天看西方的「奶牛」花了心，和店裡打工的洋妞瑪莉勾搭上了。在忍無可忍的情況下，只好對簿公堂。

離婚判決彼里跟隨母親，顧凡每月付五百元贍養費。可是，孩子不到兩周歲，不負責任的父親就和洋妞「逃之夭夭」，偌大的美國到哪裡去找呢？

八年，在歷史的長河中，只是一朵小小的浪花，而在人的生命歷程中，可是一段不短的歲月啊。

八年來，文君不但為一個家永遠付不清的帳單，每天和盤子、桌子打交道，掙扎在社會的最底層，而且還經歷過一場與乳腺癌的搏鬥。她活得實在辛苦，但是，為了兒子，必須撐下去。文君把字條貼在心口上，她終於睡著了。

睡夢中，猛然一聲巨響，房子彷彿翻了身。文君掙扎著微微睜開雙眼，只見屋內火光熊熊，一股濃煙向她襲來，頓時頭昏目眩。她不知道身在何處，本能的從床上跳起來，衝出客廳，奔跑下樓，逃到了安全之地。恍忽中，她被屋架的倒塌聲、物件的爆炸聲，大人小孩的哭喊聲和烤人的烈火徹底震醒了。

文君拚命叫喊著：「彼里，彼里……」但是，沒有兒子的回聲。

「公寓失火了，彼里沒有逃出來，趕快去救他。」文君這樣命令自己。

文君奮不顧身的衝回樓上，撲向火海，以驚人的速度和力量，搶救出仍在熟睡，已被大火包圍的兒子。

文君的頭髮燒著了，睡衣燒著了，她完全不管自己的安危，像母雞護小雞似的抱緊兒子，有如一個火球滾下樓來，眼看就到安全之地了，突然，一根燃燒著的屋樑倒下來，打中了她的頭。

彼里得救了，但是，文君的頭髮全部燒焦，傷口湧著鮮血。醫院裡眾多高明的醫生，都無能為力從死神中把文君奪回來。她走了，生命的句號劃在三十五歲。

彼里聲嘶力竭的哭喊：「媽媽，不要走！媽媽，你不要走呀！」

可是，文君再也聽不見了。一個年輕的母親，用自己的鮮血和生命，譜出了一曲愛子之歌，這是母愛的「代價」。葬禮後，彼里被何牧師收養，從此，活在基督的愛裡。

清明，何牧師帶著彼里為母親掃墓。五顏六色的鮮花寄託著人們對親人的哀思，彼里的花束中不同的是，那中間有一張學業成績單──媽媽所盼望全是「Ａ」的成績單。

彼里跪在媽媽墓前，哭得死去活來。他嗚嗚咽咽地說：「媽媽，我們家的事，何伯伯都告訴我了，你是世上最好的母親，我一定記住你的每一句話，做一個有用的人。媽媽，你聽見了嗎？媽媽，你聽見了嗎？」

彼里用淚水擦乾淨了母親的碑石，一步一回頭的走下山崗。

墓園裡，五彩繽紛的玫瑰花，隨風搖曳。花也有語，它是在向掃墓的人們和彼里說：「死者已矣，活著的人們要化悲痛為力量，迎向美麗的明天。」

狹路

　　太陽快落山了，大地迴盪著黃昏輕緩的腳步。于成夾在車陣中，動彈不得。抬手瞄腕錶，時針已過八點，前面的車龍，仍像被魔力釘死在公路上，完全沒有移動半步的意思。于成拿起手提電話，再次按家裡的號碼，可是，電話的那一頭，仍沒有人接聽。

　　于成自問：「這麼晚了，媽媽會到哪裡去了呢？難道她又發病了嗎？」想到此，于成心中異常不安。不久前，醫生告訴他媽媽的心臟病已越來越嚴重，必須常有人陪伴，不然會有生命危險。但是，家中所有的帳單，全靠于成的薪水開銷，請個看護，工錢最少七百、八百，不說負擔吃緊，兒子還沒成家，媽媽又怎能同意為她花這麼多錢呢！

　　于成越想心裡越怕，後悔自己沒聽醫生的話。

　　于成每天出門和媽媽說再見時，總要像老婆婆那樣囉唆好幾遍：「媽，你早點吃晚飯，不要等我；你感覺不舒服，連忙給我打電話；在外面散步不要走得太遠；早點睡覺，不要疲勞……」于成明明知道，需要多一些時間在家照顧母親。可是，打工族的時間，不說八小時沒自由，有時下班甚至還有應酬。不管于成說什麼，媽總是說：「你安心上班，我都知道啦！」但是，愛子是每位母親的職業病，于成不回家，她一定不會動筷子吃晚飯。所以，如果有事不能按時回家，他一定會打電話向母親說明原因。

　　今天電話打不通，困在車陣裡，一點沒有辦法知道家中的情況，他無比焦急。想著自五歲時父親去世，母親含辛茹苦，把自己

一直培養到大學畢業，又出國留學。如今，母子倆團聚在彼岸，萬一母親有所不測，豈不成了不孝之子嗎！

塞車如此嚴重，車禍一定不輕，不等警察處理好現場，誰的車都不能動的。于成毫無辦法，雙眼瞪著方向盤發呆，心如油煎。

又過了半小時，車陣開始像螞蟻似的向前爬行。每部車都在拚命按喇叭，仍沒法子改變現狀。在這號稱車比人多的王國裡，堵了一個多小時，五顏六色的車，簡直好像一條望不到頭，看不見尾的巨龍，誰有本事馬上把它疏通呢！

好不容易到了一個岔路口，于成明明知道，如果殺出去，不但繞了一大圈，真的倒轉十八里不說，還要左拐右轉幾條小巷才能到家。別看那小巷，真的像八陣圖，尤其晚上，弄不好就會迷路，轉不出來。但只有這樣開，車子才可獲得「自由」。

于成恨不得長一雙梁山英雄──「雷橫」那樣「插翅虎」的腿，一躍而落在媽媽面前，這當然是不可能的。

離開了車陣，他加快車速，連紅燈也一個一個的闖，簡直是在玩命。于成腦海裡只有一個念頭：如果媽媽真的發病在家，能早一分鐘回去，就多一分鐘生存的希望。

再轉三條巷就可到家了。突然，于成感到自己的車撞到了一件東西。心想著：「真倒楣，怎麼碰到夜遊神，該不是撞到真人吧！」

于成急煞車，但車速太快，直衝進巷內才停下來。他想著，不管發生了什麼事，都應該回去看看。下車後，見四周沒有人和車輛，連忙跑到近前，躲在樹背後察看。燈光下，他看清楚了，藍色的衣褲內包裹著一個瘦小的身子，臉朝下，白髮中彷彿有血，粽子腳上穿著一雙繡花鞋，另一隻不知哪裡去了。「果然出車禍了！」于成頓時嚇得全身發抖，直冒冷汗。是救人？還是逃跑呢？當然應該救

人。但是，望著老婦一動也不動，可能已沒命了。闖了這麼大的禍，後果已不堪設想，自己犯了罪，受法律制裁，完全無可非議。可是，媽媽誰來照顧呢？尤其此刻，不知媽媽發生了什麼事。想到母親，他決定「逃」。雖然鼓足勇氣跑，腳卻像鉛塊似的沉重，打開了自己的車門，再回望老人，正不知所措，一輛米色車已停，接著又來了一輛，于成如釋重負，他對自己說：「老人有人送醫院了，上帝，饒了我吧！」最後，終於驅車逃跑了。

「媽媽，媽媽！」老遠的，于成看到家裡黑燈瞎火的，確信母親一定出事，腳還未跨進門就大聲喊，但沒有回聲。

于成手腳冰冷，連忙打開燈，連衣櫥都找過了，屋內沒有媽媽的影子。摸摸爐頭是冷的，他腦子一陣痙攣、眼前晃動著那個被自己撞倒的人影。心裡想著難道媽媽發病昏倒沒有人發現？難道也被別人撞倒，像自己一樣逃跑了無人送醫院？真的是報應啊！他不敢再往下想了。

于成正六神無主，猛然看見電話機上有留言，他像上吊的人後悔自己踢掉了腳凳，突然有人砍斷了頸繩，有生還的希望似的，顫抖著手按下錄音鍵。流言中一個男人的聲音說：「郭鳳梅女士在街口心臟病發作，現正在搶救，請家人盡快趕到耶魯街醫院急救室。」媽媽果然出事了，但還有一絲生還的希望，于成吁了一口氣，他知道這電話是因為媽媽身上掛著牌子，所以救她的人才會留言，又責怪自己，為什麼有了手提電話，不把號碼加在牌子上，真是後悔莫及。

于成心急如焚，連忙趕到醫院，衝進急救室，只見媽媽頭上插滿了管子，他淚如泉湧，連聲呼喊：「媽媽！媽媽！媽媽……」媽媽的腳微微地動了一下，證明她聽到了。

醫生說：「你母親幸虧及時送到醫院，現在看來生命不會有危險了，得感謝這位石的文先生。」醫生指著站在旁邊一位中等身材，西裝革履，面目和善的中年人說。

于成伸出雙臂，緊緊的擁著石的文，由衷的說道：「大恩人，今生今世不知如何報答你哦！」

「兄弟，不用客氣，路見有人受難，伸出援手是應該的。我家老母患了失智症，前幾天，護理稍沒注意就跑到外面，跌倒在路邊。要不是好心人送進醫院，可能也沒命了，看來我們兩個人命運相同，今天碰巧救一次伯母，也是緣分。」石先生真誠的說。

于成千謝萬謝，仍表示不盡內心的感激。

「于兄弟，你來了就好啦，我該回家了。」

「好！我送你。」兩人走著談著，快到醫院大門口了。

突然，石的文的大兒子──居里，氣喘如牛的跑來急著問道：「爸，奶奶怎麼樣了？有生命危險嗎？」

「奶奶？奶奶怎樣啦？」三人同時止步，石的文急著問。

「你不知道奶奶出事，在醫院來幹什麼？劉姨給奶奶洗好澡，送她進房間睡好覺，出來洗好碗盤，再回到房間，發現奶奶不見了，原來奶奶跑出去，走了很遠，不知哪個挨千刀的，把奶奶撞倒了逃之夭夭，多虧公司的王叔叔發現，把她送到醫院。劉阿姨自責，在家裡哭得好厲害，她說你們都在這裡……」沒等居里把話說完，三人連忙跑到服務台查詢。

病房裡圍了很多人，于成一眼就發現了繡花鞋，他在心中吶喊：「我的天！怎麼會發生這樣巧的事。」內疚、懊悔、羞愧……各種責備，同時湧上心頭，身子像結了冰，硬生生的立在人堆裡，一句話也說不出來。

　　于成呆了一陣，他想招供說出：「挨千刀的就是我。」但眼前晃動著插滿管子的母親，如果吃官司，母親誰來照顧呢？于成找不到答案，他認罪的勇氣，像洩氣的皮球一下癟下去了。

　　他伸出冰冷的手握著石的文說：「我在這裡幫不上忙，到樓下看看媽媽。」然後拖著沉重的腳，離開了病房，眼淚不聽使喚的縱橫。心裡想著，如果石媽媽就此去了，即使查不出自己是闖禍者，這輩子良心如何過得去，又怎麼對得起母親的救命恩人呢！

　　于成和石的文都守著母親，一夜沒合眼。

　　天亮了，東方露出了晨曦的霞光。于成又來到了石媽媽病房旁邊的休息室。醫生正在和石的文說：「石先生，你母親雖然能醒過來了，因大腦經過突然撞擊，失智會更嚴重。右腿已不可能走路了，最好的情況也只能和輪椅結伴終身。如果感染發炎的話，還要鋸斷腿才行。」

　　「醫生，求求你，千萬不要鋸斷石伯母的腿！」聽到此，于成再也控制不住自己的情緒，連忙插話懇求。

　　「如果沒有別的辦法，只要能延長壽命，也只好『丟卒保車』，拿掉腿了。缺了腿，至少每天還可看到媽媽，到了土裡，什麼都看不到了。」石的文痛苦的說。

　　醫生說：「石先生，為病人解除痛苦和挽救生命，是醫生的職責。我很為你們的孝心所感動，更會竭盡全力的。」

　　醫生離開後，于成鼓足勇氣說：「大哥，如果伯母的腿保不住，我會遺恨自己一輩子的。因為──因為──是我──我把她撞倒的。」

　　「是你？！為什麼你撞倒人就跑？不馬上送醫院？」石的文以驚奇的眼光審視著于成，心中怒火燃燒。他舉起拳頭，就要揮過去，眼看著于成就要受皮肉之苦，卻完全沒有閃躲的意思，他嘴裡喃喃

道：「大哥，你打吧！我是一個自私的小人，也許挨了一頓打，頭腦會清醒些。」

「打你！不怕髒了我的手嗎？讓你去坐牢！」石的文收回在空中的手時，憤怒的說。

「我無話可說，應該如此。」于成沉重的低下了頭。

石的文緊閉雙目，歇了好一陣，聲音如蚊般的說道：「打你，叫你吃官司，都不能減少媽媽的傷痛了。也許她自己不能走路啦，還能多活幾天呢？……」

于成淚眼朦朧的望著石的文。想著正是他，救了媽媽的命，而自己卻是害他的母親成了殘障人。他心裡像有一千把刀在攪動般難受，嘴唇顫動著，卻一句話也說不出來。

沉默了好一陣子，于成終於把昨晚的事和盤託出。

石的文聽了說道：「聖人也有錯，知錯在哪裡，以後不要再犯就好了。你是個孝子，我想，上帝不召我們倆的母親回天國，讓我母親又殘廢終其一生，是想從我們的見證來教誨世人。」

「石大哥，你原諒我了嗎？」于成猛的屈膝下跪，石的文一手攔住說道：「原諒你，是因為你有一個需要你安慰、照顧的母親……」石的文主動伸出雙手，緊緊的握住于成那像瘸疾病人正在發作，而顫動不停的手。于成激動得淚水沿頰滾落，抽泣著說道：「往後，護理大媽的工錢由我來承擔好了。」

「人做錯了事，良心的愧疚，勝過經濟上的懲罰。你靠薪水維持生活，而且還有一位多病的母親，怎麼有能力來支付看護費呢！兄弟，我自己有公司，錢，不會有問題，孝順老母，也是我應該做的。」石的文至誠的說。

他們還談了很多話，談得很投入。

接下來的日子，各自為了照顧住院的母親，于成和石的文每天出入在醫院，常有見面談心的機會，成了朋友。

初夏的洛城，藍色的天幕上嵌著金光燦爛的太陽。那天，于成攙扶著媽媽，石的文和妻子推著母親的輪椅，同時離開醫院。分別時，于媽媽緊抓著石的文的手激動的說：「石先生，你不但救了我的命，也救了我兒子的靈魂。常言道，養子不教，母之過。看著你媽媽再也不能自己走路了，我真恨不得把自己的腳給她才好。我這人每天都在和死神搏鬥，有那麼一天，上帝真的接走了，拜託你多多教誨于成好嗎？」

「于媽媽，你會好起來的。人無十全，瓜無十圓，金也要千錘百煉，然後才精的，人亦更是如此。其實，于成是個很有孝心的年輕人，相信我們一定會成為好朋友……」石的文親切的說。

花兒在開放，鴿子和不知名的小鳥在自由自在的尋食，人們在快節奏中奔忙，世界的一切難免有瑕疵，仍是美好的。

美國夢

一

她的真名叫居雅仙，我習慣稱她雅姊。

在女人中，應該屬傑出的那一類。她的傑出，不在於那頭上有中國杭城，Ａ醫學院教授和附屬醫院內科主任醫師的冠冕，而她確實是一位真正的集腸道醫學、婦科、針灸……多種醫療技術於一身的名醫。她的妙手曾挽救過不少生命垂危的病人，我的摯友，蘇琴的母親就是其中之一。

雅仙的經歷充滿傳奇色彩。她從小就讀教會學校，家裡有轎車、傭人，過著千金小姐幸福的童年生活。由於時代變遷，家貧如洗，少年時代，寄居親友籬下，在人海茫茫中苦苦掙扎。但每次「科舉考試」似的競爭，她都能以優異成績，擠進中學、大學的「窄門」。更可喜的是她年過半百，還有幸出席世界醫學交流大會。大會上，她的論文獲得了銀質獎，居雅仙的名字，也列入了世界醫學名人錄。會後，她被某醫學院中醫學系錄取，又開始在西方世界闖天下。

二

我與雅仙，是由於蘇琴引見結識的新朋友，第一次見面大約是在九五年春天。

記得那天，公園鮮花絢麗，綠草茵茵，遊人如鯽。琴和雅仙笑盈盈的向我走來。

「倩如，這是我常向你提起的雅姊。」琴介紹。

「很高興見到你。」雅姊客氣的說。

她熱情的伸出那雙幾拾年拿聽診器、血壓器，仍然白皙和有力的手緊緊與我相握。

我想不出更好聽的話，用英文中用的話說：「我也是。」

雅姊穿著淡灰色的套裝，齊耳的卷髮，身材保養得非常勻稱。眼角雖有細細的魚尾皺，卻不那麼明顯，白皙的皮膚將面龐包得結結實實，一雙大眼睛仍閃著炯炯的目光，薄唇上塗著淡淡的口紅。她的打扮入時，看上去比她的實際年齡少說年輕了七、八歲。和完全不愛修飾的琴相比，簡直像琴的妹妹。

「『奶奶』大學生，在美國讀書的感覺如何？」我坐在公園的長椅上，愛說笑話的我，第一次見面，就這麼沒大沒小的開起玩笑來了。

「學無先後，我想，『奶奶』我，大概不會交白卷吧。」她學著我的口氣說話，笑得更爽朗。

笑也是會傳染人的，我們三人都笑了。

「我們國家真會浪費人才，這麼高明的醫生，精力這麼充沛，也安排退休。」看著雅仙那精神煥發的樣子，我抱不平的說。

「老傢伙不滾蛋，少的們怎麼能上來，在我們國家，目前要『本事』加上『馬屁』才吃得開。」雅仙的話帶著幽默。

多麼新鮮的說辭，我們三人又笑了。

那天的約會很開心，我們談得更投機，天南地北，國內國外，丈夫兒女……直到晚霞已在天際綻放出五光十色的異彩，才依依不

捨的互道拜拜。在異國他鄉，這樣的相聚是難得的，也從那天起，我的好友名單中，又多了一位雅仙。

三

雅仙讀書的刻苦精神，不比年輕人差，一個學年結束，四門功課均得到了九十五分以上的好成績。但是，一年中她雖省吃儉用，周末也打點臨工，學費加上生活費，是個不小的數字，她從國內帶來的錢也所餘不多了。正在這時，A學院停發了她的退休工資，不得已她開始了保姆、管家、兼讀書的生涯。

她應徵的第一家華人姓趙，男主人自營公司，女主人在別人的公司打工，男孩九歲。她的工作是做飯、打掃、照顧學童，聽起來是份好差事。

頭一天上工，女主人說：「雅仙嫂，我家裡事不多，但要幹得好，這五房三廳四衛的住宅，傢俱、地毯、門窗、牆壁……不能有灰塵，浴盆、馬桶……不讓有污垢。前後院不可積落葉。花要勤澆水，車要每天擦乾淨。早餐我習慣喝咖啡，晚餐三菜一湯；菜要熱，湯要燙，飯不能太硬或太軟，十分鐘之內要將爐頭、地面擦乾淨，以防積油污。我的內外衣服都用手洗，晾乾、熨好……小孩每天上學，衣褲不要同樣，玩具不可亂丟。功課，字跡要清楚，答案要正確。要注意調配食譜，尤其是孩子，不可長得太胖，也不能太瘦……」

女主人的一大堆任務，足足交代了一個多小時，有的要求是苛刻和無理的，但為了生活，不得不幹。

四

雅仙每天從三樓的書房，整理到二樓的睡房，再打掃一樓的客廳廚房。擦浴缸、馬桶、吸塵、洗衣、掃落葉……忙得不可開交。

小孩放學回家後，一個命令接著一個命令；「阿姨，快把拖鞋拿來，快給我把書包掛好，快把鋼琴蓋打開，快給我倒牛奶、快給我削蘋果……」

玩具從房間搬到客廳，從底樓拖到頂樓，前面剛收好，後面又亂了。忙得七手八腳，腰酸背痛，晚上主人回家，還沒有好臉色看。

「雅仙嫂，地毯的鬚子要用毛刷疏平，後院的花該要修剪一下，門口的松針每天要掃兩次，游泳池該換水了……青菜太鹹了，魚片炒得太老，湯的味道不夠鮮……」女主人每天囉囉嗦嗦，嘮嘮叨叨，真叫雅仙受不了。

小孩還要說：「媽咪，這個阿姨，叫她拿雙拖鞋，倒杯果汁，慢吞吞的。我的作業明明做對的她硬說錯了，我不喜歡她。」

大醫生當傭人使，英雄還有什麼用武之地呢？但是，不管多苦多累，雅仙都堅持幹。週末仍去聽課，晚上也仍然堅持讀書。

五

雅仙在那位趙先生家，工作沒滿兩個月就離開了，原因是手錶風波。

那天，晚飯後，趙太太突然問：「雅仙嫂，你看見我的手錶嗎？」

「看到，我放在客廳的茶几上。」雅仙說。

她記得清楚，是在地上拾起來放在那裡的。她連忙奔向客廳。

「奇怪，為什麼不在這兒呢？」發現手錶不見，雅仙自問。

「太太，我明明放在茶几上，為什麼不見了。」雅仙說。

「笑話，找不到問我嗎？大陸人是一統貨，不問就裝糊塗，問起來就說找不到了。實話告訴你吧，那錶的外殼是『勞力士』，內臟可不值幾個錢的，拿去也沒啥用，看你老實不老實。」女主人簡直把她當小偷。

「太太，你這話是什麼意思，人窮志不窮，打工賺錢拚力氣，我可沒有拿你什麼『勞石子』手錶，請你的嘴巴放乾淨點。」雅仙受不了人格的侮辱，硬生生的頂回去。

「拿不拿問你自己，這個家除了你沒別的人。難道我掉了東西問都不可問嘛？我可沒有時間跟你鬥嘴。我這人最不喜歡手腳不乾淨的人，看來我們這小廟是蹲不去你這大醫生了。」女主人更是強硬的說。

「走就走，你可不能誣衊我。」雅仙慎重的說。

「好吧，我們去報警。」女主人慎重的說。

提到報警，雅仙沒說詞了。因為她沒有工卡，不能對簿公堂。

「什麼事，這麼面紅耳赤的？我在外面都聽到吵聲了。」趙先生問。

「我那手錶又──」太太下面的話都還沒說出來，趙先生打斷道：「又是那手錶，怎麼每次都來這一套呢？手錶我收起來了，在房間裡嘛。」

真相大白，雅仙的眼眶滾出了大滴大滴的淚。她堅決的辭了趙家的工。

離開趙家那天，在車上，我勸說：「雅姊，不要氣了，走在人家的屋簷下，好漢不得不低頭的。不過，真金不怕火燒，只要自己行得正，管人家嘴裡放什麼狗屁呢。」

「我也是這麼想的，不然，不氣死才怪呢。常言道：留得青山在，不怕沒柴燒，我就不相信，我會在這裡做一輩子的傭人。」雅仙激昂的說。

大教授當傭人，在美國已是平常事，有些人家主僕親如家人

也許由於雅仙體力不夠，也許是她的運氣不好，也許是有的家庭本身有問題。就像趙先生家吧，女主人懷疑丈夫有外遇，故意在家擺闊太太架子，拿傭人當出氣筒。

六

很長一段時間，那些難纏的女主人好像都讓雅仙碰上了，她徘徊在上工、辭工、找工作的日子裡。這其間雖然我們也多次幫助過她，但我感覺生活的折磨，使她的精神產生了一種近乎危險的情緒。

記得雅仙結束管家生涯的那天，在車上，她對我說：「倩如，我一定要當個老闆，洗清我所受的恥辱，揚眉吐氣的過日子。」

「雅姊，平靜些吧，歲月不饒人，誰都有一個美夢，是不一定都能變成現實的。無論做什麼，平安就是福。再說，你的家人都在國內，何苦呢？」我勸道。

「倩如，你看看，我一定會把他們接來美國的。」她的語氣好堅決。

我看她仍在生氣，再多說也是搬菩薩洗澡——枉勞神，於是說：「雅姐，先回家休息吧，往後的事慢慢來。」

在我家住了一個多星期，她說再不去應徵管家了，堅持要搬進公寓，並且去學開車。我知道雅姊是個說一不二，個性很獨立的人，只好成全她的決定。

七

秋天在不知不覺中來臨。洛杉磯的秋天，微風中飄著花草的清香，高大的「棕櫚」傲岸路旁，爬牆的「九重葛」枝葉輕柔，綠樹綠得依然蒼翠，楓樹開始披上紅色美麗的外衣⋯⋯我們在美麗的秋色中漫步，秋陽漸漸升起，給大地灑下一片金輝，我和老伴沐浴著暖暖的陽光回到家裡。

「一個多月沒見到雅姊了，今天，天氣很好，我們去看看她車學得怎樣了，好嗎？」我對老伴說。

正說著，電話鈴響了，我連忙拿起話筒接聽，電話的那一頭，竟是雅姊爽朗的笑聲。

「倩如，一清早跑哪裡去啦？這是第三次打電話了。告訴你好消息，我已拿到駕照了。」

「雅姊，剛才我們還說今天要去看你呢，真是『士別三日刮目相看了』，你真行。」我興奮得誇讚道。「還有呢，我已在一家投資公司上班了。」她的聲音高了八度。

「哇，你交好運了，雙喜臨門，值得慶賀，上班多久了？」我高興的說。

「才一星期，這公司很大，在美國、香港和別的國家有分公司。老闆很能幹，待人也很和氣⋯⋯」她滔滔不絕的說。

「你在公司擔任什麼工作？」因為雅仙的英文也是半調子，所以我問。

「本來只是接接電話，與客戶聯絡，大事都是老闆經理們處理，很輕鬆。但我主動值夜班，煮咖啡、整理辦公室⋯⋯雖然比較忙一點，老闆對我特別好。老闆說，在公司工作的人是很有前途的，

243

每個人都可投資當股東，投進去的錢，每月能分『紅利』，要是生意做得好，年底還可大分紅……」

聽得出，雅仙對「投資」很有興趣，不過我知道她沒有本錢，想來她不會去拉老牛上樹的，於是開玩笑說：「今後你有發財的機會了哦。」

「老闆說公司的股東，有的只是幾萬塊錢起家，現在都富了。我已拿到投資號碼，通知家裡電匯錢來，因為越早投進去越好，我們這裡有的上月才投資，這月就收到紅利了……」

聽到她說從家裡匯錢來，不知為什麼我心裡一下子打了個硬結。

「雅姊，你都看準了嘛？」我這膽小鬼，害怕她出事，提醒道。

「倩如，沒問題，我在公司上班，分分鐘看著的，我想，如果順利，再過三年，我就不是現在的居雅仙了。」雅仙自豪的說。

八

放下電話，我並沒有為雅仙的「好消息」樂觀。腦海裡一會浮現著她發財了，住豪宅、開名車、高朋滿座，合家團聚的美景，一會彷彿看到那懸樑自盡、跳樓碎屍的失敗者的慘狀。

老伴說：「人，往往是見利不見害，魚見餌不見鉤。鏡子裡看鈔票，水裡的月，都是幻想，不可靠的。天下沒有白吃的午餐，我來美國幾拾年，見得太多了。勸雅仙不要把雞蛋全部放在一個籮筐，尤其是大陸，賺錢不易。」

我明白話語的含意和份量，連忙動員琴，一起當說客，勸她不要冒進。可是，她沒有採納我們的意見。

雅仙家裡匯來的錢，除了全家的積蓄，還有親友的一部份，連自己在美國當管家存下的一點點錢，她像賭徒一樣，通通押上了。

為了雅仙的投資，我們在提心吊膽中過了一個多月。一天，終於傳來了喜訊。

雅仙在電話裡說：「倩如，我已賺到一個相當數字的『紅利』，但我沒有拿出現金，讓它滾雪球，賺得更多。」

我本該自責不該拖她的後腿，擋她的財路，也許我是在美國待的時間長了些，也許是受老伴的影響吧，沒有祝詞，反而婆婆媽媽道：「雅姊，富在知足，貴在求退，不可貪多。我覺得見好就收才是，這是美國，你自己要當心哦……」

「你們兩個，真是一鼻孔出氣，剛才琴也和你唱同一樣的調子。哪有早上種樹，晚上砍柴的道理。才開始，怎麼收？小腳小手怎麼能成大事？虧得沒有找你們借錢，不然大概會被你們煩死的。」顯然雅仙不喜歡我們再嘮叨。

老伴說：「人各有志，忠言逆耳，朋友之間盡到心就好了。」

九

雅仙的發財夢沒有做上三個月。

那天，琴的聲音在電話裡顫抖：「倩如，不好了，雅仙已被公司辭退，她所投資的錢全部虧光。聽說雅姊要求老闆退回些本錢，老闆說：『生意虧本是常事，我的損失更大，已無力支付你們的工資了，只好另請高就。』雅姊經不起這麼沉重的打擊，深更半夜她獨自一人在馬路上遊蕩到昏倒，後被人發現送進了醫院。」

「不是說老闆對她很好嗎？怎麼像後娘的臉，說變就變呢，你知道雅姊現在在哪裡嗎？」我拿電話的手顫抖得像篩糠，打斷琴的話問。

「不知道，我給房東聯繫過了，一有消息就通知我們。倩如，聽說雅姊投資的公司沒有註冊，是有麻煩的那種。雅姊是我媽媽的救命恩人，現在，我一點沒有辦法幫她，怎麼辦？」蘇琴急哭了。

「琴，別緊張，人沒出事就好了。」我只好安慰她，其實我也很難過，真不知所措。

十

一個星期後終於有了雅仙的消息，我和琴趕到醫院。

在醫院接待室，我們填了會客單，詢問：「小姐，請問居雅仙小姐住在幾號病房？」

「六樓三號病房一號床。」一位會講國語的護士小姐客氣的答。

我們在六○三號病房門前駐腳，只見一號病床上躺著一位婦人，臉孔像打皺的核桃殼，腳上長滿斑點，灰白的頭髮像鳥窩，雙目緊鎖，瘦骨嶙峋的，看上去那老太少說也有八十歲。

「這醫院怎麼這樣亂，病人的床位都搞不清楚呢？」我自言自語。

「再問一下吧。」琴建議。

「也好。」我說。

「小姐，請問居雅仙小姐到底住在那個病房？」我再問。

「你們是她什麼人？居雅仙小姐不是睡在那裡嗎？」又一位講國語的護士小姐指著一號床的老太太說。

我和琴，兩雙眼睛同時盯住一號病床，誰都不相信那是我們的雅姊。

愣了好一陣子，我問：「護士小姐，居小姐的病？」

「她發高燒，又不安靜，不肯進食，營養液也輸不進，現又脫水，所以變成這樣。」護士接過我的話，小聲說。

我和琴走進病床邊，帶著哭聲叫道：「雅姊！」

她艱難的睜開雙眼，痴呆的目光，愣在我們臉上，很久很久。

然後，有氣無力的說：「倩如、琴，剛才我還以為是在做夢，真的是你們。誰告訴你們我在這裡？你們看，我要客死異鄉了。」

雅姊眼裡滲滿了淚，但並沒有滾出來，看得出，她的淚已流乾了。

「雅姊，美國醫療技術這麼先進，很快你會康復的。」我倆含著淚，齊聲說。

「這裡是美國嗎？你們別騙我，美國是天堂，不會有這麼多魔鬼的。你們不要待在這裡，快走！魔鬼會搶錢，還要你的命……」雅姊的神志不清了。

我們再說什麼話，可能對她都沒有作用的。一絲悲涼同時劃過我倆的眼角，淚水不聽指揮的湧流。

一個月後，雅姊的女兒從國內寄來了機票。飛機引擎的隆隆聲，伴著雅姊淒涼嘶啞的哭聲，飛回到大洋彼岸。我們在海這邊，等候著雅姊早日康復的好消息。然而，那消息是心驚肉跳的，她去世了。

美國，是人們夢想的天堂，卻將雅姊送進了地獄，這是何等的悲哀！

朋友，你對雅姊的故事，有何感想呢？

文盲與博士

　　望著那扇緊緊關閉，再也不會為自己開啟的旋轉門，趙立眼裡忍不住滾出心酸的淚水。八年苦讀，十年拚搏，當年意志風發，飄洋過海闖天下的小英雄，如今已變成滿額皺紋，暮氣沉沉的「老頭子」了。

　　回想起身穿兩臂有三道橫槓的大袍，披上披肩，頭上戴著方帽，被人們恭賀終身享用「博士」頭銜的時刻，是多麼的榮耀。

　　有了「生化博士」的本錢，不用自己求爹爹拜奶奶謀職，用人單位一大把，由你挑選，是多麼的神氣。

　　也許是因為這座辦公大樓的雄偉；也許是這家公司前景遠大；也許是老闆捨得多付薪水……趙立幾乎沒有多加考慮，就決定到這裡上班。

　　十年，一個多麼漫長的歲月數字啊！趙立苦幹十載，取得了一項項科研成就，給這家公司增添了不少光彩，也賺到了可觀的美元。自己的工資連跳了三級，也正是在這裡，遇到了愛妻──琴。她是自己的助手，生化碩士，夫唱婦隨，不但工作有勁，心情也格外愉快。可是，怎麼也沒想到，市場競爭越演越烈，天外有天，人外有人，大魚永遠吃小魚。公司一天天走下坡，自己也成了公司倒閉的殉葬品！

　　趙立慶幸虧得妻子有遠見，提前跳了槽，要不然兩個苦瓜同結在一根枯藤上，更不知如何渡過這失業的難關了。

249

　　想著自己是身有十年工作經驗的博士，還是會有人收留的。但是，這研究室主管的職位，未必有空缺等著你！薪水呢？誰會承認你的過去？博士老了，就像女人老了一樣，不會那麼香了。他仰望自己曾經在那裡嘔心瀝血的研究室，何等空空如也，等著新主人上任的辦公室說拜拜！然後，驅車往郊外駛去。

　　車到了湖畔，趙立本能的停下來，湖水在陽光下，仍閃著粼粼的波光，綠樹在微風中，仍自由自在的搖曳，大自然永遠是美的。而自己，沒有了工作，也沒有天真活潑的兒子和在輕風中散發著一縷縷芳香的妻子相隨，完全缺乏了往日的樂趣。

　　趙立的心中像打了結，想著在美國連「博士」也沒有鐵飯碗可捧。他不知道等待自己的未來是什麼，毫無目的在湖畔走著，走著……。

　　「趙立，想不到是你，怎麼獨自一人逛公園？」一個熟悉又彷彿很遙遠的聲音，從空氣中飄過來。趙立一抬眼，老同學李國民已到了近前。趙立不相信自己的眼前，以為真的在做白日夢，像審視天外來客似的朝國民上下打量。

　　確定是國民，趙立連忙包裝好自己不愉快的心情，回問道：「國民，你怎麼也在這裡？十年不見，你可好嗎？」

　　國民是趙立中學的同窗，兩人同時經歷過在新疆接受貧下中農再教育的「土插隊」生涯；又同樣交好運，回城上大學，通過托福考試，到美留學「插洋隊」。雖然不在同一學府，也同樣得到一頂「生化博士」的冠冕。

　　跨出研究院的門檻，趙立到亞城就職，國民則留在東岸。也許各自都在忙；也許美國的大氣候使然，一旦分手，各奔前程，就張三不問李四了。今天，不期而遇，兩人應該高興。但是，彼此都沒有好心情，都把對方當成最適合訴苦的對象。

「唉！一言難盡，咱們找個地方坐下來，好好聊聊吧！」國民說。

太陽躲進了深灰的雲層，更增加了趙立和國民心中的鬱悶。兩人在湖邊的石頭上坐下，微風拂過，湖水輕輕的漾在腳邊，更激起了趙立心湖中的漣漪……

「國民，實話對你說吧！公司關門了。老闆不知道準備到哪裡去避難，連再見也沒有說一聲就走了，我已變成了無業遊民……」趙立感傷的說。

「老兄，我們兩個大概從小就進了同一個山門吧！我雖然還沒有到失業的地步，離那一天也不遠了。公司剛從東部搬到這裡，我太太放棄了已幹十來年，而且前途看好的工作，跟我奔波。可是，窩還沒孵熱，聽說又要調些人去北面，北面冰天雪地的，有家有口的誰高興去！人說先進山門為大，我初來乍到，當然調職又輪到我了。說心裡話，我現在才明白，光有頂『博士』帽並不怎樣。吃人家的飯就得聽人家擺佈。錢賺少一點，老闆的臉色就像曬不乾的棉被──陰沉沉的。我真受夠了，不想再讓別人牽著鼻子走了。」國民坦然的說。

「人家還沒有炒你魷魚，自己走，劃不來的。」趙立說。

「我想過了，沒有什麼劃不來。不管你有多少學問，人家把你肚子裡那幾杯墨水擠乾了，要你走路你還能說『不』嗎！這樣下去不是辦法，得自己早點立門戶才行……」國民說。

「立門戶？我也想過，可是，學我們這一行，沒有本錢，談何容易啊！」趙立氣餒的說。

「趙立，世上的路都是人走出來的。我有個朋友，拿到『博士』學位後，為老闆研究了好幾年，公司年年發展，但他個人的薪水仍在原地踏步，合同期滿後，他一氣之下撒手不幹了。老闆這才發現

他是公司的一塊寶貝，連忙加薪水。朋友說：『為時已晚，因為我自己想當老闆了，你不可能讓給我。』他走了，然後所學非所用，改行做生意，沒出三年，他發了。我們不要再背這『博士』的大包袱，改行做生意試試看怎樣？」國民徵求趙立的意見。

「改行？做生意？行得通嗎？」趙立懷疑的問。

「世上無難事，只怕有心人，不吃瓜，哪知瓜甜呢！反正試一試嘛！」國民鼓勵的說。

「做什麼生意？哪來那麼多本錢？我們是做生意的料子嗎？」

「世上的生意包羅萬象，我想過了，我們從最低檔的開始，開個小餐館怎樣？」

「國民，堂堂兩個博士，開餐館研究味素嗎？早已是別人的專利啊！兩個『博士』端盤子，你不怕別人笑話，再說我們是會燒菜；還是會做點心呢……」趙立歎氣的說。

「趙立，不要以為開餐館就不適合『博士』幹。我岳父當年也是個博士，在台灣官運不通，後來還不是靠餐館發起來的。民以食為天，開餐館投資少，就是做不下去，也容易收。我們頭上又沒貼標籤，此時，沒有慧眼伯樂，不說沒有作為，還要解決『民生』問題呀！我的想法，先幹幾年，打打基礎，然後再想辦法幹本行，你看怎麼樣？」國民拚命遊說。

趙立對這種牛頭不對馬嘴的行當，毫無興趣可言。想著眼下從關門公司出來的「臭博士」，人家一定拿有色眼鏡看你的才幹。去四處碰壁，何不就先按國民的意見辦，闖闖看呢！他很不情願的答應與國民合伙了。

三天後，趙立和國民同訪山木大叔。他是趙立的鄰居，是個粗手笨腳，洋徑濱英文只會說「OK」，一口「阿啦」腔的上海同鄉。

　　趙立是一年多前，在社區公園內晨運，與山木相識的，閒談中知道他在餐館混了一輩子，退休時已封了「二廚」的亞城餐館的「走透透」。

　　山木是個單身漢，住在離趙立家不遠的公寓裡。因電話聯絡過，趙立和國民來到之前，山木早在樓梯口迎候。

　　「你們看，我這光棍窩實在沒法待客的，二位既然不嫌棄，就請隨便坐。」一進屋，山木邊泡茶邊開玩笑說。

　　「山木大叔，常言道，無事不登三寶殿，聞大叔對本城的餐館業，有一肚子帳。今天特上門造訪，是想聽聽你對這一行的高見。」國民咬文嚼字繞圈子說。

　　「趙博士，你們這頭戴方帽的大人物，問這個做啥？」山木不解的反問。

　　「大叔，別叫我博士啦！我的公司已關門，真人面前不說假話。國民是我的老同學，他的學問比我高。但是，我們都不想在知識份子堆中擠了，打算合夥開個小餐館，但我們倆對餐館都是門外漢，所以特來請教……」趙立開門見山的說。

　　「二位博士做餐館！不糟蹋了肚子裡的學問嗎！」山木連忙瞄了趙立和國民一眼，知道此言太重了，停了一下，改口道：「其實餐館倒是個很賺錢且養身的好行當。我要不是沒文化，人老了，又沒個家小，早就自己開餐館了。開餐館其實並不難，只要地點好，吃客多，十個有九個都賺錢的。」

　　「地點好！這麼大的城市，那裡算地點好呢？」趙立問。

　　「如果你們決定了，我可以帶你們去見個朋友，幹這一行，他算有幾把「刷子」。然後，在城裡轉幾圈，大大的吃幾家。」山木熱心的說。

　　「大叔，這是市場『調查』！」趙立打趣道。

「對，就那個意思。到處走走看看，再作決定。這樣吧！我也幫你們打聽打聽。」

離開山木的住所，趙立和國民都有一種如魚得水的感覺，對開餐館更增加了信心。

沒出一星期，山木大叔來報訊說：「一家退休回台灣，急著脫手的餐館，生意不錯。裝修也合潮流，要價只有六萬塊，而且旁邊還有兩間空房，以後餐館可擴大，要不要去談談。」

趙立和國民實地觀察了一個多星期，果然生意很好，當即拍板買下，就這樣，兩人同時當起了「友誼餐館」的小老闆。

自從趙立和國民接手餐館營業，山木大叔每天必到餐館報到。迎接客人，指點廚房，洗碗掃地擦桌子……見啥幹啥。世上竟有這樣夠朋友的大好人，兩位博士感動得要贈山木大叔一個「顧問」頭銜，外加每月一千元薪水。

山木卻說：「二位老鄉，我孤身一人，要錢有啥用，死了又帶不到棺材裡。平時沒地方好去，在這裡喝喝茶，吃點對口味的東西，免得回家動煙火，已夠了。我這人，大字不識一籮，不圖名，只圖個自在，不必客氣……」

幹了半年餐館，起五更，睡半夜，確實辛苦。但是，不要再看老闆的臉色，賺錢也比待在研究室豐富。他們從開始的不習慣，到適應，進而嚐到了「三百六十行，行行出狀元的甜頭」。

餐館的生意越來越旺，趙立和國民商量，不管山木要不要，一定得送個紅包表示謝意。

紅包塞進山木的口袋裡，他連看也不看就退回。急得趙立只好說：「大叔，看不起我們就算了，如果連這點小意思也不肯賞臉，以後你走你的陽關道，我們走我們的獨木橋，井水不犯河水，你老也不用到這裡來了……」

　　這一招果然靈，山木犖不過兩位老鄉，收下了紅包。而且說：「我這老骨頭，很快就不頂用了。住在這美國，無親無靠的，往後，有個三病兩痛，還得求你們多照應呢！」山木的話有些傷感。

　　「大叔，你放心，我們一定當你親人一樣。」趙立和國民同聲說。

　　那天，山木大叔又帶來一個好消息，說有位台商，買了一塊風水寶地，原打算建生活區。現在中國投資房地產賺了大錢，看不上這「小兒科」了，決定把地賣掉。那地原是四十六萬買進的，現在二十八萬就可賣。這是天上掉下來的財運，以後不說蓋房子，就是把地賣掉，少說也淨賺十幾萬。

　　山木說：「我剛聽說就跑來了，你們如果拿得出，千萬不可失之交臂，錯過這麼好的發財機會。」

　　趙立和國民聽得心動，當天就陪山木去現場。

　　「你們看，這地方的風水多好，如果造房子，少說點賺這個數。」山木伸出三根手指頭，表示三百萬。

　　「大叔，我不明白，既然是塊好地，為什麼大幅度降價呢？」國民不解的問。

　　「你們有所不知，地雖然不錯，但大公司嫌太少。有的人錢是沒問題，哪有精力來搞房地產生意呢！再說，都是跑腿的人想趕快脫手拿佣金，老闆也不了解行情，所以才有便宜好撿的。」山木解釋說。

　　有了買餐館的好處，趙立和國民把山木的話當「真理」了，他們不但挖空了老本，還借了一點債，買下了那塊地。

　　秋天在不知不覺中來臨，亞城的秋天，楓葉紅得似火，空氣中微風帶著涼意，陽光充滿了醉人的溫馨。

也許是因為買地，把山木大叔忙壞了，趙立屈指數數兩個星期沒見到山木大叔來餐館啦！

八月十五月正圓，不等餐館打烊，趙立和國民買了幾盒上等月餅，又吩咐大廚燒了兩道拿手菜，一齊驅車到山木大叔的公寓。

來應門的是一位巧克力膚色的年輕女士。

「請問，山木大叔在家嗎？」

「山木？那個山木？這裡是瓦西里的家，他上班還沒有回來。」女士操著生硬的國語說。

趙立和國民同時把目光集中在門牌號碼上，確定是山木的住所無疑。但是，山木到哪裡去了呢？發生什麼事了嗎⋯⋯

很晚了，國民和趙立按捺不住對山木大叔的牽掛，和瓦西里太太道了聲拜拜，連忙奔跑到公寓管理處經理住所詢問。

洋人女士告訴他們說：「叫山木的房客，一個星期前已退租了。」

「退租？！」趙立和國民同時吃驚的問。

「是的，他說急著搬到外州去住，因合同期未滿，還交了罰金。」洋女經理肯定的說。

滿月鑽進了雲層，黑幕罩住了大地，路燈彷彿像鬼火似的閃爍著。國民和趙立都想不出理由山木為什麼不辭而別。猛然，國民心裡一驚，說道：「趙立，不好啦！我們兩個可能上當了。」

「上什麼當？」趙立不解的反問。

「那塊地可能不值那麼多錢。」

「那麼多地，怎麼不值那麼多錢呢！」趙立仍沒往壞處想。

「這樣吧，明天我們去請諮詢公司估估價怎樣？」

那一夜，國民和趙立都無法入睡。猜不透山木了。

諮詢公司一位高鼻藍眼的經理，彷彿對那塊地瞭如指掌似的說：「二位先生，那裡屬自然保護區，不可規劃任何建築的。雖然

它確實價值幾拾萬元，但是，實際上只能增加你們產業的數字，並沒有任何實際的價值。」

「政府有沒有可能收買？」國民抱著一絲希望的問。

「據我所知，在本世紀內，政府絕不可能在那裡投資的。」洋經理肯定的說。

趙立和國民聽了，有如在頭頂響了一個焦雷，全身的骨頭都散亂啦。他們不知是怎樣離開那間辦公室的。

「國民，是我害你的，真該死哦！」趙立自責的說。

「不，趙立，是我拉你買餐館，有罪的是我！」又是在湖畔，兩人相擁抽泣。尤其是趙立公司關門又受騙，真是屋漏又遭連夜雨，心都碎了。

兩個堂堂的博士，卻上了一個文盲的當。山木的坑人計和偽裝，正應了那句「人不可貌相，海水不可斗量」的大實話。

如今，兩位博士仍在開餐館，當然再也見不到山木大叔的人影了，他真的是「八戒啃豬蹄兒──自餐骨肉」。

離婚背後

一

漫天燦爛的晚霞漸漸隱褪，夜色帶著酡紅，海浪像白色的裙襬，撩撥著沉默的沙灘。于宛如脫離了下班族長長的車陣，駛進了住宅區的環形車道。她想著：三個兒子都能獨當一面管理公司了，自己何必還這麼早出晚歸，磨損老骨頭呢！趁老二建中在家，今晚就把他們召回來，好好分分工，自己也可輕鬆一下啦！

車子拐了一個彎，從車窗望出去，家門口停了好幾部「賓士」，宛如自語道：「真的是心想事成啊！電話不用打，幾兄弟全都回來了。」

宛如從後門走進客廳，孫兒女們手裡捧著鮮花，像蜜蜂似的擁上來，一齊喊道：「祝奶奶生日快樂！」

「生日？今天是我的生日嗎？」宛如一邊接鮮花一邊問。

「媽，你整天埋在生意上，生日都忘了啊⋯⋯」大媳婦袁琴和小媳婦珍妮，齊聲開玩笑說。

「人老湖塗了，不但忘了生日，也忘幾歲了哦！既然大家都回來了，今晚就到海鮮酒家晚餐，正好我有重要事要和你們談呢！」宛如笑著說。

「媽，今天是你的生日，哪裡還需勞駕你出門呢！飯菜都『Order』好了，待會餐館會送來。」大兒子建新喜孜孜的說。

　　說話間，門鐘像音樂般的響了，送菜的、送蛋糕的、送啤酒的、送壽麵的……都來了。在美國辦事方便，一通電話，要啥有啥，連餐巾紙都不用另外準備。

　　美味佳餚滿滿當當一桌，三對兒子媳婦，三個男孫，一對孫女，加上未出嫁的小女兒琳達，管家劉媽，大圓桌邊共坐了十四個人。

　　大家頻頻舉杯祝賀，吃得開心，喝得盡興，談得愉快，宛如喜在心頭，笑在眉梢。

　　酒足飯飽，孫兒女們在大蛋糕上插了五十九根蠟燭，然後一一點亮，齊唱生日快樂歌。

　　分享過蛋糕，孫兒女們到小姑姑房裡聽故事、看卡通，兒子媳婦坐在客廳，陪壽星老媽談笑。

　　「媽，你辛苦了這大半輩子，從沒有清閒過一天，這次我們商量好，已在旅行社交了錢，由珍妮陪你到歐洲旅遊。」小兒子建國說。

　　「去歐洲？！很好呀！但是，公司裡這麼多事，我哪能說走就走呢！」宛如顧慮的說。

　　「公司的事，永遠忙不完的，你放心的出去走走吧！我們保證不出錯。」大兒子代表大家說。

　　「既然你們放老媽的假，就要挑起這副擔子。今天我正打算和你們談這件事呢！我考慮我不在公司的時候，董事長的工作由建新代理。建新辦事很穩重，相信不會有問題的；建中負責大陸那一攤子，現在大陸不正之風很嚴重，你要處處小心；建國管理公司的雜務，聯絡好所有的客戶，任務也不輕啊！琴、雅然、珍妮，你們三位真是很有孝心，是相夫教子的好媳婦。不過，女人當自強，待孩子們稍大一點，仍要走出家門，幹一番事業才好。」

「媽，我們也是這樣想的，歐洲回來後，就回醫院上班了。」小媳婦珍妮說。

「很好，你去上班後，家裡請個好管家。」宛如停了一下又說：「你們三兄弟，每個人要獨當一面，但又要團結合作。我要看到你們比我幹得好，青出於藍勝於藍才放心。有人說『富』不過三代，在我們沈家，要世世代代興旺發達。往後，你們也不要太嬌生慣養孩子了。想當初，你們爹去世時，建新最大，也只不過十六歲，我也真不知是怎麼熬過來的。現在你們已成家立業，我確實也該鬆綁了。」

三個兒子三位媳婦，向老媽說了很多祝福和保證的話，不覺時針已指過十點。

二

建中首先離開坐位，說道：「今晚十二點半的飛機去日本，媽，我得先走了，你們大家再陪媽坐一會吧！」

「二弟，你真的勞苦功高，公司有現在這麼好的『紅利』，全得你。雅然弟妹是很好的賢內助，二弟不在家，一切都安排得有條不紊，還常來陪媽，我們都該謝謝你。」建新由衷的說。

「大哥，我做那點事算不了什麼，都虧大家努力，都虧媽統帥得好。」建中說罷跨步出門。

雅然一反常態，沒有跟丈夫一起走，建中的目光投向她的時候也故意把頭低下。細心的大嫂早就注意到今晚雅然胃口不佳，話也不多，猜想著小夫妻可能發生了口角。心想做個和事佬，於是故意說：「然妹，你也帶紅紅走吧！還要送二弟去機場，時候不早了。」

「不用我送的，他會叫出租車。」雅然淡淡的說。

「你們兩個真恩愛，為了不讓彼此小別難受，寧可去叫出租車。」琴打趣的說。

大家又天南地北的聊了一陣，不覺已到十二點整。建新說：「叫孩子們走吧！媽也要休息了。」

「媽！祝你生日快樂，大哥大嫂，三弟珍妮妹，小妹，再見了！小紅，你就留在這裡陪奶奶和小姑姑吧！我走了……」雅然和大家道別後，獨自向門外走去。

「媽，我不要你走！我不要你們離婚！」突然，七歲的小紅追出門，抱著雅然哭喊。

「離婚！」兩個字像箭一樣穿進了每個人的耳鼓，意想不到的事像驚雷一樣在每個人面前炸開，壽星老媽手裡的茶杯「哐噹」一聲落地，像肉柱一樣呆了。

「紅紅，你好不乖啊！今天是奶奶的生日，為什麼要說出來。」雅然帶著哭聲責怪女兒。

「然妹，你不可以走，不說清楚，媽媽怎麼受得了。」琴聞聲連忙衝到門外，其他人也跟著出來，七手八腳把雅然架回客廳。

「建新，快去把老二追回來。」宛如回過神來，命令道。

「大哥，不用去追，他是十二點的機票，已起飛了。」

「雅然，到底怎麼回事，你們自由戀愛，夫妻相處恩恩愛愛，怎麼說離婚就離婚呢？建中有啥對不起你的地方，說出來，我來管教他。」宛如相信是兒子的錯，慨然的說。

「媽，你就別問了，我們好聚好散，現在，我要去中部上學，托小妹照看一下紅紅，待安頓好後，我會來接她的。」雅然帶著哭聲說。

「二嫂，我會照顧好小紅，不過，你們的事不和媽說清楚，她想得開嗎？」平時從不多言的小妹勸說。

「無論什麼事，你都要講出來才好，不然悶在心裡會生病的。」大家你一言我一語的催促。

「就是那個姓谷的女人纏住了他。其實她比建中大十來歲，滿臉烏沙痘，建中哪裡會喜歡那塊爛肉。她仗著老子的特權，不依她的，貨源卡死，海關也走不通，人家稱南方一霸，得罪不起。他們逼建中馬上結婚，不然合同全部註銷，我不讓位怎麼辦？」雅然哭述著。

「豈有此理！雅然，不要說了。你永遠是沈家的好媳婦。老二是軟骨頭，王子犯法，與民同罪，我決定把他調回來。現在中國那些貪官，不但要錢、要權、還要人，絕不能容忍。建新準備去收拾爛攤子，雅然不用去上學了，往後當我的助手。」宛如大聲果斷的說。

「媽，我這人笨嘴拙舌的，怎能當好你的助手呢！」雅然顧慮的說。

「你不笨，路是人走出來的，你們都有學問，過去都浪費了。有媽給你們撐腰，相信沈家的『娘子軍』不比男人差。建新，你馬上設法訂四張票，動員張律師陪我們走一趟，爭取明天上午登機。」于宛如做事從不含糊。

三

廣州，這座歷史名城，高樓大廈林立，比起二十年前輝煌壯觀多了，于宛如完全沒有心情欣賞闊別已久的第二故鄉，她決心一定要打好這一仗。

賓館七樓的雅座餐室內，圓桌上貴州茅台、白蘭地香氣撲鼻，鍍金的高腳酒杯、銀筷、金匙熠熠生輝，一對玉女身著龍鳳旗袍，垂手侍立，等待吩咐。

　　于宛如身著一襲昂貴考究的，蟹青色絲絨套裝，衣領上別著一枚鑽石胸針，玉腕上戴著亮晶晶的鑽鈪，與那蔥白似手指上閃閃發亮的鑽戒互相輝映。她的捲髮染得又黑又亮，自自然然蓬鬆在頭上，正好露出耳垂上的鑽石耳環。宛如眼睛四圍已刻有細細的皺紋，但高檔的化妝品發揮特效，幾乎替她填平了所有的「軌道」。她那挺拔的鼻樑，微突豐滿的小嘴，搭配得沒法猜出她真正的年紀。宛如神采栩栩，一眼看上去就是一位叱吒風雲，魄力懾人的女強人模樣。

　　來赴約的是達遠集團公司的董事長，海關要員谷金成先生和他的女秘書吳小姐。

　　谷金成平時出席宴會，當然是前呼後擁，今天卻改變一貫的作風。這種羅漢請觀音——客少主人多的場面，當然不是他的主意。在這位西方來客，未來的親家面前，他多少要遷就些。

　　宛如還在餐室門口，谷金成一下子被這位高貴的準親家母懾住了，慶幸家裡的黃臉婆沒有隨行。他心裡想著，可惜這人太老了，不然一定設法弄到手，享受一下「西餐」。

　　主客寒暄就坐後，服務人員斟酒、奉茶、上菜。

　　「谷董事長，感謝你對二子工作的支持，來！先敬你一杯。」于宛如面帶笑容，彬彬有禮的舉起杯子。

　　「我本想為于董事長接風，沒想到你像風一樣來得如此神速，而且像這樣主客顛倒，很抱歉！明日請到舍間小酌，聊補失迎。」谷金成說著客套話。

　　「常言道，無事不登三寶殿，我此行是有要事與谷董事長相商，這裡沒有外人，我就直說了吧！聽說二子與令媛都快結婚了，可是美國那邊還有妻室，美國是法治國家，如果他妻子告上法庭，二子逃不了官司。大禍臨頭，我怎能在家待得住呢！所以沒通報一聲就來了，失禮的是我。」宛如的話聽起來很謙卑，實則擲地有聲。

「唉！阿萍婚變後，上門提親的不知有多少，可她非令二公子不嫁。這事如果在我這裡，完全不是問題。可是，在美國，我一點插不上手，得靠你成全他們了。」

「婚姻大事，不是說合就合，說分就分的，恐怕、恐怕得從長計議……」宛如看了谷金成一眼，故意加重語氣。

「萍萍從小給我們慣壞了，她要天上的月亮，雖然明明知道摘不下來，也得哄著她。令公子許下海口和她結婚，如果食言，恐怕我們的合作……這樣吧！我看對他的原配還是先禮後兵，萬一不行也只好……」谷金成手一揮，做了一個砍下的動作。

「谷董事長，在美國是不可亂來的，你聽說過那一起世紀大案嗎？被告賠款三千三百萬呢！」宛如故意拉長聲說。

「如果事情辦不好，萍萍的牛脾氣發起來，她倉庫裡那些貨，怎麼能運回去呢？」谷金成拿女兒當擋箭牌威脅說。

「談到貨，上次二子交給令嬡五十萬美金，說好通關的。啥原因貨現在還在倉庫呢？因為老二和令嬡有這樣的關係，為了那五十萬，家裡很有爭議，認為建中是假公濟私。」宛如看了建新一眼深沉的說。

「親家，五十萬，在我這裡是區區小數而已。你們大公司還那麼認真？要不是看在二公子的面上，就是兩百萬我也不會親自出馬呢！」谷金成誇口說。

「這麼說來，錢，確實到你手裡了，二子沒有謊報軍情，揣腰包。」宛如又看了張律師一眼，加重語氣說。

四

于宛如原以為谷金成承認貪污五十萬美金，一定有一場艱鉅的唇槍舌劍。沒想到他並不是自己的對手，幾句客氣語就讓他招了供。

　　話題又回到建中的離婚問題上，谷金成說：「我聽令二公子提起過，貴公司因產品運不回去，現金週轉有些困難。既然小女決心遠嫁，我們已是一家人了。如果他原配同意馬上離婚，我可支援二公子五百萬塊人民幣。錢嘛！生不帶來，死不帶去，用在刀口上。」谷金成慷慨的說。

　　「谷董，我們老二無才無德，你何需下這麼大的本錢呢？」宛如試探的問。

　　「親家，常言道，人無遠慮，必有近憂。實話對你說吧！現在形勢越來越緊，像我們這種身價幾千萬的人，人家嫉妒得咬牙切齒，早晚會成為別人的靶紙。我想等小女過去後，也到美國養老，到時候還得請親家多多關照。」谷金成心裡想，拋下了幾百萬的誘餌，是抓住這塊到美國去的「金跳板」的時候了，於是直言說。

　　「這就是令嬡非嫁我們建中不可的真實原因吧！」宛如尖銳的說。

　　「也不完全如此，主要還是成全這對年輕人的愛情。不過，這年頭，三年河東，三年河西，有權不用，過期作廢。現坐在椅子上，不早早給自己安排一條退路，到時候可能死無葬身之地的。」谷金成惴惴不安的說。

　　「聽董事長的話，是否太悲觀了，難道你碰到麻煩了嗎？」宛如故意關心的問。

　　「麻煩倒還沒有，只是這大筆的錢，還是早到國外的好。」谷金成對這位親家，已完全解除戒備，無話不談了。

　　「董事長，走時別忘了帶我嘞！」小秘書一直和琴說著悄悄話，聽到此她嬌聲說。

「你這麼能幹，我還少得了你嗎？不過，出國，得有個名目，趕快叫聲于董事長乾媽吧！只要她肯幫忙，不是輕輕就飛了！」谷金成正經了半天，再也守不住了口，色瞇瞇的說。

飯局到了尾聲，谷金成親切的說：「親家，今晚到寒舍吃便飯吧！小女還等著見婆婆呢！」

「媳婦是兒子喜歡，不要通過我審查的，改天吧！」于宛如一行一直將谷金成和小祕書送到門外，含笑揮別。

谷金成沒想到，他向美商索取五十萬美金、逼建中離婚、準備帶貪污款潛逃國外，全由他親口說出，已錄在張律師的磁帶上了，成為控告他的鐵證。

號稱南方一霸，老奸巨猾的谷金成，就這樣在說說笑笑中敗在于宛如的鴻門宴之下。

國家法網恢恢，谷金成逃不過人民的審判。公司的產品建新一批批運回美國，于宛如不虧是一位女強人。

沈建中沒有再回羊城，母親多次嚴厲訓誡後，仍去從事他的建築工程職業。

十月，南加長堤市外海的「卡特琳娜」島，輕風徐徐，遊人如織。雅然和建中漫步在恬靜野趣的樂園中，建中請罪似的說：「雅然，難道你真的不能原諒我了嗎？你清楚，我是被逼著誤入歧途的呀！」

「建中，既然我們已離婚了，不是夫妻，仍是朋友。愛情是試金石，它能檢驗我們靈魂的美醜；愛情是 X 光，它能照出我們內心世界的感情波瀾。鏡易破，重圓難，受了重傷是需要時間才能癒合的，多給我些時間考慮吧！天不早了，我們該回家了，拜拜！」雅然含著淚說。

　　雅然向停車場奔去，建中望著她俏麗的身影，消失在車肚中，獨立在晚風中咀嚼著失足的苦果。

保險櫃失竊之謎

　　夜幕低垂，城市裡華燈閃爍，車流滾滾，很是熱鬧。可是，王瑜寂寞無助得只能聽到自己像鼓般猛烈的心跳。保險櫃失竊整三天了，裡面的首飾和現金，最少值一百五十萬美元。一百五十萬，除了父親留下來的遺產，是自己夫妻整整拚搏了十八年賺來的。錢被盜，王瑜已受到打擊了，偏在這個時候，丈夫出差去北京，五天了，連個報平安的電話都沒打回來。手機打不通，接待單位說伯恩根本沒去他們廠裡。怎麼回事呢？王瑜想，人說禍不單行，難道丈夫在北京得了急病？難道他出了車禍？難道他被壞人綁架了嗎？……王瑜不敢往下想了，一百五十萬還可再賺，萬一伯恩有不測，真不知怎麼活下去了。

　　王瑜和衣躺在床上，往事如默片在眼前浮現：二十年前，父親突然病故，母親是個典型的家庭「煮」婦，剛跨出大學校門，身為獨生女的自己就要挑起繼承父業的重擔。

　　王瑜個子不高，眼睛不大，鼻子不挺，生得一張「抱歉」的臉，所以從中學到大學，從來沒有收到過男孩子的情書。奇怪，自從接班當了汽車公司的董事長，獻殷勤的男士，好像從外星飛來似的，少說也有十來個。也許是事業上需要男人支持，也許女孩子二十七歲，已到了適婚年齡，王瑜敞開愛情心門，一連談了三次戀愛，可都是只開花沒有結果。分手的原因很簡單，三個男人都是愛她的錢和地位，並不愛她小姐。受了如此沉重的打擊，王瑜想著這輩子可能嫁不出去了。

伯恩是來公司應徵雜工，來自大陸的留學生。與王瑜同庚，中等身材，雖稱不上美男子，五官倒長得很端正。工作不分貴賤都願幹，他說自己是孤兒，大陸沒有經濟支持，英文太爛，也申請不到獎學金，所以只好先找事做，賺錢糊口，等機會再繼續學業。

伯恩進了公司，不怕苦不怕累，份內工作拚命幹。他性格更特別，見了女孩子，害羞得臉紅得像煮熟的螃蟹。

副經理是跟隨父親多年的忠臣，他發現伯恩是純樸可調教的好男兒，有意無意製造機會為王瑜和伯恩牽線。

朱經理正式給伯恩說媒，伯恩說：「董事長是位心靈美的好女子，可自己是個一無所長的打工子，不被炒魷魚就是美事了。平時對老闆小姐都不敢多看一眼，怎能痴心妄想當她的東床快婿呢！」

伯恩的一席話，讓王瑜感動得幾夜沒睡好覺，她想找的就是這種不貪不謀，踏實肯幹的好男子。

老經理明白了王瑜的心意，努力說服伯恩，很快促成了婚事。

秋夜，月光溶溶，男女的愛激發了靈與肉的飢渴，沒有了老闆與員工的鴻溝，他們的身體融合在一起了。

現在的伯恩不僅是公司的總經理，王瑜事業的頂樑柱，也是家庭的賢夫良父。兒子小時候，保姆不在時，餵奶換尿布都是他包了。伯恩還能做一手賽過餐館廚師，讓王瑜吃得口齒留香的好飯菜。十八年來，王瑜生活在丈夫的恩愛裡，日子過得真幸福。五天沒有了伯恩的消息，她彷彿覺得和丈夫真的「十五秋」沒見面了。

王瑜如坐針氈，要不是保險櫃失竊，要配合警局破案，她一定早飛北京了。

警長關照，案件沒有頭緒之前，仍要保密，不可張揚。

三天了，王瑜沒有合眼，除了喝水，只有幾塊餅乾下肚，她感到全身無力，想通知上大學的兒子回家。但又擔心影響兒子學業，

電話移到嘴邊，又放下了。家裡保險櫃的藏處，除了伯恩只有母親知道。王瑜甚至猜想是媽媽年歲大了，說話揭漏了機秘，使黑社會的人作案有了目標。

在心急如焚的胡思亂想中又過了一個漫漫長夜，秋陽已從窗中射進屋來。王瑜掙扎著從床上爬起來，到廚房做了一碗蛋花湯，強迫自己吞下。然後打電話到旅行社訂了兩張次日到北京的機票，她對自己說：不能為了保險櫃被盜，傻傻的待在家裡，一定要先尋找丈夫。

王瑜正欲走進車庫，準備去公司，門鈴響了，她連忙折回門口，來者是警長和一位警員。

大家寒喧坐定後，警長聲音低沉的說：「案子有了眉目，我們幹警察這一行自然是輕鬆愉快的。可是，王董事長，我帶給你的確是個尷尬的消息。我首先要求你無論聽到什麼都要冷靜，你能做到嗎？」

王瑜已悟出事情不妙，錢沒長眼睛，人家偷了不可能找回來的，只怪自己把現金存在家裡，損失才這麼慘重。她沉重的點首代替回答。

警長繼續說：「我們已在密林深處找到了保險櫃，可櫃裡已空無一物。很遺憾，根據指紋、腳印和現場證物比對，證明案犯不是別人，他是你的丈夫伯恩。」

「警長，這不可能！案發之前伯恩去了北京，是我親自開車，送他上飛機的。」

「王董事長，我知道你不會相信這是事實，可據我們調查證明，伯恩原名方南，外號『南爺』。拿光保險櫃內的錢和物，他和一個叫安莉的女人去了澳洲。方南原是大陸搶劫銀行的通緝犯，安莉是他的同居人和同謀。當年方男逃走後，其他同案犯和安莉都判

了刑。安莉坐牢五年，出獄後為尋找方南，偷渡來到洛杉磯，一度淪為風塵女子。這次他們在飛機上重逢，到日本下機，歡度一夜雲雨後，返回洛城作案。其實從保險櫃裡拿走錢和物不是很省事嗎！」

「為什麼連櫃都搬走呢？我想不通。」

聽了警長對案情的解析，王瑜全身都冷硬了，心變成了冰坨，一下子失去知覺。警長連忙把她送到醫院搶救。

王瑜醒來後，泣不成聲的哭喊：「我為什麼這麼傻！」

義狗傳奇

故事，是這樣開始的……

一

川北，平川縣，有個小山村，叫翠平村。翠平村山連著山，嶺靠著嶺，濃蔭蔽天，只在村東頭有一塊平地。翠平村小學就座落在這裡。小學雖只有幾間平房和一個小小的操場，除收本村的孩子入學外，鄰村的兒童，也爬山涉水，到這裡來讀書。

小學只有三位年輕的女教師，她們卻開了六個班。女教師們不怕苦，不怕累，為山區人民培養下一代，深受村民的好評和愛戴，也經常受到上級的表揚。

三位女教師中，年紀最大的叫李琳，是小學的校長。年紀最小的叫謝萍，兩個月前的一個晚上，謝萍被人強暴後殺害了。案子震驚了整個縣的幹部和群眾。

案發後不久，根據群眾揭發和現場的物證，抓到了姓周的嫌疑犯。但是，收押後發現周嫌犯死不認罪。公安局負責破案的刑警隊長劉傑，偵查員小張、小李，都覺得案子不那麼簡單。但是，頭頭卻鎖定周犯就是狡猾的兇手，並要盡快結案，對周犯處以死刑。理由是，周犯如此殘忍，完全是階級敵人的報復。因為周犯出生資產階級家庭，不殺不足以平民憤。

273

「殺？」劉傑的雙目愣在案頭周犯的卷宗上。周犯名周忠，一個普通的青年農民。劉傑自問憑卷宗上的資料，就可以處決一個人嗎？人頭一旦落地，是接不起來的。

劉傑對現場的血跡又產生了疑問。現場所發現的血跡是 A 型和 B 型，而謝萍的血是 B 型，周犯的血是 O 型。現場並沒有發現 O 型血，另外卻有一個 A 型血的人是誰呢？這樣重大的懸案沒有查清楚，怎能肯定「周」就是兇手。劉傑的腦子裡像一團無頭的亂線，理不清楚。

劉傑又想，周犯的鞋印出現在命案現場，這是鐵證，他為什麼又不認罪呢？現在問題的關鍵是要查出那個 A 型血人的下落，結案才會萬無一失。可是，憑目前局裡的條件和破案水平，要緝拿到這個嫌疑犯，簡直是大海裡撈針，無從下手。

劉傑懷疑，為什麼那位掌管生殺大權的頂頭上司，不聽下屬意見，急著草菅人命，難道——他？

他甚至想設法弄到他的體格檢查表。只是幻想一露頭，自覺荒唐，才沒有行動。

劉傑左思右想，他對自己說：身為公安幹部，不能像木匠吊線——睜一眼，閉一眼，讓人家到閻王爺那裡去喊冤。希望在佈告沒有貼出之前，能找到蛛絲馬跡。於是，他決定再到翠平小學走一趟。

二

「劉隊長在嗎？」劉傑正準備動身，只聽見有人氣喘吁吁的叫門。

「誰？請進。」劉傑客氣的請。

辦公室的門「吱嘎」一聲開了，來人正是翠平小學李琳校長。

274

「李校長，請坐，我正準備去你們學校哩。有事嗎？」劉傑邊沏茶，邊讓坐，邊問。

李琳呷了一口茶，說道：「劉隊長，破案中我們忽略了一個關鍵的助手。不過，牠不是個人，而是謝老師的小狗。」

「謝萍的小狗？牠怎樣？」劉傑迫不及待的問。

李琳說：「小謝的小狗，是她未婚夫參軍前送給她的。她好喜歡小狗，沒有外人的時候，就和小狗說話，因為小狗聯繫著他們的愛情。小狗全身的毛黑得發亮，非常可愛，我們都叫牠『小黑』。」

「我每次到你們學校怎麼沒有看見小狗呢？」劉傑知道狗在破案中的作用，遺憾的問。

李琳又說：「學生們也很喜歡小狗，小謝遇害那天晚上，小狗正好被學生帶回家去了。為了不影響破案，過了三天，我們才叫學生把小狗送回來。那天，小狗找不到小謝，不吃不喝，趴在房門口傷心的哭叫。那哭聲跟人一樣，好淒慘，很多學生都跟著小狗流淚。只要有人開門，小狗都會不顧一切的衝進屋去。用鼻子聞，舌頭舐，好像要找到什麼，發現什麼。累了，就趴在地上，怎樣也不肯起來。我們擔心把小狗餓壞了，讓一個學生抱回家去寄養，上星期才把牠接回來。我們還給小狗鋪了一張小床，給牠好東西吃，把對小謝的思念傾注在愛小狗身上。」

「小狗現在好嗎？」聽李琳一直在說小狗，劉傑以為小狗出了事，急忙問。

李琳接著說：「前天下午，小狗突然不見了，直到深夜都沒有回來。第二天上午查問，每個同學都沒有帶小狗回家。說心裡話，雖然你們要判處周忠，我和小吳老師並不認為周忠就是真正的兇手。周忠的家靠近我們學校，這麼多年，我們常在他家借東借西，進進出出，不感覺周忠是個壞人。小狗失蹤了，我們心裡好膽寒，

壞人害了小謝，連她的小狗也不放過，說不定哪天大禍也會降臨到我們頭上。」

「你們請求保護嗎？我向局裡打報告，派人進駐學校怎樣？」劉傑直率的說。

「那倒不必了，你們很忙。我們有很多學生，還有村裡的幹部群眾關心，自己提高警惕就是了。我今天跑來找你，是因為今天一大早，小狗跑回來了。牠很餓很渴很累，我們連忙給牠吃東西。可是，牠什麼也不吃，連水都不喝一口。牠咬著我的褲管，使勁往外拖，拖不動我，又去拖小吳。兩個都拖不動，牠一邊叫一邊往外跑，跑出去又跑回來。又來咬我們的褲管、鞋子，看牠的意思好像是要我們跟牠走。可是，牠忙了好一陣，我們兩個都無動於衷，小狗傷心的趴在地上，又汪汪汪汪的哭叫。小狗的嘴巴已乾得出血，給牠水和吃的，牠看都不看一眼。我和小吳捉摸，小狗那麼哭叫。一定是和小謝有什麼關係。」

李琳的話劉傑聽得出神。他感動的說：「常言道：兒不嫌母醜，狗不嫌家貧，狗是很有感情的動物。李校長，請你等一下，我去找兩個人，一起去看小狗。」

說罷，劉傑跨步出門。

三

劉傑他們一行四人，來到小學，只見小狗仍趴在地上，眼角還掛著淚水。

劉傑撫摸著小狗身上的黑毛說：「小黑，你要去哪裡？我們跟你一塊去。你乖乖的吃東西，吃好了就走。」

　　小狗好像聽懂了他的話，連忙跳起來，大口大口的吃飯，吃完了又喝水，然後往門外跑，牠汪，汪，汪叫，大概是說可以走了。

　　小狗一直往北跑，劉傑他們緊緊跟隨。一會兒，小黑又回頭看，生怕他們掉了隊。

　　小狗帶著他們，來到離翠平村十多里外，鷹嘴岩下的蝙蝠洞。

　　蝙蝠洞，又名鬼骨洞。相傳從前有個縣官，娶了六房姨太。元配夫人受冷落，和長工私通，後來給縣官發現了，縣官下令把他們打入地牢。地牢裡有蜈蚣、蛇蠍、壁虎、餓蟒，每個被咬死的人，都慘不忍睹。他們嚇破了膽，連夜逃命。

　　可是，方圓幾百里，都是縣官管轄，就是插翅也難飛出虎口。他們逃到了蝙蝠洞，後來活活的餓死了，變成了一對蝙蝠。

　　多少年後，人們在洞裡發現了一對枯骨，看得出是一男一女。那對蝙蝠在洞裡休養生息，一代一代，現在洞裡的蝙蝠不計其數，有時飛出來，遮了半邊天，真是奇觀。因為傳說蝙蝠是鬼變的，如果有人進洞，蝙蝠就會把你吃掉。所以，誰也不敢再進蝙蝠洞。

　　到了洞口，只見一塊石頭擋住了大半個洞門，裡面黑糊糊的，陰森森的，像地獄。劉傑的背脊也有些發麻，他們猜測，難道有壞人躲藏在裡面嗎？一時也不敢冒進。但是，小狗卻像猛虎般直往裡面衝，還不停地朝外汪汪叫，大概叫他們跟進去。

　　劉傑下令：「子彈上膛，做好戰鬥準備。但是，不是萬不得已，不要開槍，防驚動了蝙蝠，無法工作。」

　　小李用十節電筒朝洞裡掃射，不見人。只見小狗嘴裡咬著件東西，在用力往外拖。可是，那東西被一塊石頭壓著，顯然，小狗力氣太小拖不出來。

　　劉傑說：「小張、小李，你們在門口警衛，我先進去看看情況。」

劉隊長勇敢、剽悍、不怕艱險，在任何時候，都是把方便讓給同伴和下級，危險留給自己。小張、小李是劉傑的老搭檔，知道他是說一不二的，也不和他爭。

劉傑一進洞口，一股子怪味直撲他的口鼻。他速奔向小狗，用力推石頭，石頭一鬆，小狗含著布包袱，得意的跑到洞外，放在小李腳邊，又是打滾，又是轉圈，好高興的樣子。

三人連忙打開包袱。

「哇」，幾乎是同時，都驚叫起來，原來是套血衣。他們即刻聯想到，這血衣一定和謝萍命案有關，因為血衣是她的小狗找到的。

劉傑抱起小狗，臉貼著牠的頭，情不自禁的說：「小黑，你真棒，我們一定會抓到殺害謝老師的兇手。你這麼聰明，謝老師在九泉之下也會含笑的。你幫了我們的大忙，我要把你『調』到公安局去當偵探。」

小狗一動不動，牠靜靜的聽著，眼角裡又有淚水滴落下來。

四

化驗的結果，血衣上的血與命案現場的血相同。無疑，血衣的主人就是那個 A 型的血的人，很可能他才是真正的兇手。

血衣是一套褪色的灰軍裝。軍裝的鈕釦沒有「八一」的標誌，證明是從市場上買來的冒牌貨。軍裝左手袖子上有兩個小洞，看得出，是抽煙燒壞的。那個年代，人們把兵哥當偶像，穿軍裝時髦，農村裡能買軍裝的人不多，看來這個埋藏血衣的人是難逃法網了。

劉傑領著一班人，進駐翠平村，村里派民兵營長林來貴配合破案。民兵營長是對階級敵人實行「專政」的官，破案自然是他的份內事。

那天，林來貴在村民大會上高喊：「兇手不管有多狡猾，一定逃不出人民的法網。現在，找到了血衣，證明害死謝老師的不只是周犯一個人。我們要下定決心，不抓到兇手決不收兵。」

林來貴人到中年，個子不高，越顯發福。他常穿軍裝，腰間紮著寬皮帶，掛著短刀。他的兩道黑黑的臥蠶眉，像一片烏雲，一雙酒盅似的凹眼睛裡，黑眼珠子常常冒著兇光。走起路來，人未到腳步聲早已到了，給人威嚴的印象。他對地主、富農、反革命份子、壞份子……管得服服貼貼。誰要是做錯了事或者不服管教，他那大皮帶可不是吃素的，一皮帶打下去，準叫你喊爹叫娘，跪地求饒。

林來貴對貧下中農，經常堆著滿臉笑。雖然他的長相目帶兇狠，卻給你一種身邊來了守護神的安全感。

小學，是他保護的重點單位，每當巡夜，他一定在學校周圍，多轉上幾圈。三位女教師都很尊敬和感激他。

五

劉傑他們住在靠近小學的第一生產隊辦公室。吃過晚飯，他正準備坐下來，整理一下幾天來所掌握的情況。

咚咚咚，「劉同志在嗎？」敲門聲響後，一個老大娘的聲音在問。

「大媽，請進屋坐。」劉傑打開門，見是一位面熟的老婦，於是客氣的請。

大娘向屋內打量了一番，見沒有別的人，躡手躡腳的進屋，又把門關上。說道：「我叫方月英，住在三隊，是林營長的鄰居，我來找你，是因為我知道有個人的袖——」方月英下面的話還沒有說出來，只聽見一個大嗓門在叫：「劉隊長，劉隊長……」

劉傑說：「方大媽，請你等一下，我去開門，好像是林營長來了。」

「你們忙，我老了，眼花，也許看錯了。」方大媽邊說邊往外走了。

「林營長，是你，請進，有新的線索嗎？」

「沒有發現新情況，我是看到方大媽往你這裡來了，猜她一定有什麼事要告訴你。這麼晚了，她年歲大，腳又小，行動不便，所以跟到這裡……」林來貴說。

「你真不愧是民兵營長。」劉傑誇道。

「你還誇呢？村裡出了命案！我這個營長該撤職的。」林來貴愧疚的說。

「任何時候都免不了有壞人的，別責怪自己，往後提高警惕就是。剛才方大媽來找我，好像有什麼事，一會又說沒有事了。老年人顧慮多，你來得正好，商量一下，明天我們去找她談談。」劉傑提議說。

「好吧，明天我在家等你。」林來貴告辭回家。

六

微弱的月光有時被黑雲遮住，山朦朧，夜朦朧。劉傑躺在地鋪上，毫無睡意。他想，方月英特地來找公安人員，為什麼欲言又止？難道她怕？

正想著。

「劉隊長，劉隊長……」急促的腳步聲和叫聲，同時衝破牆壁，進入劉傑的耳門。

他從地舖上彈跳起來，立即打開門，急著問：「什麼事？什麼事？……」

「不，不，不好了，方大媽不知為什麼滾到了路邊的塘裡。」林來貴帶著哭聲，上氣不接下氣的說。

「啊，」劉傑啊了一聲，一霎時他頭腦裡問號成堆。公安人員的本能，告訴他要冷靜、沉著。於是他又問：「塘水深不深？有沒有生命危險？」

「水很深，我已安排民兵把方大媽打撈上來，但是，已斷氣了。」林來貴憂傷的說。

「死得這麼快。」劉傑的話尾聲拖得很長，是在問林來貴，也是在問自己。劉傑又說：「林營長，派幾個人保護現場，不要再動方大媽的屍體。小張、小李你們陪林營長一塊去出事的地方。」

劉傑心裡明白，方月英的死，證明案子更複雜了，但表面上卻毫不慌張。

當晚，劉傑和局裡一班人到出事地點。檢查屍體和現場一直進行到第二天中午。法醫報告，死者的頸部發現瘀血和男人的指印。很明顯，死者是被人卡死後推入塘裡的。

劉傑沉思了好一陣，他說：「我的看法，這件案子和前一件命案關係一定很大，很可能兇手就是同一個人。看來兇手是在威脅我們。為了加快破案速度，我建議再調兩位醫生來協助法醫，對全村的男人，一個不漏的做指紋檢查。如果查不出，再擴大檢查範圍。你們的意見如何？」

說完，他又和高法醫耳語了幾句，高法醫會意的點頭，在場的人也沒有反對的意見，於是，就這樣決定了。

七

夜，黑得像一口倒扣的鍋，沒有一點星月的光輝。

劉傑合上雙眼，正準備小睡一下。突然，小黑在門口汪汪汪，汪汪汪……猛叫，還用前腳抓門。

劉傑翻身跳起來，說道：「小張、小李，這小『偵探』叫得這麼急，一定有情況。」劉傑邊下令，邊去開門。

小狗又咬著他的褲管，往外拖。有了上一次的經驗，劉傑知道是怎麼回事了。

「快，出發。」劉傑喊。

「是。」小張、小李答得乾脆。

小狗仍向北跑，三人緊緊跟隨，這條路他們走過，跑起來還不算慢，但還是追不上小狗。小狗跑一段路，又歇下來等。不過，這次牠一點也不叫，像是要去偷襲敵人似的。

快到鷹嘴岩的時候，月亮露出了半個臉，給大地灑下了微弱的光輝，他們加快腳步奔跑。「哎喲」，突然哎喲一聲，劉傑回頭一看，只見小李掉進了陷坑。陷坑是獵人為捕野獸佈下的，有兩丈多深，四壁光滑得連猴子都爬不上來。他們本來人就太少，還不知小狗要帶他們執行什麼任務。這夜深人靜，前不靠村，後不挨店，近處找不到人家，劉傑急得團團轉，不知所措。

小李在坑底下喊：「隊長，你們趕快走吧，不用管我。」

劉傑無可奈何的說：「看來只好如此了，如果我們發生意外不回來，你聽到有人路過，記住呼救。」

「你們放心的走吧，總會有辦法的。」正說著，只見小黑嘴裡含著一根樹藤，從林子裡跑出來。

「小張，你看，小黑多聰明，我們快去砍樹藤。」說著他們立即向繞著藤的大樹奔去。

丟樹藤給小李的時候，小張打亮了手電筒，小狗連忙跳起來咬他的袖子，嘴裡還小聲的「喔喔喔」叫。

「小張，關上手電筒。聽見沒有，小黑叫你不要暴露目標。」劉傑說。

「小傢伙，你的腦子這麼靈，為什麼是隻小狗呢？」小張感慨的說。

雖然折騰了一陣，小李安全的上來了，小黑又立了一功。

八

他們跟著小狗繼續往前趕路，到了鷹嘴岩，發現不遠處有個人影向北移動。

劉傑明白了，輕聲說：「注意目標，跟上小黑，拿活的。」

三人加快速度，不一會，離那人只有一丈多遠了。

「小李，你繞到前面，截住那人的去路，我們斷後。」劉傑輕聲下令。

小李高喊：「什麼人，去哪裡？舉起手來。」

那人不答話，手執尖刀，一閃身，狠狠地向小李的心胸刺去。說時遲，那時快，小狗猛一撲，咬住了那人的後腳。小李一騰身，轉到了那人的後面，尖刀刺了個空。那人轉身反撲，劉傑一警棍打下去，「噹啷」一聲，尖刀飛出老遠，小張和小李兩雙大手，同時向那人的肩按下去，那人一個踉蹌，頭和石頭碰了個正著，趴下了。

可是，他仍不死心，他叫道：「姓劉的，我與你無冤無仇，為什麼跟我過不去。今晚你放我一把，往後你自有好處。如果你一定要把我抓回去，我這條命不保，往後你也不會有好日子過的。」

「閉上你的烏鴉臭嘴。」劉傑憤怒的踢了他一腳，吼道。

「哎喲喲，」那人一聲慘叫，小張打開了手電筒，只見小黑嘴裡含著一塊血淋淋的肉。那人是誰呢？

想不到他是林來貴。

林來貴供認，仗著權力，在村裡，他強暴過不下十個姑娘和少婦。這些人都是他所「專政」對象的家屬，每個被他姦辱過的人，只能忍氣吞聲，不敢揭發他。對於謝萍，他早已起了惡念，只是找不到機會下手。他原以為謝萍這個弱女子，不會說出來，因為這種事對女人來說，是啞子吃黃蓮，有口難言的。

作案當晚，林來貴早早潛入謝萍房內。謝萍脫衣上床，他先堵住謝萍的嘴，然後扒光她的衣褲，把她壓在身體下面，強行施暴。謝萍不能喊叫，雖然奮力抵抗，仍抵抗不了林來貴力大無窮的獸性。

林來貴痛快之後，對謝萍說：「我林某玩過這麼多女人，數你最不聽話。女人嘛，給男人玩過幾次沒多大關係的。這事你如果講出來，你那未婚夫可不喜歡啊。」

謝萍大罵：「你這個披著人皮的狼，我變鬼都不會饒過你。你破壞軍婚，是犯死罪，我一定要去告你……」

林來貴給謝萍一罵，想道，她是個教師，又是軍人未婚妻，真的去告可能走不掉了。林來貴有些怕了，但這怕只是一瞬間。他心裡說：「我林來貴是對別人『專政』的，怕什麼，一不做二不休，我宰了你，你到哪裡去告？」他起了殺機。

「你去告，我叫你到閻王老子那裡去告。」話音剛落，謝萍的鮮血已直噴出來。謝萍死了，他的腿上也掛了點傷。殺人要償命，一切都沒有辦法挽回了。他很快想到唯一的出路，就是找替死鬼。

找誰呢？他迅速在腦子裡搜尋。

「有了，他，就是他，傍晚的時候，見過他在學校門口，他的父親解放前開旅店，資本家出身的人，可以和『階級鬥爭』掛上號。」林來貴決定把禍嫁到周忠身上。

他正想著如何栽贓，在周忠家的窗台上，發現了他的「解放鞋」。

林來貴興奮的自語：「真是天助我也。」

他穿上周忠的鞋，在謝萍的房間留下腳印，然後把鞋放回原處。

林來貴身為民兵營長，受過訓練，在謝萍房間裡發獸性時，他穿的是布襪，所以，現場只有周忠的鞋印。

林來貴挑動群眾揭發周忠，現場的鞋印鐵證如山，周忠跳到黃河也洗不清罪名。公安頂頭上司是林來貴的好友，他再搧風點火，周忠只能成替罪羔羊。

林來貴打著如意算盤，心想著，把姓周的一斃，永遠也不會有人知道真正的兇手是他。

不料，小狗找到了血衣。血衣是灰軍裝，他並不擔心，因為他還有一套可以使他逃脫嫌疑。那天開會他仍故意穿那套軍衣，並且說：「血衣就是我身上穿的這種，你們想想，哪些人有這樣的衣服？」

但是，要命的是袖子上有兩個洞。林來貴還清楚的記得，那兩個洞是他在方大媽家裡抽煙時燒壞的。林來貴十五歲時父母雙亡，方大媽是像母親般照顧他成人，相信方大媽絕不會出賣他。

想不到方大媽獨自去找劉隊長，打亂了他的方寸，他忘恩負義，把方大媽卡死後推入塘中。以為從此死無對證了。結果是狐狸藏不住尾巴，他的罪刑更暴露了。

本來林來貴的下一個目標,是除掉劉傑和小狗的。可是,他已沒有機會了。千計萬計,卻逃不過小狗的視線。

壞人的臉上沒有貼標籤,民兵營長,原來是個強姦殺人犯。

消息傳開,村民無不為之震驚。

九

我的故事講完了,人們一定要問,小黑狗呢?牠已做大偵探了嗎?我的答案是「唉。」

案子了結,時已入冬,朔風沙沙,黃葉在劉傑的腳下不住的打著迴旋,他向翠平村小學走著走著。這次,他是實現諾言,來接小黑到翠平小學。劉傑已和公安局連繫好,送小黑到警犬訓練班訓練。

到了小學,老師同學們像老朋友似的歡迎他。李校長知道他是來接小黑的。對同學們說:「快去把小黑找來。」

同學們在學校裡裡外外找遍了,不見小黑的影子。

一個胖妹妹說:「校長,我看到小黑在謝老師的墓前。」

劉傑、李校長,還有些學生他們一起來到謝老師墳前。只見墓旁的一個小洞裡,放著很多小狗吃的食物,證明小狗可能很多天都沒有吃東西了,地上還有些白色的小山花。看得出,那不是大人或孩子們獻的。」

劉傑抱起小黑,撫摸著牠身上的黑毛,搖著頭說:「小黑,你不該走的。不過,你仍和謝老師在一起也很好。」

大家都在哭,劉傑抹了一把眼角的淚,又說:「李校長,同學們,不要哭了。小黑不能做偵探了,但是,牠的故事仍留在人間,我們給小黑修個墓吧。」

以德報怨

一

川東，萬達縣，山清水秀，年年五穀豐收。相傳，從前這裡有個縣官名叫樊鑫。

樊鑫府的大廳裡，懸掛著兩面匾額。一面匾額上書寫著「清正廉潔」四個金光閃閃的大字，另一塊匾額上卻是一隻栩栩如生的河南「哈叭狗」。

「清正廉潔」，是樊鑫為官的宗旨。而狗呢？為什麼樊縣官對牠如此尊重？這裡就是我要講的故事。

二

樊鑫的父親叫樊萬國，家有良田百畝，莊園十來座。人們都叫他樊員外，樊員外雖富有，為人可是謙和，對窮人很有同情心。所以，他的佃戶和鄉民們，都很尊敬他。

樊萬國二十歲成親，妻子吳氏，婚後十年，一直沒有生孩子。偌大的家業，沒有繼承人是不可的。萬國只好娶二房李氏。李氏進門五年，仍不生一男半女，後來又娶了三姨太方西瑤。

老天爺有時總是故意給好人出難題，西瑤進樊家時還不到二十五歲，求醫拜神，想盡辦法，仍無生養。親朋好友勸萬國再娶四房。

287

萬國說：「天生絕後，不可再糟蹋民女了。」

從此，也沒有人再提此事。

時間永不歇腳，轉瞬間萬國已入暮年，樊家無後，總覺遺憾。

又一個春天來了，大地一片綠。桃花、李花、杏花、梨花……爭著開放。紅的紅得似火，白的白得像雪，粉的艷得像霞。空氣中飄著花的香味。樊員外從縣城回家，他優哉優哉的坐在滑杆上，一路欣賞大自然的美景。滑杆（四川的轎子）進了水口鎮，一大堆人擋住了去路。

「前面出了什麼事？讓我下去看看。」樊員外對轎夫說。

滑杆停下，樊員外擠入人群，只見一位妙齡女子，腰紮草繩，頭頂黃標，賣身葬父。

樊員外見狀可憐，於是說：「阿貴，取出五十大洋來。」

「是，老爺。」阿貴應聲是，隨手取出大洋交給員外。阿貴是樊府的大管家。

樊員外把五十大洋交給姑娘，說道：「這些錢你先拿回去派用場，明日，我差人送棺材和米糧到你家。」

姑娘接過大洋，連忙跪下，搗蒜似的叩頭：「老爺，小女子阿秀，拜謝大恩人，今後願為老爺做牛做馬。」

三

七天之後，阿秀脫去孝服，身著粉紅色小襖，來到樊府。

在大門口，阿秀說：「大爺，請通報員外，小女子阿秀到貴府做工還債來了。」

看門的朝阿秀打量，眼前是位瓜子臉兒，皮膚白皙，大眼睛明徹純淨的美女。他心想，如此漂亮的女孩，做傭人，真不公平。

看門的小二愣了好一陣子說：「請等一下，我就去。」

不多時，樊員外和三姨太出來了。

樊員外說：「阿秀姑娘，我說過了，你不必來我家的。」

「老爺，小女子知道不配，我是來當下人的，並不要做──」阿秀紅著臉，出於害羞，下面的話她沒有說。

「我家的下人已太多了，不必啦，回去吧。」

三姨太見阿秀面貌出眾，擔心老爺娶了如此年輕美麗的四房，自己會失寵。所以連忙找台階下，打發阿秀走。

「太太，常言道，知恩不報，非人也，我無錢還債，只有用勞力回報，收下我吧！」阿秀誠懇的請求。

「你一定要留在這裡嗎？」樊員外和氣地問。

「我是真心的。」阿秀答。

見阿秀如此誠懇，樊員外已動了心，如花似玉的女孩子誰不喜歡呢。

「西瑤，留下她吧。」樊員外對三姨太說。

四

三日後，樊員外娶了阿秀。

阿秀不僅外貌美，心眼也好。樊員外已年近花甲，自然格外喜歡這位小嬌妻。對過去受寵的三姨太，難免日漸疏遠冷淡。三姨太本來為人尖酸，喜歡使小心眼，常常弄得大太太和二太太心理不快樂。但是，她是老爺的心頭肉，只好量氣大些，凡事忍著、讓著。如今，阿秀得老爺喜愛，與三姨太完全兩樣，對大太太和二太太，總是大姊長、二姊短。老爺有賞賜，阿秀也總是說：「四人一個樣。」所以大太太和二姨太對阿秀也非常親熱。

唯有三姨太就不同了，表面上四妹叫得比誰都響，心眼裡卻是恨之入骨，恨不得把阿秀置於死地。

阿秀心裡明白，她仍以誠相待，希望有一天她能自己改掉忌妒之心。

五

阿秀的肚子也爭氣，三個月後傳出喜訊，四姨太有喜了。不但樊員外樂得合不攏嘴，樊府上下也無不為之慶賀。

樊員外吩咐廚房：「大劉、王嫂，你們對四太太的飲食要特別研究，一定要娘壯兒肥。」

大劉和王嫂說：「知道了老爺。」

樊員外又對巧兒說：「巧兒，你要好好侍候四太太，千萬別動了胎氣。」

「是，老爺，請放心。」巧兒答得乾脆。

巧兒是樊員外特地為阿秀買來的貼身丫鬟。但阿秀從不把巧兒當傭人看，巧兒從內心深處感激和敬重阿秀。

大太太和二姨太太自愧沒有盡到做妻子的義務，她們為阿秀懷孕了興奮。

大太太說：「四妹，你給樊府帶來了福氣，盼望你生個胖小子，我們有後了。想吃啥，只管開口，千萬千萬不要客氣。」

二姨太說：「四妹，老爺是好人，能生出一個，就會生兩個、三個，你要代我們多生幾個。」

三姨太的話更是比蜜糖還甜，她說：「你一進門我就知道一定比我們三個有本事。你長得漂亮，肚子裡的小王子一定是做官的……」

阿秀說：「姊姊們，誰生都一樣，都是老爺的後代，第一個給大姊，第二個給二姊，第三個給三姊，我嘛，撫養老四⋯⋯」

大太太接下去：「生五個、六個⋯⋯通通給老爺。」四個人都笑了。

六

三姨太有一隻河南哈叭狗，叫「古力」，是樊員外花了十塊大洋，特地託人從成都買來的。

「古力」一身長毛黑白相間，雖然長得小，可是機靈。自從樊員外娶了阿秀，三姨太吃醋的時候，老是對「古力」訴苦。

「古力你看，老爺不喜歡我們了，往後我們怎麼辦？」

「古力」只是靜靜的聽，並不搭腔。

那天，樊員外到縣城辦事。一清早，巧兒跑得氣喘噓噓的叫大太太的門。

「大太太，不好了，老爺不在家，四太太肚子痛得很厲害，怎麼辦？」

大太太和二姨太，差不多是同時從床上翻身起來，穿著拖鞋，就往阿秀的院子跑。

樊府的正面臨街，進了大門，過一個小天井，迎面是一扇月亮門。門的兩側是龍牆，兩條龍的頭對著圓門，象徵二龍搶寶。

進了月亮門，前面又是天井，天井兩邊是遊廊，天井的盡頭，有十來級很寬的階梯，上完階梯就入正屋了。正屋共五間，雕樑畫棟，客廳、書房都在正屋。正屋後兩側都是花園，花園裡的小橋流水，樹木蔥籠蒼翠，奇花絢麗飄香。園中翠竹夾路，通向六個獨立小院，每個小院六個房間。大太太、二姨太、三姨太住東面三院，阿秀住西面第一院。

三姨太帶著「古力」正在賞花，三人的腳步驚動她抬起頭來。

「大姊，什麼事，這麼慌慌張張？」三姨太問。

「三妹，不得了，四妹肚子痛。」大太太緊張說。

「啊，肚子痛？是不是要流產？有沒有請醫生？」三姨太隨口問。

經她一提醒，幾個人同時住了腳。

「對，快去找醫生才行呀。找誰好呢？」二姨太說。

「當然是崔二爺，誰不知道，這一帶他的醫術最好。」三姨太說。

「崔二爺？」

大太太重複了一句，因為她突然想起曾聽說崔二爺和三姨太有染，甚至傳崔二爺如果能保證三姨太生個兒子出來，她會拿十畝田產謝醫。大太太清楚，三姨太忌妒心重，並不會真為阿秀有喜高興。她有些猶豫，但一時又想不出近處有誰的醫術更高明，眼下保孩子最要緊，萬一出了事，老爺面前如何交代？

於是說：「好吧去請崔二爺。」

她又對二姨太說：「二妹你看好不好？」

二姨太是很隨和的人，自然投票贊成。

七

「阿貴，備轎，快去接崔二爺。告訴他帶些好藥來，四姨太可能會小產，請他設法保胎。」三姨太扯高嗓門喊。

「馬上就去。」那邊果然傳來了阿貴的回音。

大太太帶著兩個姨太太，趕到阿秀的房間，只見她臉色蒼白如紙，按著肚子不斷呻吟。

「四妹，忍耐點，一會醫生就到……」

你一言我一語，沒有生過孩子的女人，只有動嘴的份，不知如何是好。

不多會，崔二爺趕來了。

診過脈，崔二爺說：「從脈象上看，四太太的病可能是神經痛，看來胎還不會有事，這幾副藥吃下去，我想定會藥到病除的。」

崔二爺告辭，大太太連忙起身說：「崔二爺，辛苦你了，請等一下，我去取出診費。」

「大姊，我這裡有。」三姨太從衣袋裡取出十個大洋，交給崔二爺。

「三姨太，這——太多了吧。」崔二爺客氣的說。

「崔二爺，不多不多，胎兒能保住，老爺回來一定會登門重謝的。」大太太說。

三姨太送崔二爺到大門口，他們一路細語，說了什麼話，只有「古力」聽到。

崔二爺跨進轎門時，又對三姨太說：「三太太，藥煎好後馬上給四太太服下，這孩子嗎，你放心。」

說這話的時候，崔二爺朝三姨太擠了一個神秘的眼神。

八

巧兒端來湯藥，放在床前的茶几上。

「唉喲，唉喲……」阿秀呻吟著坐起來。

正在這時候，只見「古力」跑進屋來。

「太太，你看，三姨太的狗多可愛，牠一直在看著我煎藥，還跑來看你喝藥呢。以後，少爺一定喜歡和牠玩的。」

　　巧兒說罷，一手端著湯藥，一手扶著阿秀，將湯藥送到阿秀嘴邊。阿秀張口欲喝，冷不防，「古力」一個跳躍，用前腳朝巧兒端藥碗的手抓下去。巧兒毫無提防，湯藥全翻在阿秀身上和床上。

　　「剛才才誇你呢，你怎麼這樣討厭，老爺回來不修理你才怪……」巧兒罵古力。

　　「巧兒，別罵牠，你看，我的肚子好像不痛了。」

　　這突然的事故，也許是阿秀受了驚，疼痛停止了。

　　巧兒幫阿秀換好衣服床單、被子，阿秀無力的闔上雙眼，沉沉的睡去。

　　巧兒回到廚房，準備再倒一碗藥給阿秀送去。只見廚房的藥也翻了一地，連藥罐也打破了，王嫂正在教訓「古力」。

九

　　三姨太午餐後，小睡一下，不覺進入了夢鄉。夢裡，她生了一個白胖胖的兒子，在老爺面前，恢復了過去的輝煌地位。正樂不可支地親吻兒子，兒子變成了一個兇神惡煞的狼狗，咬住了她的手，突然，門外傳來叫聲，三姨太從夢中驚醒。

　　「三姨太，看你的狗，打翻藥碗，打破藥罐，不好好的管教管教牠，老爺回來一定會剝牠的皮……」巧兒嘮嘮叨叨的說。

　　「什麼？你說『古力』打翻了四姨太的藥。她喝了沒有？」三姨太不悅的問。

　　「連藥罐都打破了，還有什麼喝，正差阿貴去買藥罐呢。」巧兒生氣的回道。

三姨太沒有再答話，她氣沖沖地跑到廚房，抓起「古力」拍拍拍就打，嘴裡罵道：「你這不識好歹，吃裡扒外的東西，到處做傻事，我打死你……」

小狗雖然挨了打，看上去並不後悔，牠朝三姨太汪汪叫了幾聲，跑開了。

樊員外回來後，派人到城裡請來了西醫，診斷的結果，阿秀是盲腸炎。因為肚子裡有孩子，暫時不能開刀，只好吃藥保養。

三姨太連忙把崔二爺處方的藥，丟進了垃圾堆，這事就這樣過去了。

十

阿秀生了一個又白又胖的男孩，取名樊鑫。樊員外格外高興得要辦五十桌滿月酒慶賀。

樊員外對大太太說：「阿媛，我想將阿秀扶正。這不是為了我和阿秀，是不要讓樊鑫長大了，知道他是小老婆生的而自卑。」

大太太說：「我都這把年紀了，又沒有一男半女，我已別無所求，你怎麼決定怎麼辦好了。」

「我打算給你五十畝田產，一座房子，家裡的東西，你喜歡的只管帶。」樊員外說這些話的時候，誠懇中帶著感傷。

「別人休妻，只是一張紙，你給我這樣優厚的安排還有甚麼好說的呢。為了樊家的後代，我隨時都可以離開。」

大太太爽朗的答應了丈夫的決定，但心裡仍有一絲悲涼，眼眶裡忍不住淚水湧流。

「阿媛，原諒我吧，我會常來看你的。本來我是打算分給你一百畝田的，想到你娘家也沒人了，多了也沒用處。望你生活過好一些，如果不夠，隨時告訴我吧，就把這裡當你的娘家吧。」

樊員外眼裡裝滿了淚水，雖然他們早已是掛名夫妻了，一旦分離仍是難分難捨，人非草木，豈能無情呢？

「老爺，不要難過，你是對的。」大太太擦乾眼淚勸道。

樊員外把決定告訴阿秀。

阿秀說：「老爺，我是當事人，你為什麼不先問我願不願意呢？我生了阿鑫，是樊家的喜事，不要外人承認的，不要辦酒，更不可休大姊，孩子誰生的並不重要，重要的是要把孩子培養成才。我早就想好了，阿鑫就立在大姊名下，如果你不同意，我會……」

阿秀下面的話雖然沒有說出來，聽得出，是帶威脅性的。

「阿秀，你就這樣甘心做妾，不太委屈你了嗎？」

「老爺，你寵我，我已奪走了姊姊們太多的愛，做人不可貪得無厭，得寸進尺的，你就聽我一句話吧。」阿秀勸道。

「阿秀寶貝，我真不知應該怎麼來感激你。」樊員外由衷的說。

「夫妻之間有福同享，有難同當，別說客氣話，往後，你要像對我一樣，愛姊姊們。」阿秀至誠的說。

樊鑫正式立在大太太名下，叫大太太媽媽，叫阿秀四娘。

十一

樊鑫過了週歲生日，就要移入東院，完全由大太太照料。那些日子，大太太樂得彷彿比自己懷胎生子還高興，一有空就和阿秀逛花園、聊天。

那天傍晚，一縷霞光仍在樹梢徘徊，大太太和阿秀在花園漫步。樊鑫剛睡下，保姆阿雲大概去了廚房。突然，「古力」嘴裡唧著一條毒蛇，從樊鑫的睡房裡跑出來，兩人同時嚇了一跳，奔到樊鑫的床前。

「四妹，你看，這裡還有血。」大太太指著樊鑫的小床說。

「大姊，嚇死我的，蛇從哪裡來的？為什麼爬到小鑫的床上？」阿秀緊張的問。

「四妹，我在這院子裡生活幾十年了，從沒見過這種毒蛇。蛇為什麼跑到床上呢？我也覺得很奇怪。我看可能是有人要謀害少爺，這事一定要查。」大太太果斷的說。

大太太連忙把「古力」從小鑫房裡啣出毒蛇的事報告老爺。樊員外聽後，氣得臉紅脖子粗，立即下令，全府上下的人全部到廳堂訓話。

他火冒三丈的吼道：「反啦，今天害少爺，明天不就害到我頭上了嗎？我待你們不薄，為什麼要讓我絕後？」

大家嚇得低頭不語，弄不清是怎麼一回事。誰都知道，少爺是老爺盼星星盼月亮盼來的，犯這種法，是不可饒恕的。廳堂的空氣彷彿一下子凝固了，繡花針落地也可聽到響聲，沉默了好一陣子。

三姨太說：「老爺，阿鑫這麼可愛，你對府上的人又這麼好，我想不出誰會做這種喪盡天良的事。我猜一定是『古力』幹的壞事。近來，我常看到牠在院子裡捉蟲子，前兩天牠把一隻死老鼠啣在我房裡，嚇得我差點昏倒。」

三姨太說得有憑有據，把罪過推在狗身上。

樊員外知道「古力」是三姨太的愛犬，不是牠闖下大禍，她絕不可能告牠。

「去把『古力』抓來，給我剝了牠的皮。」樊員外相信了三姨太的話，歇斯底里的吼。

「阿貴，快去把『古力』捉來，老爺氣成這樣，還愣在那裡幹啥？」三姨太催促阿貴。

「三姨太，那狗是你的寶貝呀！」阿貴遲疑的說。

「叫你快去，少廢話。」三姨太狠狠地瞪了阿貴一眼，嚴厲地喝道。

小狗抓來了，樊員外下令：「給我打。」

阿貴劈劈拍拍，一陣拳打腳踢，小狗的嘴裡已淌出了鮮血。但牠忍受著，一聲不吭。

樊員外在氣頭上，又喊著：「給我殺了牠。」

阿貴跑到側房，取來了鋒利的大刀。三姨太閉上了雙眼，大太太，二姨太也不知所措。

阿秀連忙上前，奪過阿貴手裡的刀，轉過頭說：「老爺，你冷靜點，蛇是怎麼到屋裡的，尚不知道。我以為，要不是『古力』，小鑫可能已被毒蛇傷害。不管怎麼說，毒蛇是『古力』咬死的，牠救了小鑫的命，還落得如此下場，對一隻不會辯護的狗，不可青紅皂白不分。」

阿秀說完，抱起「古力」就走。一場審判狗的鬧劇就這樣收了場。

十二

夜，很深了，群星在天際眨著眼睛。池塘邊，倩竹和巧兒在說悄悄話。倩竹是三姨太的丫鬟。

「巧兒，我們是好姊妹，今天的事我好怕。沒有想到，三姨太這麼狠心，她叫阿貴弄來毒蛇，又借老爺的手殺『古力』。我告訴你這個人秘密，是要你和四姨太要提防些，恐怕他們還會耍別的花招，現在他們無論做什麼壞事，我裝聾作傻不知道，萬一給他們發現，我一定沒命的。如果有一天，我死了，就是他們害死的。」倩竹顫顫兢兢的說。

「你怎麼知道毒蛇的事？」巧兒問。

「是我偷聽到的，還有，少爺出生前準備給四姨太的藥，也是墮胎的，全靠『古力』救了少爺的命。三姨太是個心狠手辣的女人，大管家和她一鼻孔出氣，我好怕好怕。」倩竹帶著哭聲。

巧兒的心也在顫抖，表面卻平靜的說：「不要怕，我告訴四姨太請她保護你。」巧兒勸道。

「巧兒，求求你，千萬別告訴四姨太，只當我胡說八道。你自己小心就好了，真的我好怕好怕，經常嚇得睡不好覺。」倩竹害怕的哀求著。

「怕什麼？」這是四姨太的聲音。阿秀突然出現，嚇得倩竹全身篩糠似的顫慄。

「四姨太，我說的不是真的，不是真的，我不怕，我不怕……」倩竹語無倫次的說。

「不要怕，倩竹。四姨太會保護你的，她也不會去告三姨太的……」巧兒緊緊地抱住倩竹勸道。

「巧兒，你，你，你好命，有四姨太這樣的主人。我，我，我恐怕明天就見不到你了。」倩竹斷斷續續，像夢囈般的說。

「不要回到三姨太那邊。今晚，倩竹陪你睡覺好啦，好好勸說她，我不會弄她下不了台的。」阿秀說。

聽四姨太如此說，倩竹平靜了些。

她們三人，一同回到阿秀居住的西院。

十三

巧兒和倩竹說話的時候，有一個人，一直躲在陰暗的角落裡偷聽，那是阿貴。他咬牙切齒，恨不得馬上除掉兩個「可惡」的死丫

頭。沒想到阿秀救走了她們。這事老爺知道了怎麼辦？眼看大禍臨頭，只好去找主子商量對策。

傍晚發生的事，使三姨太在床上輾轉反側，不能入睡。

「咚咚咚」，有人敲窗戶。三姨太心裡一驚，隨口問：「誰？」

「主人，是我。不好了，有人告密了。」阿貴急著說。

三姨太翻身下床，奔到窗前，打開玻璃門。阿貴伸進頭，把剛才的事如此這般的說了一遍。

「怎麼辦？主人。我們不能坐等槍斃呀。」阿貴急迫的說。

三姨太沉默了一下，無奈的答道：「沒有別的法子，只有走。你等一下，我收拾幾樣東西。趁大家都睡了，我們走後門出去。」

天亮起床，倩竹仍不敢回去，一上午，也不見三姨太的人影。直到下午才發現府裡少了兩個人。

阿秀和兩個丫鬟當然心裡有數，為了不讓老爺大發雷霆，三人都緘默其口。

「阿秀，老三去哪裡了？」晚飯桌上，樊員外問。

「大概回娘家了吧。」阿秀敷衍著說。

「真不像話，去哪裡，連招呼都不打一聲了。」樊員外怒容滿面地說。

「老爺，你當著眾人的面要殺狗。她面子上過不去，心裡不悅，讓她去散散心吧。」阿秀勸道。

十四

三個星期過去了，不見三姨太返回。紙包不住火，人多嘴雜，三姨太和阿貴私奔在樊府變成了「頭條」。

醜聞七折八扣傳到樊員外耳裡，「新聞」已變成「舊聞」了。樊員外難於啟齒，只好生悶氣。

三姨太和阿貴連夜逃跑，到了離樊府一百多里外的水雲村，投靠阿貴的姑媽。

老姑媽子身一人，缺衣少食，聽阿貴說，同來的女人很有錢，往後姑媽也可跟著過太平日子了。

老太太腦子裡一大堆疑問，但是熊瞎子敲門，熊已到家了，不收也得收。

「阿貴，不好了，我的首飾、銀兩、大洋都沒有帶出來，往後的日子怎麼過？」三姨太驚叫。

「為了一個小孩，落得這種下場，姑媽一無所有，在這裡喝西北風嘛，我給你害苦了！」阿貴埋怨道。

第二天，阿貴到鎮子上去看看，能否找到點事做。

這一去再也沒有回來。

老姑媽看到姪兒摟著一個老媽子在睡覺，心裡不是滋味，現在走了，倒好。」

姑媽說：「我那姪兒太年輕，不懂事，一去不知回來，你就將就和我過吧。」

老太太沒有下逐客令，三姨太就這樣在水雲村落戶了。

這一住就是十多年，老姑媽早已作古了。

十五

在水雲村，不用提，三姨太經歷了多少艱難和痛苦。她曾多次想回到樊府，請求老爺和阿秀饒了她的罪過。但是她終於沒有勇氣，原因是不但她策劃謀害樊鑫，還和管家私奔，實在沒有臉面見人了。

　　三姨太孤苦伶仃食苦果，打發歲月。當年風光一時的三姨太，如今，頭髮亂蓬蓬的，臉色沒有一點血色，眼睛像兩個洞穴，嘴唇慘白，面骨高聳。本來偏瘦的身體，走路時像稻草人似的東搖西晃，村裡人似乎忘了她的存在，她也不與人往來。人們只知道她有一個負心的男人，然而，並沒有人見過她丈夫的廬山真面目。

　　三姨太多次病倒，閻王爺都沒有收她。這一次的病來勢兇兇，燒得她胡言亂語，口乾得要破裂。她想喝一口水，掙扎著從床上爬起來。可是，沒有走到三步，眼睛一黑昏倒了。

　　屋外大雪紛飛，屋內寒風陣陣，她火一樣的身子開始變冷，變成了冰。也不知過了多久，她心裡有一點明白，大概已進地獄的門了。突然，彷彿聽到有什麼東西從門縫擠進來。不用猜，一定是野獸，三姨太緊閉雙眼，準備迎接野獸的撕咬，讓野獸填肚子。

　　「汪汪汪」怎麼？有狗的叫聲。這叫聲好熟悉。想起來了。是「古力」的聲音。三姨太想：「難道我真的已到地獄了嗎？老爺沒有殺死『古力』呀？牠為什麼也在這裡？」

　　三姨太艱難的睜開雙眼，「古力」用嘴去拖她的手，把一個紅布包放在手上。

　　啊，布包沉甸甸的，沒錯，那包是首飾、大洋和銀兩，夠自己半輩子享用。那年，慌忙逃離樊府，不知為什麼，會丟了這樣要緊的東西。這麼多年了「古力」從那裡找回來的？又怎麼知道送到這裡來呢？錢財，對三姨太來說，已是「英雄無用武之地了」。她只想打開包袱，飽一下眼福，可是，手已像兩根冰棍，對腦子發出的命令，無動於衷。她想向「古力」認罪，再說上一句感謝的話，無論怎麼努力，都牽不動嘴角，連淚水也擠不出一滴。

　　「古力」舔了一陣三姨太的手和腳，恍然大悟似的，跳到床上，用嘴啣下被子衣物，蓋在她身上，牠的頭，緊挨著三姨太的臉。

　　時間在奔馳，也許是一個小時，兩個小時，三個小時……，三姨太感覺身上的血又開始流動，手腳也有了知覺，舌頭也能轉動了。

　　她調動全身力氣，舉起右手，落在「古力」的頭上，輕輕的撫著。嘴裡如蚊聲般喃喃道：「『古力』，我是你的仇人呀，你怎麼能做到『以德報怨』呢。值得救我嗎？」

　　三姨太的眼裡，終於滾出清淚。

　　「汪汪汪」，「古力」好像是在說：「你過去的罪已受到上帝懲罰了，往後，好好做人吧。」後來，三姨太的病漸漸好了。

　　從此「古力」和她生活在一起。

十六

　　大太太是大家閨秀，琴棋書畫，樣樣精通，二姨太是個與世無爭的大好人。樊鑫在父親和三個媽媽，一位名師的調教下，功名成就。

　　他做縣官後，差人四處尋訪，在水雲村找到了要暗害他的仇人和恩狗。

　　樊鑫對三姨太寬大為懷。「古力」早已年邁，在縣官府待為上賓，直到歸天。

　　樊鑫永不忘救命之恩，所以把「古力」的遺像掛在廳堂，傳為佳話。

白衣天使

　　送老伴住療養院，是南妮無可奈何的選擇，他們結婚時就許下諾言：生死與共，永不分離。從中國到香港，又到美國。同林鳥漂泊了半個世紀，雖然無論到哪裡，都擺脫不了貧困，在社會的底層度日。奔波中，兒子也夭折了，但是，夫妻間時時都是相依為命，恩恩愛愛。

　　命運有時候真是捉弄人，過了七十大關的王貴，還要動換心血管的大手術。美國的醫療水準本來是啞子開口──無話說的。但是，王貴手術後，雖然腦子仍然清楚，心臟、呼吸道、腸道卻出了問題。喉嚨開了一個洞，呼吸靠機器；飲食靠導管輸營養液，語言只能用寫字代替。尤其咳嗽或抽痰，簡直像炸彈在五臟內爆開了那麼難受。這種等死的日子，王貴受不了，他也不忍心看著老妻陪自己受罪。

　　一天，王貴掙脫了手上的綁帶，拔掉了氧氣管，生命正處於危急之中，南妮來了。她拚命呼喊醫生急救，醫務人員一陣忙碌後，撿回了王貴的命。

　　南妮抱著丈夫嚎哭：「阿貴，你怎麼這樣狠心丟下我。雖然你已不會說話，不能吃東西，但是，我每天還可以看到你呀。如果你走了，一切希望都破滅了，陪伴我的將只有眼淚和悲傷呀。」

　　王貴在本子上寫著：「南妮，不要哭了，是我一時糊塗。不過，我這樣活著，自己難受，也害你辛苦奔波。沒想到，你是這麼在乎我。相信我，以後絕不會做傻事了。」

　　從那以後，每天上午十點之前，南妮一定準時到病房，中午也不回家，用幾片麵包簡單對付肚子，晚上等王貴睡著了才會離開療養院。

　　在病房裡，南妮為丈夫讀報、講故事、活動四肢、按摩……她簡直充當了半個護理員。南妮的愛心不但感動了療養院的醫務人員，也感動了病友和病患家人。

　　時光不疾不徐的流過，王貴在療養院已整整一年了。春夏秋冬，那嗡嗡響的呼吸器，從沒有離開過病房，而南妮三百六十五天全職陪伴在丈夫病榻左右，一天也沒缺過席。

＊　　　　＊　　　　＊

　　那天，南妮在公車站，已等了一個多小時，不見巴士進站。她這才發現，平時忙碌的車站，一個等車的人影也沒有。正納悶，一位中年女士走來對她說：「這位大媽，你是等車吧？公車昨晚罷工了，沒有車來的。」

　　「罷工了？這怎麼辦？」她急出了一頭的汗。

　　「你要去哪裡？」女士問。

　　「羅斯密那邊。」

　　「那很遠呢。如果有急事，只好叫出租車。沒有急事的話，可以坐小巴士，一段一段的走，可能轉四次車可以到。」女士很熱心的說。

　　南妮夫妻靠「SSI」生活，叫出租車當然經濟無法承受。她連忙在近處找電話撥給值班護士，請她寫張字條告訴十一號病房的王貴，說明因沒有公車，會遲到。

　　王貴看過字條，隨手寫：「小姐，請告訴我妻子，既然沒有公車，就不用來了。」

306

護士小姐按王貴提供的電話號碼撥過去，電話沒有人接，證明南妮已離開家。

轉了四次車，又走了一段路，足足兩個半小時，南妮總算又到了療養院。

「阿貴，昨晚我坐便車回家的，也沒看電視，今天在車站傻傻的等。要不是那位大姊告訴我公車不通了，我還不知要傻等多久呢？」跨進病房，南妮連忙抱歉的解釋說。

「南妮，都是我害你這麼勞累，不通車就不要來吧。」王貴眼裡滾著淚，顫動的手，字寫得歪歪斜斜的。

「阿貴，我不喜歡你這樣想，不來病房陪你，我一個人待在家裡又有何意思。如果長期沒有車，我就和院方商量，乾脆住到療養院來陪你。」南妮安慰丈夫說。

療養院不大，讓家屬陪住沒有先例。醫務人員都很同情這對患難恩愛的老人，護士小姐貝卡說：「醫院床位緊，南妮婆婆沒處住，我每天接送她好了。」

「接送？醫院、你和南妮家三角頂立，可能每天要在公路上多開兩三個小時車，能行嗎？」護士長懷疑的說。

「凡事都靠愛心和信心，南妮婆婆整年如一日在病房陪她丈夫，我每天多辛苦兩三個小時，算不了什麼。能幫助他們解決困難，對病人也是一種安慰，這是我們白衣護士應該做的。」貝卡堅定說。

貝卡是位越南華裔姑娘，二十多歲，一張不太白的圓臉上眉毛濃密細長。雖然一對溫柔的大眼睛有如藏著美夢般討人喜歡，但她個子不高，而且纖瘦，確實和「美人」二字掛不上號，但她胸中裝著一顆菩薩心，平時樂於幫助病人，看到南妮有特殊困難，毫不猶豫的伸出援手。

貝卡將自己的決定告訴南妮時，她激動地說：「貝卡小姐，我真不知怎麼感謝你才好。你能接送我已感激不盡，但是，汽油費得讓我承擔，工資嘛，多少也得付一點我才安心……」

「南妮婆婆，說到那裡去了，我不等那幾個錢買米下鍋的，能為你服點務，也是一種緣分。」貝卡真誠的說。

「貝卡姊，你每天接送南妮婆婆辛苦，我提早來接班，你就不用拼命趕時間了。」另一位護士王小姐說。

白衣天使們的同情和無私的幫助，南妮感動得熱淚盈眶，也增強了王貴活下去的信心。

從此，上日班的時候，每天東方破曉，貝卡就披衣起床，簡單梳洗早餐後，驅車到南妮家，一同到療養院。下班後，帶南妮到自己家或餐館，吃了晚飯再送她回去。輪到夜班，早上下班後，第一件大事就是去接南妮，晚上則提早到醫院，把南妮送回家，再趕到療養院上班，真比親人還親。

時間默默的向前流轉，貝卡已接送南妮快一個月了。

那晚輪到她上夜班，夜靜靜的，貝卡和另一位護士分頭一一查看病房。

時針指向十二點，連八號病房那位最不安靜的病人也安睡了。

貝卡回到值班室，準備喝杯水，小憩一下。突然，心裡一驚，自問：「怎麼十一號病房的呼吸器的聲音異樣？」她連忙奔過去。

王貴安睡著，顯然，他已不需要任何機器了，所有的儀表都停止了工作，醫生再也沒有回生術。王貴走了，幾個小時前南妮離開時，他還和妻子搖著手拜拜，目送到病房門口。

貝卡連忙驅車接來南妮，她在王貴的枕頭下找到一張字條，上面寫著：「南妮，我實在不想辜負你，多麼想好起來共度晚年啊。可是，我已感覺到自己血乾淚枯。如果有一天你再也看不到我的時

候，一定要堅強些，照顧好自己。我走了，有你這樣的好妻子，終生無憾……」

南妮悲慘的哭聲，劃破了療養院凝固的空氣。醫生說：「南妮太太，依我的經驗，你丈夫靠他的意志和毅力，最少多活了一個月。對一個生命垂危，在死神的魔掌中掙扎的病人來說，安然的去了，比活著受痛苦更好受些，你要理解他。」

眼淚和悲傷已換不回丈夫的生命，南妮自認是油麻菜籽命。年幼喪母，中年喪子，年老喪夫，人世間的苦難都落在了自己身上。世界上沒有不落幕的戲曲，悲劇已發生，只能面對現實。

王貴和南妮沒有子女，在美國也沒有親人，幾個朋友年歲也大了。貝卡知道南妮又有心臟病，王貴去世後，一有空就去探望南妮，帶她去市場買食品，到餐館吃午餐，到公園裡散步，看花花草草，盡量減少她的痛苦和悲傷。

＊　　　　　＊　　　　　＊

那天，貝卡上晚班，早餐後，到店裡買了些水果和點心，回家換了件衣服，正準備去南妮家，門鈴響了，貝卡打開門，沒有想到，來客正是南妮。

「南妮婆婆，請進，正要去看你呢。你是怎麼來的？」貝卡招呼南妮入小客廳，激動的問。

「有位朋友送了我一段路，又坐公車，但是，到了公寓前面卻找不到你的家門了，在這裡轉了好一陣。幸虧碰到樓上那個大個子，不然還不知道要找到什麼時候呢。人老不中用啦，唉，該去見阿貴了啊。」南妮傷感的說。

「南妮婆婆，你不老，不要自卑，有什麼事，我一定盡量想辦法幫助你。」貝卡誠懇的說。

　　「你已幫助我很多了，那段沒有公車的日子，沒有你，我怎麼能照樣天天到療養院照顧阿貴。你工作這麼忙，還常來看我，已感激不盡了，雞毛蒜皮的事，怎麼好意思再常麻煩你呢。」

　　「南妮婆婆，什麼叫麻煩嘛。年輕人做點義工，是很有意義的。」貝卡熱心的說。

　　「貝卡小姐，我今天特地來，是想送你一樣東西。你這麼無私的幫助安慰我們，我卻拿不出什麼來好好酬謝。這個玉鐲子是當年阿貴母親留下來的，也是結婚時他送給我唯一禮物。在逃難中，阿貴的毛衣都賣了，只有這鐲子他一定不讓拿去換錢。現在阿貴走了，看到它，我心裡很難過，我這身子也不知還能撐過幾天，帶到土裡也沒意思。你對我們這麼好，這鐲子送你作個紀念，表示我的一點心意。」

　　「南妮婆婆，你的心意我心領了，你們的結婚紀念品，我是一定不收的。」貝卡婉謝，把鐲子放回南妮口袋。

　　「貝卡小姐，你不收，就是看不起我這孤老太婆。再說，王貴不在世了，讓這鐲子陪著我……」南妮的話在喉嚨裡嗚咽，哭成了淚人。

　　貝卡想著南妮和王貴夫妻那麼恩愛，如今一個先走了，見物思人，一定更傷痛，決定先為她保管好，於是，暫時收下鐲子。

　　過了一個多月，貝卡想著南妮的心情也許會好些了吧，將鐲子送到南妮家。南妮仍用眼淚懇求貝卡帶回鐲子。無奈，她只好仍照南妮的意思做。

＊　　　　＊　　　　＊

　　窗外，月亮高懸在蒼茫的夜空，貝卡輾轉反側，難以入眠，她不知應該如何處理這隻鐲子。

310

　　貝卡家境清貧，不懂玉的價值，但她在珠寶店見過各種玉器，有時小小的一塊玉石，標價上千元，她知道王貴祖上是有錢人家，既然是上代傳下來的，定然是相當貴重。

　　那天，貝卡休息，她特地帶著鐲子去請教珠寶行的朋友——余老闆。

　　余老闆托著玉鐲，瞇著眼睛左看右看，然後笑著說：「貝卡，是男朋友贈送的吧。你懷疑它是假貨嗎？這隻鐲子雖然不算上乘玉器，也稱得上值錢的首飾。根據它的層色，最少已傳了三代，少說也值三、四千美金。」

　　貝卡知道，靠領 SSI 生活的人，銀行裡的存款不會超過一千五百元的。三、四千塊，對南妮來說，可是一筆不小的財富。

　　貝卡不能作主賣掉南妮的結婚紀念品，她在心裡盤算著，雖然自己要寄錢回越南養老父母，經濟不寬，但一定要節衣縮食，籌足錢，讓南妮晚年有所享受。

　　貝卡首先計劃到金行買一條項鏈，再墜上一個十字架，送給南妮，求上帝保她平安。然後定期給南妮買些食品、衣物，待休長假時再帶南妮到越南旅遊。

　　總之，把南妮當著自己的親人，直到終老。有了這樣的心願，貝卡才平靜了。

　　這以後，每次休息，貝卡都帶著南妮去逛公園和吃午餐。漸漸的在南妮的臉上又浮起了微笑。

　　那天，貝卡還帶她去天文台，並約好下次休息帶南妮去海邊。

＊　　　　＊　　　　＊

　　週五，細雨帶著微寒，天乍冷。貝卡下班回家，正準備打電話給南妮改天再去海邊。

　　剛跨進門，電話刺耳的聲音響著不停，她連忙拿起話筒「哈囉」，電話的那一頭，是南妮的朋友王老太太沙啞的哭聲：「貝卡小姐，這些日子是怎麼啦，王先生還沒走多久，南妮又昏倒了，現在醫院搶救，也不知情況如何？我不會說英文，醫院的電話也打不進去，急死人了。你有沒有空，我想到醫院去看看。」

　　「王婆婆，我馬上就來。」貝卡沒有吃晚飯，她忘了肚子餓，連忙驅車接王婆婆，再趕到醫院。可是，她們來晚了，醫務人員已在為南妮忙後事了，兩人哭得好傷心。

　　南妮走了，她只比丈夫多活在人世三個月。人說死者在天國能相聚，但願南妮和王貴能如此。

　　送葬那天，貝卡雙手捧著玉鐲，泣不成聲的說：「南妮婆婆，你的心意我收下了。但是，你回天國與公公團聚時，不能少了他贈送給你的結婚禮物啊。玉鐲應該物歸原主，你好好安息吧。」

　　貝卡珍重的將玉鐲戴在南妮的手腕上，在場的人無不為之感動。

　　牧師說：「玉是純潔的，玉是美麗的。比玉更純美的，是白衣天使的心靈。」

語言文學類　PG0531

情緣聊齋

作　　者 / 小　郎
責任編輯 / 林泰宏
圖文排版 / 黃莉珊
封面設計 / 蕭玉蘋

發 行 人 / 宋政坤
法律顧問 / 毛國樑　律師
印製出版 / 秀威資訊科技股份有限公司
　　　　　 114 台北市內湖區瑞光路 76 巷 65 號 1 樓
　　　　　 電話：+886-2-2796-3638　傳真：+886-2-2796-1377
　　　　　 http://www.showwe.com.tw
劃撥帳號 / 19563868　戶名：秀威資訊科技股份有限公司
　　　　　 讀者服務信箱：service@showwe.com.tw
展售門市 / 國家書店（松江門市）
　　　　　 104 台北市中山區松江路 209 號 1 樓
　　　　　 電話：+886-2-2518-0207　傳真：+886-2-2518-0778
網路訂購 / 秀威網路書店：http://www.bodbooks.com.tw
　　　　　 國家網路書店：http://www.govbooks.com.tw
圖書經銷 / 紅螞蟻圖書有限公司
　　　　　 114 台北市內湖區舊宗路二段 121 巷 28、32 號 4 樓
　　　　　 電話：+886-2-2795-3656　傳真：+886-2-2795-4100

2011 年 7 月 BOD 一版
定價：320 元
版權所有　翻印必究
本書如有缺頁、破損或裝訂錯誤，請寄回更換

國家圖書館出版品預行編目

情緣聊齋 / 小郎著. -- 一版. -- 臺北市：秀威資訊科技,
　2011.07
　　面；　公分. -- (語言文學類；PG0531)
　BOD 版
　ISBN 978-986-221-769-6(平裝)

857.63　　　　　　　　　　　　　　100009969

讀者回函卡

感謝您購買本書，為提升服務品質，請填妥以下資料，將讀者回函卡直接寄回或傳真本公司，收到您的寶貴意見後，我們會收藏記錄及檢討，謝謝！如您需要了解本公司最新出版書目、購書優惠或企劃活動，歡迎您上網查詢或下載相關資料：http:// www.showwe.com.tw

您購買的書名：＿＿＿＿＿＿＿＿＿＿＿＿＿＿＿＿＿＿＿＿＿＿＿

出生日期：＿＿＿＿＿年＿＿＿＿＿月＿＿＿＿＿日

學歷：□高中 (含) 以下　　□大專　　□研究所 (含) 以上

職業：□製造業　□金融業　□資訊業　□軍警　□傳播業　□自由業
　　　□服務業　□公務員　□教職　　□學生　□家管　□其它＿＿＿

購書地點：□網路書店　□實體書店　□書展　□郵購　□贈閱　□其他

您從何得知本書的消息？

　□網路書店　□實體書店　□網路搜尋　□電子報　□書訊　□雜誌

　□傳播媒體　□親友推薦　□網站推薦　□部落格　□其他＿＿＿＿＿

您對本書的評價：(請填代號　1.非常滿意　2.滿意　3.尚可　4.再改進)

　封面設計＿＿＿　版面編排＿＿＿　內容＿＿＿　文／譯筆＿＿＿　價格＿＿＿

讀完書後您覺得：

□很有收穫　□有收穫　□收穫不多　□沒收穫

對我們的建議：＿＿＿＿＿＿＿＿＿＿＿＿＿＿＿＿＿＿＿＿＿＿＿

＿＿＿＿＿＿＿＿＿＿＿＿＿＿＿＿＿＿＿＿＿＿＿＿＿＿＿＿＿＿＿

＿＿＿＿＿＿＿＿＿＿＿＿＿＿＿＿＿＿＿＿＿＿＿＿＿＿＿＿＿＿＿

＿＿＿＿＿＿＿＿＿＿＿＿＿＿＿＿＿＿＿＿＿＿＿＿＿＿＿＿＿＿＿

11466
台北市內湖區瑞光路 76 巷 65 號 1 樓

秀威資訊科技股份有限公司　　　收
BOD 數位出版事業部

···

（請沿線對折寄回，謝謝！）

姓　　名：＿＿＿＿＿＿＿＿＿＿　年齡：＿＿＿＿＿　性別：□女　□男

郵遞區號：□□□□□

地　　址：＿＿＿＿＿＿＿＿＿＿＿＿＿＿＿＿＿＿＿＿＿＿＿＿＿

聯絡電話：(日) ＿＿＿＿＿＿＿＿＿＿＿　(夜) ＿＿＿＿＿＿＿＿＿＿＿

E-mail：＿＿＿＿＿＿＿＿＿＿＿＿＿＿＿＿＿＿＿＿＿＿＿＿＿